CACCIA NEL SOGNO

LA SERIE DI BAILEY SPADE: LIBRO 2

DIMA ZALES

♠ MOZAIKA PUBLICATIONS ♠

Copyright © 2023 Dima Zales e Anna Zaires
www.dimazales.com

Traduzione italiana: Sabrina Scalvinoni

Pubblicato da Mozaika Publications, stampato da Mozaika LLC.
www.mozaikallc.com

Copertina di Orina Kafe
www.orinakafe.design

e-ISBN: 978-1-63142-792-3
ISBN: 978-1-63142-800-5

CAPITOLO UNO

MI TROVO sulla superficie di un calmo oceano nero, con un cupo cielo rosso fuoco sopra di me. Sei figure umanoidi si stanno lanciando nella mia direzione. Con quelle strane estremità, sembrano procedere sull'acqua in punta di piedi. Al dito indice destro, sfoggiano artigli simili a spade, e sono prive di naso e occhi. In generale, hanno una testa piuttosto scarna: niente capelli, niente orecchie, solo una pelle liscia come quella di un bambino, e una bocca enorme al centro di quello che sarebbe il volto. E se questo non fosse già abbastanza raccapricciante, l'orrida creatura più vicina a me inizia a gridare, come una gatta in calore.

Mi rendo conto, sciocca, che sta dicendo qualcosa.

"Tu!" grida la creatura. "Non sei morta?"

La fisso a bocca aperta. "Perché dovrei esserlo? Che cosa sei? Come mai mi conosci?"

La creatura tenta di colpirmi con l'artiglio-spada. Mi chino, evitando di perdere la testa.

"Resta ferma!" urla la mostruosità. "Se ti uccidessi adesso, Maestro sarebbe contento."

Sì, giusto. Una protuberanza, simile ad un'appendice, si snoda dal mio polso, trasformandosi in una spada di pelo, giusto in tempo per parare l'attacco successivo dell'artiglio-spada. "Quale maestro?" chiedo, affondando con un rapido colpo.

L'avversario viene aperto in due, ancor prima di poter rispondere.

Una seconda creatura mi raggiunge, agitando l'artiglio-spada. "Maestro ti odia!" stride, quando paro il colpo. "La tua esistenza è una rovina."

Contrattacco con la lama di pelo, affondandola nel petto dell'avversario. "Io, una rovina?" Estraggo la lama con uno strattone. "Da che pulpito viene la predica."

Il tempo per le chiacchiere sul loro maestro dev'essere giunto al termine. I prossimi due aggressori mi caricano con una violenza di gran lunga maggiore. Con gli artigli, menano fendenti e colpiscono senza alcuna strategia, diventando facili prede per la mia lama di pelo.

I due successivi, più prudenti, mi circondano silenziosamente, alla ricerca di un'apertura.

Lancio un finto attacco, poi mozzo la testa di uno di loro. L'avversario successivo si china sotto la mia lama, accovacciandosi sull'acqua. Mentre torreggio su di lui, mi colpisce con l'artiglio, infilzandomi la coscia.

Balzo all'indietro con un grido di dolore. Il muscolo interessato brucia nell'agonia.

Il mostro scatena il colpo finale, ma lo intercetto. Con un urlo stridente, affonda di nuovo... e l'artiglio mi penetra nella spalla.

Ignorando la vertiginosa ondata di agonia, faccio oscillare la lama, decapitandolo di netto.

———————

MI TROVO in un enorme e sontuoso ingresso, con pareti verdi rossastre e pavimenti di marmo blu giallastri. L'intenso e appetitoso aroma del manna mi riempie le narici, mentre oggetti dalla forma impossibile mi fluttuano davanti agli occhi.

Il mio palazzo dei sogni. Ce l'ho fatta.

Il sangue continua a fuoriuscire dalla coscia e dalla spalla. Porca miseria. Quel sub-sogno era peggiore degli altri. Se fosse stato presente un altro mostro, avrei la schiuma alla bocca e tenterei di uccidere chiunque nel mondo della veglia. Per fortuna, avevo chiesto al medico della mamma di prepararsi a questa eventualità. Se fossi riemersa dalla trance onirica in preda all'istinto omicida, avrebbe potuto sottomettermi con l'aiuto dei corpulenti addetti alla sicurezza che aveva radunato... o abbattermi con il contenuto della propria siringa, qualunque fosse.

Beh, la cosa positiva è che niente di tutto ciò è necessario adesso, poiché mi trovo in tutta sicurezza nel mondo dei sogni. Esco dal mio corpo, lo guarisco, mi acconcio i capelli, rendendoli fiammeggianti, e torno dentro me stessa.

Pom compare accanto ad una delle forme impossibili. Lui è un looft, una creatura simbiotica perennemente attaccata al mio polso, e anche il mio compagno qui, nel mondo dei sogni. Delle dimensioni di un grande uccello, dotato di giganteschi occhi color lavanda, orecchie a punta triangolari e un morbido pelo, che cambia colore a seconda delle sue emozioni, di solito si trova nel dizionario accanto alla parola 'adorabile'.

Al momento, però, è completamente nero e ha le orecchie flosce. "Ti ho letto di nuovo accidentalmente nel pensiero" ammette con aria colpevole. "Sei qui per risvegliare Lidia, vero?"

Ricordando la mia importante missione, spicco il volo, dirigendomi verso la torre dei dormienti. "È vero. La mamma era bloccata nella fase non REM, ecco il motivo del sub-sogno che abbiamo appena vissuto."

Mi volteggia intorno con un fremito. "Spaventoso."

"Senz'altro. Ma ehi, stavolta eri una spada." Glielo dimostro, ricreando l'arma che ho appena usato. "Sapevi che, in realtà, era un sogno?"

Assume una tonalità di nero ancora più scura. "No. Mi stavo solo vivendo il momento, senza chiedermi perché fossi quella spada... per quanto bizzarro."

"La stessa cosa vale per me. Non mi rendevo conto di sognare."

Pom gira intorno alla mia testa. "Le creature hanno parlato stavolta."

È così. Che strano. Ripenso a tutti gli altri sub-sogni che ho vissuto e alle creature bizzarre e terrificanti che vi ho incontrato. "Forse, hanno sempre cercato di parlare" rispondo. "Ma stavolta, avevano una bocca con cui esprimersi."

Il pelo di Pom assume una tonalità arancione chiaro. "Da dove provengono i sub-sogni?"

Rallento la velocità del volo. Ha posto una domanda su cui ho riflettuto molto, senza mai arrivare ad una risposta soddisfacente. "Non lo so. Li ho soprannominati sub-sogni, perché penso che attingano più in profondità nel subconscio rispetto ai sogni normali."

"Il subconscio di chi, il tuo o quello del sognatore?"

"Bella domanda." Rievoco le creature del sub-sogno che ho vissuto durante l'invasione della fase non REM di Bernard... quelle simili a batteri e virus di grandi dimensioni. "Teoricamente, questa potrebbe essere l'incarnazione delle mie paure della contaminazione."

Pom le scruta, mentre ricreo le creature incontrate nel sub-sogno di Gertrude: gigantesche talpe senza pelo con i tentacoli, in sella ad esseri ibridi, a metà tra un facocero e un ragno. "Nessuno di questi cavalieri rientra nello schema" affermo, studiandoli, "perciò, forse, appartenevano all'immaginazione di Gertrude."

Pom fluttua davanti al mio viso. "Pensi che sia stata tua mamma a creare i mostri che abbiamo appena sconfitto?"

"Può darsi. Anche se le implicazioni non mi piacciono."

Mi guarda, meravigliato.

"I mostri dicevano che il loro maestro mi odiava" spiego. "Se fosse stata la mamma a crearli, allora sarebbe lei questo maestro, no?" Raggiunta la torre dei dormienti dalle pareti di vetro, localizzo la nicchia in cui, ora che l'ho spinta nella fase REM, è situata la sagoma della mamma. "So che abbiamo avuto quella lite, prima del suo incidente" continuo, volando verso di lei, "ma spero che non ritenga *davvero* la mia esistenza una rovina, qualunque cosa significhi."

Pom vola accanto a me. "Sei dispiaciuta per quella lite, vero?"

"Certo. Ho fatto pensare alla mamma che avrei potuto invadere i suoi sogni, un atto che mi aveva spinto a giurare di non commettere mai. *Ecco* perché era rimasta così turbata, ed era uscita come una furia. L'incidente non sarebbe accaduto, se avessi tenuto a freno la lingua."

Pom diventa grigio, un colore raro per lui. "Non sapevi che cosa sarebbe successo."

"Vero." Inspiro, per tenere a bada la pesante ondata di emozioni che viene sempre causata dai pensieri sull'incidente della mamma. "In ogni caso, non importa più. *Sto* per infrangere la mia promessa."

"Per salvarle la vita."

"Sì." All'esterno, nel mondo della veglia, la mamma è immersa in uno strano sonno, simile al coma, dal quale né Isis, una potente guaritrice, né il dottor Xipil, un raro medico gnomo, sono riusciti a risvegliarla. L'unico tentativo rimasto consiste nell'entrare nei suoi sogni, per risvegliarla dall'interno.

Spero che mi capisca e mi perdoni.

Entrata nella sua nicchia, atterro accanto al letto. Con mia sorpresa, non c'è alcuna nuvola sopra la sua testa, simbolo di un circolo di traumi: sospettavo da sempre di trovarla, durante un eventuale viaggio nei suoi sogni. Prima dell'incidente, aveva dato segno di tutti i sintomi a cui ho assistito con i clienti più disturbati.

"Sono sicuro che ti perdonerà" afferma con aria solenne Pom, atterrando alle mie spalle. "La cosa più importante è che tu perdoni te stessa. Nella mia esperienza, è più difficile."

Mi giro, per vedere se sta scherzando, ma è ancora di quel deprimente colore grigio. "A quale esperienza ti riferisci? Per che cosa hai mai avuto bisogno di perdonarti?"

Il suo viso carino si trasforma in un'espressione infelice, e le sue orecchie si afflosciano. "Mi sono legato a te in modo permanente, senza chiederti il permesso."

È così. Di certo, non mi aspettavo di finire con un simbionte, quando avevo accarezzato un mooft (una creatura simile ad una mucca, sulla quale normalmente vivono i looft) in uno zoo di Gomorra. Ma adesso, non riesco ad immaginare la mia vita senza di lui.

"Tesoro." Lo sollevo, portandolo allo stesso livello dei miei occhi. "Te l'ho già detto: non vorrei mai toglierti, nemmeno se potessi."

Le punte delle sue orecchie assumono una leggera

sfumatura di viola. "Me l'hai detto, quando pensavi di essere giustiziata. Ora che sai di vivere, lo pensi ancora?"

"Saremo dei simbionti per tutta la vita" rispondo solennemente. "Non dimenticarlo mai."

La restante parte di Pom diventa viola, e lui sorride. "Siamo una bella coppia di simbionti, no?"

"Non so che cosa farei senza di te." Gli do un bacio sulla fronte pelosa, poi lo poso a terra. "Ora, che ne dici di fare quello per cui sono venuta qui?"

Entrambi guardiamo la mamma. I suoi bei lineamenti appaiono così pacifici nel sonno.

"Vuoi un po' di privacy?" chiede Pom.

"Sì, grazie." Sono passati quattro mesi, da quando la mamma è caduta in coma. Le probabilità che mi metta a piangere, quando finalmente parleremo di nuovo, sono piuttosto alte, e la scena potrebbe turbare Pom.

Scompare, servizievole.

Metto una mano sulla fronte della mamma. "Mi dispiace" sussurro. "Se potessi salvarti senza infrangere la mia promessa, lo farei."

Facendomi coraggio, mi tuffo nel suo sogno.

CAPITOLO DUE

LA MAMMA STA TRITANDO qualcosa in una cucina sconosciuta, mentre una versione infantile di me stessa apre un pacchetto di manna.

Bailey da piccola sembra avere circa cinque anni, e dev'essere filtrata dai ricordi della mamma. Dubito di essere stata *così* adorabile, e quell'innocenza nei miei occhi mi rende scettica. Pur non avendo alcun ricordo prima dei sette anni, non avrei potuto cambiare fino a *questo* punto.

Una parte di me si sente delusa. I miei poteri di camminatrice dei sogni mi permettono di stabilire se un sogno sia basato su un ricordo, e questo caso è diverso. Sarebbe stata un'occasione per imparare qualcosa dei miei primi anni di vita... uno dei tanti argomenti tabù della mamma.

La mamma inizia a tritare con maggiore intensità.

Qualcosa m'impedisce di schiarirmi la gola, per informarla della mia presenza. Per quanto io brami parlarle, la curiosità e un certo intuito mi spingono ad osservare, per ora. Mi rendo invisibile... appena in tempo.

Stringendo il coltello così forte, da farsi diventare le nocche bianche, la mamma si scaglia verso la piccola Bailey.

Che cavolo?

Il viso della mamma è una maschera irriconoscibile piena di odio, mentre pugnala al cuore la versione infantile di me stessa, che grida di dolore... ed è l'unica cosa a sovrastare il mio rantolo scioccato.

Disattivo i rumori, e respiro profondamente per calmarmi.

È soltanto un sogno. I sogni possono essere caotici e folli. Ciò non significa che la mamma voglia uccidermi.

Quello che ho appena visto non dev'essere per forza una manifestazione della rabbia della mamma per la nostra discussione.

Comincia un altro sogno.

Siamo nel nostro appartamento di Gomorra. La mamma osserva una versione adolescente di me stessa al centro della stanza, con un visore per la realtà virtuale sulla testa. Nel guardarmi intorno, noto un dettaglio curioso: alcune delle finestre intorno a noi sono nere.

Mi sono imbattuta per la prima volta nel concetto di finestra nera grazie agli appunti di Leal, il camminatore dei sogni assassinato, facente parte del Consiglio di New York, e ho acquisito altre informazioni nei sogni di Nina, la telecinetica che agiva come una sorta di archiviazione dei ricordi per il sopracitato camminatore. La stessa Nina aveva un ricordo fastidioso, che aveva chiesto a Leal di bloccare dietro una finestra nera.

È successo lo stesso con la mamma? Queste finestre rappresentano eventi che lei, o qualcun altro, ha cancellato dalla memoria? Così, si spiegherebbe la mancanza di un circolo di traumi. Qualsiasi cosa la turbi, potrebbe celarsi dietro le finestre nere.

Prima di poter seguire ulteriormente questo filo di pensiero, la stessa espressione di odio compare sul viso della mamma, che carica l'ignara Bailey adolescente come un linebacker della NFL, dandole una spinta con tutte le sue forze.

Bailey adolescente vola verso una delle finestre normali. Agitandosi in modo scomposto, sfonda il vetro e precipita verso la strada lastricata, molto più in basso.

Che. Cavolo. Succede?

Il sogno cambia di nuovo. Questa versione di me stessa sembra avere circa dieci anni, e sta dormendo. La mamma incombe su di lei, con la stessa espressione spaventosa dipinta in viso.

"Ti prego, dimmi che vuoi solo entrare nei suoi sogni" sussurro, ma non può sentirmi. La mia voce è ancora disattivata.

Afferrato un cuscino, la mamma lo appoggia sulla faccia della Bailey addormentata, soffocandola.

Accidenti.

Riprendo la capacità di emettere nuovamente dei suoni, diventando poi visibile.

"Mamma" chiamo in tono fermo. "Penso che tu sia bloccata in un incubo infernale."

O perlomeno, mi auguro di aver ragione. È impossibile che si diverta ad uccidermi, più e più volte, in questo modo. Non ero una figlia *così* irritante.

La confusione sostituisce l'odio nell'espressione della mamma.

"Stai sognando" spiego rapidamente. "Questo..."

"Sei entrata nei miei sogni!" La mamma, stavolta, sembra abbastanza furiosa, da uccidere la mia versione reale.

Arretro d'istinto. "Non capisci. Non avevo altra scelta."

Mi punta una mano contro, e un fulmine ad arco, proveniente dalle sue dita, mi entra in testa.

Mi sento come se mi avessero trasformata in un limone, spremendomi fino all'ultima goccia, e miscelando la polpa e la buccia rimanenti in un frullato.

Apro la bocca per gridare, ma è troppo tardi.

Non sono più nel mondo dei sogni.

CAPITOLO TRE

RITORNO NELLA STANZA DI OSPEDALE, dove il dottor Xipil e i corpulenti addetti alla sicurezza mi osservano attentamente, pronti a sottomettermi nel caso in cui diventassi un'assassina psicopatica.

M'incollo un sorriso sulle labbra, anche se sto per dare fuori di matto. L'ultima cosa di cui ho bisogno, è che il dottor Xipil mi perfori con la siringa che tiene in mano.

"Che cos'è successo?" chiede con espressione preoccupata.

"Non ha funzionato" rispondo, e riappoggio la mano sulla fronte della mamma. È stranamente sudaticcia. "Voglio ritentare."

"Aspetti..."

Smettendo di ascoltare le obiezioni del medico gnomo, ordino a me stessa di tornare nei sogni della mamma.

Nessuna reazione.

Ah.

Tocco il mio braccialetto di pelo, Pom, nel tentativo di entrare nel mondo dei sogni in quel modo.

Niente. Non c'è alcun odore di ozono, né sensazione di caduta, che accompagna la transizione verso la trance onirica. Tanto varrebbe toccare una roccia.

Stringo la mano della mamma, e faccio un ulteriore sforzo. Ancora niente. Alla fine, mi tocca accettarlo: la violenta espulsione dal mondo dei sogni da parte della mamma mi ha privata dei miei poteri per il resto della giornata.

Incredibile.

Non sapevo che una cosa del genere fosse possibile, né che la mamma fosse in grado di farlo. In generale, i suoi poteri da camminatrice dei sogni sembrano essere molto più forti dei miei.

Addirittura più sorprendente è il fatto che la mamma sia così potente, nonostante viva qui, su Gomorra, dacché ho memoria. Noi Conoscenti perdiamo lentamente i nostri poteri, se non ci rechiamo regolarmente nelle Altreterre abitate dagli esseri umani, come la Terra.

Il dottor Xipil scambia un'occhiata con la guardia più vicina a me. "È sicura di stare bene?"

Accidenti. Teme che sia *diventata* un'omicida.

M'incollo un altro sorriso forzato sulle labbra. "Sto bene. Sono solo delusa per il fallimento."

"Come stavo cercando di spiegarle, non ha *solo* fallito." Il medico indica con un cenno del capo gli schermi che monitorano il battito cardiaco e l'attività cerebrale della mamma. "L'ingresso nei suoi sogni ha fatto schizzare i parametri vitali alle stelle."

"Che cosa?" Scruto i monitor, desiderando di aver studiato medicina. So parecchie cose sul sonno, ma non molto altro. "Come?"

"Non lo so, ma il suo battito cardiaco ha accelerato pericolosamente, aveva il respiro corto, una sudorazione eccessiva e i tremori... tutti segni di un attacco di panico notturno, ma senza il risveglio da cui, di solito, è seguito."

Mentre squadro la mamma, provo un tuffo allo stomaco. Ha la fronte imperlata di sudore, e la pelle abbronzata ha assunto un colorito grigio. "Che cosa faccio allora?"

Il dottor Xipil si sistema la protezione respiratoria, un apparecchio che tutti gli gnomi indossano a causa della loro anatomia. "Beh... è un caso unico. I suoi poteri potrebbero ancora essere il modo migliore per risvegliarla, ma è meglio lasciare che il suo corpo si riprenda per un giorno o due, prima di qualsiasi altro tentativo."

Inspiro profondamente. "In realtà, non so se valga la pena di riprovare." Spiego la mia teoria, a proposito del fatto che la mamma possa essere molto più potente di me.

Indica agli addetti alla sicurezza di uscire. "Magari, può cercare di convincerla, la prossima volta?"

"Gliel'ho detto, non vuole che io entri nei suoi sogni." Guardo la mamma, e di fronte al colorito cinereo del suo viso, mi si stringe il petto per il senso di colpa. "Forse, avrei dovuto darle retta."

Il dottor Xipil si risistema la maschera. "Vedrò che cosa possiamo fare noi. Nel frattempo, dobbiamo ricollegare alcuni macchinari."

Al mio polso, Pom diventa nero... stavolta, rispecchiando le mie emozioni. Deglutisco, per sciogliere l'amaro nodo in gola. "Capisco."

"Magari, è il caso che lei parli con un esperto del sonno" aggiunge il medico. "O che trovi un altro camminatore dei sogni."

Lo guardo, meravigliata. "Non conosco altri camminatori." Non siamo proprio così diffusi.

Mi osserva con aria meditativa. "In tal caso, ha mai sentito parlare del dottor Cipactli?"

Scuoto la testa.

"È un esperto del sonno, e ha un'ottima reputazione. Dirige la ZIZZ Sleep Clinic." Il mento del dottor Xipil si solleva. "Non c'è da meravigliarsi, in effetti, poiché anche lui è uno gnomo."

Sono sinceramente colpita. "Un altro gnomo in campo medico?"

Il dottor Xipil sbuffa attraverso la maschera. "Ero rimasto sorpreso tanto quanto lei. So di essere fuori dal coro. Sono diventato medico dopo aver perso i miei genitori, a causa di una rara malattia genetica. Eppure, nemmeno io riesco a capire perché un altro gnomo voglia studiare proprio il sonno."

Può dirlo forte. Gli gnomi, di solito, prosperano nei settori altamente tecnologici. La mia amica Itzel, per esempio, è ossessionata dall'esplorazione dello spazio e dai gadget di ogni tipo, e il suo famoso nonno, Cadmael, aveva inventato i reattori Vega, che mettono in funzione ogni cosa su Gomorra.

"Parlerò con questo dottor Cipactli" affermo.

"Ottimo." Il dottor Xipil fa alcuni gesti a mezz'aria. "Le ho appena inviato i suoi dati."

"Grazie. Potrebbe anche riferirmeli verbalmente? Il mio dispositivo di comunicazione non funziona più, e non l'ho ancora sostituito." In realtà, quel dispositivo è stato distrutto da un vampiro sulla Terra... ma chi ne tiene conto?

Il dottor Xipil mi spiega dove devo andare, e aggiunge: "Parlerò con il dottor Cipactli non appena uscirò, e gli invierò ogni informazione su sua madre."

Lo ringrazio di nuovo, e lui abbandona la stanza. Stringo di nuovo la mano della mamma. "Ciao" le dico piano. "Ci vediamo presto, okay?"

Nessuna risposta. Esco con un peso sul cuore.

———

MENTRE OLTREPASSO LE infermiere in corridoio, rifletto sul perché la mamma continuasse ad uccidermi nel sogno. La risposta migliore che mi viene in mente è che, nonostante la mia invisibilità, abbia rilevato la mia presenza da camminatrice dei sogni, andando su tutte le furie. In fondo, per tutta la vita le avevo promesso che *non* sarei entrata nei suoi sogni.

Ma perché uccidermi a diverse età? Perché non

limitarsi a spingermi via, proprio come aveva fatto quando avevo manifestato la mia presenza?

Cosa ancora più importante, dovrei rispettare il suo volere e non tornare indietro?

Cerco d'immaginare di lasciarla attaccata a quei macchinari a tempo indeterminato, e ogni cosa dentro di me si rivolta al solo pensiero. Anche racimolando i soldi per mantenerla a lungo termine in questo ospedale a pagamento, alla fine deperirà, indipendentemente dai macchinari. Se non riuscissi a svegliarla, sarebbe praticamente morta.

Allora è fatta. A meno che l'esperto del sonno non riesca a trovare un'altra soluzione, dovrò escogitare un modo per ottenere più potere, tornare indietro e provare a risvegliarla di nuovo. Mi è anche venuta un'idea, a proposito di accumulo di potere...

Le porte dell'ospedale si aprono, e mi guardo intorno.

Questo è il Distretto Sanitario, così chiamato a causa della sfilza di ospedali a pagamento, aziende farmaceutiche e centri di ricerca in ogni dove. Assomiglia vagamente ai Gardens by the Bay di Singapore, poiché i suoi alberi per la raccolta dell'acqua assomigliano molto ai super-alberi di quel luogo.

La mia destinazione è raggiungibile a piedi, quindi mi faccio strada tra la fitta folla di Conoscenti. Dopo la Terra, vedere una tale quantità di pedoni non umanoidi è un po' frastornante, soprattutto quando scorgo un paio di creature mannare in forma animale.

L'edificio che ospita la clinica del sonno è piccolo, e

mi ricorda la Freedom Tower di New York. Entro, e prendo l'ascensore per il piano della clinica del sonno. Una segretaria elfo mi comunica che non potrò vedere il dottor Cipactli prima di domani pomeriggio, al di là della mia urgenza.

Imprecando sottovoce per il ritardo, lascio l'edificio, e individuo il negozio più vicino in cui acquistare un dispositivo di comunicazione sostitutivo; senza, mi sento come una donna delle caverne.

"Vuole dare un'occhiata all'ultimo modello?" mi chiede la uber addetta alle vendite con un sorriso smagliante.

Mi guardo intorno. "C'è un posto in cui posso controllare il mio conto in cc?"

Indica con il capo uno specchio vicino, e mi rendo conto che è uno schermo camuffato.

Lo raggiungo, inserisco le mie credenziali, e controllo i miei soldi.

Aspetta un secondo. La cifra è molto più alta di quanto mi aspettassi.

Non mi occorre molto tempo, per capire che cos'è successo. Valerian ha pagato quasi il doppio dell'importo che avevamo concordato. Wow. Mi aveva già dato dei bonus per un lavoro ben fatto, ma mai fino a questo punto.

Quando avrò il mio dispositivo, dovrò ringraziarlo. Con questa cifra, posso saldare le fatture in sospeso della mamma, avanzandone abbastanza per prendere in considerazione il dispositivo di comunicazione più recente e costoso.

"Mi faccia vedere" dico alla donna uber.

Prende un dispositivo di comunicazione dall'aspetto elegante, che non avevo mai visto prima, e lo apre come il guscio di una vongola: un'altra novità.

All'interno, ci sono degli auricolari quasi invisibili, due lenti a contatto e dieci unghie a clip.

Studio ogni cosa con timore reverenziale. "Ho sentito dire che erano in fase di sviluppo, ma non sapevo che fossero presenti sul mercato."

La mia ultima serie di dispositivi si collegava tramite occhiali e guanti speciali, quindi non potevo usarli liberamente sulla Terra. Questi sono molto più furtivi.

"Li indossi" invita con un sorriso d'intesa.

Mi protendo verso le lenti a contatto, poi ritiro la mano. "Sono nuove?"

Inclina la testa. "Proviene da una delle Altreterre?" Prima di poterle rispondere che sono del posto, aggiunge: "Questi dispositivi possiedono una *igea* incorporata: una tecnologia di pulizia."

So di che cosa sta parlando, ovviamente. L'igea è il motivo per cui la salmonella e cose simili sono estinte su Gomorra. La sua risposta mi suggerisce anche che questi oggetti sono *già* stati in occhi altrui... il che è un problema, anche se so che la mia preoccupazione non è razionale. È come bere da un gabinetto sterilizzato sulla Terra: repellente, almeno per me.

Deve leggermi nel pensiero, poiché sorride saggiamente e prende un'unità sigillata.

"Non prometto di acquistarla" sottolineo con riluttanza.

"Va bene." Me la porge.

Giusto. Sa che il prossimo cliente non si farà gli stessi scrupoli.

Tolgo il dispositivo dall'involucro, come se fosse un regalo di Natale, indosso le lenti a contatto, e fischio sottovoce. Sono estremamente confortevoli, cioè, non le sento affatto.

Il sorriso dell'addetta alle vendite si allarga. Sa di avermi quasi presa all'amo.

Gli auricolari sono straordinari. Una volta infilati nelle orecchie, è impossibile vederli, e riesco ancora a percepire i rumori esterni.

Appoggio gli oggetti per le unghie in fondo alle dita, ed essi si agganciano, come grazie ad una calamita. Il risultato non è affatto male, un po' come se mi avessero ricostruito le unghie con un gel blu sulla Terra.

"I gesti sono gli stessi dei guanti?" chiedo.

Annuisce, perciò faccio un gesto per attivare il dispositivo di comunicazione.

Le solite icone sferiche compaiono nell'aria davanti a me. Con gli occhiali, assomigliavano agli ologrammi di *Star Wars*, ma le lenti a contatto rendono tutto più nitido, quasi reale.

Gesticolo verso l'app di login e, una volta entrata, l'interfaccia assume l'aspetto che avevo impostato in precedenza, con icone dalle forme impossibili, come il triangolo di Penrose. Mi dà la sensazione di trovarmi nel mondo dei sogni.

Ho una montagna messaggi in sospeso, ma prima di controllarli, apro l'app per il pagamento, dicendo: "Prendo questo."

"Lieta di aver fatto affari con lei." L'addetta alle vendite mi rivolge un sorriso ancora più ampio.

Nell'uscire, controllo alcuni messaggi. Sono stati mandati perlopiù dall'ospedale, per avvisarmi delle fatture da saldare. Dopo essermene occupata, scrivo un messaggio a Valerian. Lui è fondamentale per la mia nuova idea sull'aumento del potere... o almeno, questo è ciò che racconto a me stessa.

Non ha nulla a che vedere con quanto è quasi accaduto tra noi l'altro giorno.

Niente affatto.

Delusa, constato che non risponde subito, e nemmeno quando salgo su una vettura. Beh, dato che trascorre metà del suo tempo sulla Terra e metà su Gomorra, spero sia semplicemente lontano, e che non mi stia ignorando.

L'auto mi accompagna all'esterno del nostro palazzo, un modesto grattacielo di centocinquanta piani.

Mettere piede nell'appartamento è un'esperienza strana, dopo la mia assenza. La prima cosa che balza all'occhio, come al solito, è la scarsità di tocchi personali dati dalla mamma a questo posto. Le pareti sono spoglie e la cucina è immacolata. Nei negozi di mobili, esistono vetrine con più personalità. Se dovessi entrare nella camera della mamma, sarebbe ancora più insipida: solo le pareti e un letto. A volte, mi chiedo se la mamma pensasse che, con l'aggiunta delle decorazioni, avrebbe potuto accidentalmente rivelarmi qualche segreto del suo passato.

Entro nella mia stanza. Come all'interno della mia interfaccia della realtà virtuale (e del mondo dei sogni), ho molte opere d'arte, che rappresentano paradossi visivi e scene surreali. Opere che ricordano le presentazioni di M. C. Escher e Salvador Dalí sulla Terra, su schermi che compongono le pareti della mia stanza. Sul vecchissimo schermo portatile che avevo preso in prestito dalla mamma, scorgo la copertina del libro di testo sulla progettazione di videogiochi, che stavo leggendo prima che la mia vita fosse messa a soqquadro. Il mio letto disfatto, che fluttua a pochi centimetri da terra grazie ai magneti e alla superconduttività, sembra incredibilmente invitante.

Presumo di sentire ancora il peso di quei quattro mesi di privazione del sonno.

Con uno sbadiglio, controllo se Valerian ha risposto.

Niente.

Tanto vale sfruttare l'attesa per ridurre il sonno da recuperare, immagino.

Configuro il dispositivo, affinché emetta uno squillo acuto in caso di ricezione di un messaggio, e imposto la sveglia per non perdere l'appuntamento con il dottor Cipactli, anche se dubito di averne bisogno: significherebbe aver dormito oltre venti ore. Però, la prudenza non è mai troppa.

Raccogliendo una bacchetta igea, mi disinfetto a

dovere, prima di abbandonarmi sul letto. I miei muscoli tesi si rilassano all'istante. I migliori materassi in memory foam della Terra sono ridicoli rispetto ai letti intelligenti di Gomorra. Mi sento come avvolta in una nuvola, un'illusione incentivata dalla sensazione di fluttuare.

E infatti, mi addormento con molta rapidità, quasi come se avessi inalato del gas soporifero.

———

RIAPRO GLI OCCHI, a causa della sveglia a tutto volume.

Accidenti. Ho dormito con continuità fino al giorno dopo, e adesso devo affrettarmi per andare dal dottor Cipactli.

Uso con gioia il mio bagno estremamente igienico ed ecologico. La parte della Terra che preferisco meno è tutta quell'acqua sporca sprecata, parte dell'impianto idraulico. L'unica acqua disponibile su Gomorra è quella potabile che proviene dai rubinetti, e la bevo con gusto. In seguito, igienizzo il corpo e i denti, indosso un'anonima maglietta nera e dei pantaloni cargo scuri (uno dei molti outfit regolati per adattarsi sia allo stile della Terra, sia a quello di Gomorra), ed esco in fretta dall'edificio. In strada, prendo del manna e salgo su un'auto a guida autonoma.

Mentre mastico questa delizia, mi accorgo di non aver fatto nemmeno un sogno in oltre venti ore di sonno. In generale, mi sento alla grande. Molto meglio rispetto a prima... e questo mi suggerisce che avevo bisogno di venti ore, se non di più.

L'auto si ferma, e salgo fino all'ufficio del dottor Cipactli.

"Ho un appuntamento" informo la segretaria elfo.

Con un sorriso gentile, preme un pulsante che solo lei può vedere nella propria realtà virtuale. "Un momento."

Pochi secondi dopo, lo gnomo più alto che abbia mai visto esce dall'ufficio vicino. Gli gnomi crescono in statura durante l'adolescenza, poi rimpiccioliscono con l'età, quindi questo esemplare dev'essere giovane... il che può comunque rientrare in un intervallo fino a mille anni, considerando la durata tipica della vita degli gnomi.

Come la maggior parte degli altri gnomi, deve indossare una maschera speciale, a causa dei problemi respiratori che sviluppano sui pianeti in cui l'aria è composta circa dal venti per cento di ossigeno, come la Terra e Gomorra. Secondo Itzel, sono stati questi problemi respiratori a spingere inizialmente gli gnomi verso l'esplorazione della tecnologia.

La maschera del dottor Cipactli è insolita, poiché non si vede granché del volto sotto la superficie nera lucida. Se Felix fosse qui, direbbe che, con questa maschera, il dottor Cipactli assomiglia a Darth Vader, ci scommetto.

"Bailey" esordisce, con una voce profonda che, distorta dalla maschera, rafforza il paragone tra lui e

Vader. "Piacere di conoscerla." Tende la mano in un saluto, simile a quello che si usa sulla Terra.

Ignorando l'appendice offerta, faccio un inchino, cosa che, solitamente, mi permette di evitare il contatto pelle contro pelle.

Funziona. Il dottor Cipactli piega la testa e dice: "Entri nel mio ufficio."

Lo seguo all'interno, e reagisco a scoppio ritardato.

Gli schermi sulle sue pareti presentano immagini degne di un film dell'orrore, che mi ricordano le creature incontrate nei sub-sogni.

"Studio gli incubi" spiega, notando il mio shock. "Ecco perché mi sono entusiasmato, quando il dottor Xipil mi ha parlato del suo caso."

Mi accomodo su una sedia sospesa e accavallo le gambe. "Eh?"

Mi studia, come se fossi una celebrità, o un insetto esotico. "Non avevo mai incontrato una camminatrice dei sogni."

Sorrido, a disagio. "Siamo una specie piuttosto rara."

"Estremamente." Si siede dietro la scrivania. "Ecco perché, al posto di un pagamento, spero che mi dia una dimostrazione dei suoi poteri."

Il pagamento, giusto. Nemmeno questo è un ospedale gratuito. Distendo le gambe. "Ne sarei felice. L'unico problema è la sua natura di gnomo. Non è il primo a chiedermelo, e le darò la stessa risposta degli altri: potrebbe funzionare, ma anche no."

Gli gnomi sono rinomati per la loro immunità a molti poteri dei Conoscenti. La malia dei vampiri non funziona su di loro, gli imbroglioni non possono influenzare direttamente il loro destino, gli illusionisti non sono in grado di mostrare loro alcuna illusione, i veggenti non possono vederli nelle visioni sul futuro... e la lista è lunga.

Il dottor Cipactli annuisce con ansia. "La resistenza degli gnomi ai camminatori dei sogni è il motivo per cui voglio tentare. Mia nonna mi diceva che avrebbe funzionato, se uno gnomo avesse dato il proprio consenso... ma senza fornirmi ulteriori spiegazioni. Una volta adulto, mi sono reso conto che le sue parole non hanno alcun senso. Se sto dormendo, e quindi sono incosciente, come posso dare il mio consenso?"

Hmm. Interessante. "Forse, potrebbe consentirmi di camminare nei suoi sogni da sveglio?"

"Forse." Si sfrega la parte della maschera corrispondente al mento. "Ma ciò non le garantirebbe un accesso illimitato ai sogni per sempre? Oppure, posso revocare il consenso dopo il risveglio? O magari, anche durante la sessione nei miei sogni?"

Sorrido. "Ora sono davvero curiosa di farlo."

"Eccellente." Balza in piedi. "E se tentassimo adesso?"

"Un secondo." Distolgo lo sguardo da lui, e uso Pom per entrare ed uscire dal mondo dei sogni.

Bene. Ho recuperato i miei poteri.

Mi giro verso di lui. "Nessun problema. C'è un posto in cui dormire?"

"Questa è una clinica del sonno" replica, e si dirige a lunghi passi verso la porta.

Lo seguo lungo un corridoio e in una grande sala, piena di letti fluttuanti. Su ognuno di essi, giace una persona addormentata. Alcune sono attaccate ad una flebo, altre no. Molte sono anche legate al letto, come dei pazzi pericolosi.

Che cavolo?

Poi riconosco una di loro, e le cose diventano più chiare.

È Gertrude, il Consigliere di New York che mi odia a morte. Soffre di una malattia che assomiglia al disturbo del comportamento del sonno REM, un pessimo abbinamento con la sua capacità di mandare in cancrena chiunque tocchi. Ecco quale dev'essere la spiegazione anche per gli altri pazienti legati: soffrono di pericolosi disturbi del sonno.

In ogni caso, sono contenta che Gertrude abbia trovato questa clinica. Di recente, ho scoperto che aveva ucciso nel sonno una persona a cui teneva, quindi sarebbe una buona cosa, se avesse l'aiuto che le serve. Mi auguro solo che non si svegli e mi veda; non solo mi odia, per non essere stata in grado di risolvere il suo problema nei sogni, ma l'altro giorno le ho fatto perdere i sensi con una botta, e potrebbe tenermi il broncio.

"Qua, che ne dice?" Il dottor Cipactli indica un letto vuoto.

Lancio un'occhiata diffidente in direzione di Gertrude. "Preferirei un posto più appartato."

Annuendo comprensivo, lo gnomo mi accompagna

in una stanza vuota, con un letto e un'apparecchiatura medica, che mi ricorda la postazione della mamma.

"Può andare?" chiede.

"Certo. Riuscirà a dormire a comando, o ha del gas soporifero a portata di mano?"

"Una cosa di gran lunga migliore." Tira fuori un piccolo aggeggio. "Un farmaco sviluppato per la mia ricerca. Manda il soggetto dritto nella fase REM."

Ah. Sembrerebbe il farmaco sviluppato da Leal, il camminatore dei sogni del Consiglio di New York. Naturalmente, il farmaco di Leal aveva un lievissimo effetto collaterale: chiunque lo assumesse, non si risvegliava mai più. Suppongo che il farmaco del dottor Cipactli non sia analogo; altrimenti, sto per prendere parte al più strano suicidio assistito della storia.

"Per utilizzare questo, devo togliere la maschera" afferma gravemente. I suoi occhi hanno un'espressione strana: imbarazzo, forse? "Può rimettermela in faccia, per favore?"

Annuisco energicamente.

Lo gnomo si sdraia e si toglie la maschera.

Poveretto. Ora capisco perché indossi una maschera che lo copre fino a quel punto. Deve aver avuto un incidente, o qualcosa del genere; il lato destro del viso è sfregiato da cicatrici, che assomigliano ad un'ustione chimica.

Punta l'aggeggio verso il viso e lo attiva.

Si sente un chiaro sibilo.

Il medicinale è inodore, e sembra avere un effetto

immediato. I suoi occhi iniziano a muoversi rapidamente dietro le palpebre.

Igienizzo la maschera su entrambi i lati, poi la riappoggio sul suo volto. Poi gli igienizzo l'avambraccio scoperto, sul quale appoggio le dita.

Si parte. Sto per entrare nei sogni di uno gnomo.

CAPITOLO QUATTRO

NULLA ACCADE, però, quando ordino a me stessa di entrare.

Aspetta, no. *Sta* succedendo qualcosa. Qualcosa di strano.

Più sforzo i miei poteri, più mi sembra di sentire una vocina in testa, simile al modo in cui Pom comunica con me quando è sveglio; ma non è lo stesso suono del mio peloso amico.

La voce sembra chiedere: *Chi sei e che cosa vuoi?*

Sentendomi una sciocca, reagisco come se fosse Pom. Mentalmente, rispondo: *Sono Bailey. Mi ha chiesto di visitare i suoi sogni.*

Non ricevo alcuna risposta mentale; invece, qualcosa cede, e con una zaffata di ozono, precipito nel mondo dei sogni dello gnomo.

———

NON APPENA MI ritrovo nel mio palazzo dei sogni, mi teletrasporto alla torre dei dormienti.

"Com'è andata con Lidia?" chiede la voce di Pom. Poi compare un po' alla volta, come uno Stregatto.

"Non benissimo" rispondo, e lo aggiorno rapidamente sull'accaduto.

Osserva una nicchia nelle vicinanze. "E quello è il medico gnomo?"

"Sì." Volo verso il mio obiettivo, con Pom accanto a me.

Non appena nota la cicatrice sul volto del dottor Cipactli, le sue orecchie diventano nere. "Io starò fuori."

"Mi sembra giusto." Tocco l'avambraccio dello gnomo, e mi esorto ad entrare.

Stavolta, non c'è alcuna voce nella mia testa, ma piombo semplicemente nel sogno dello gnomo.

———

PER UN ATTIMO, penso di essermi accidentalmente svegliata.

Siamo tornati nella stessa stanza in cui il dottor Cipactli si era messo a dormire.

Naturalmente, se fossimo nel mondo della veglia, non ci sarebbero due Bailey, qui. La seconda Bailey ha un'espressione crudele, e tiene il dottor Cipactli per il collo in una morsa letale.

"Non mi rimane altra scelta" gracchia lo gnomo, generando una palla di fulmini con le mani.

Bang.

Con il petto devastato e carbonizzato, la seconda Bailey sbatte contro un muro e scivola giù, morta.

Ehi, dai. Perché tutti sognano di uccidermi?

Il mondo dei sogni cambia di nuovo.

Privo di maschera e senza la cicatrice, un giovane dottor Cipactli è in piedi accanto ad un'enorme macchina, composta da motori a vapore, leve e pistoni, segno di una tecnologia ancora più primitiva di quella della Terra.

Uno gnomo più vecchio colpisce una sezione del dispositivo con una palla di fulmini: gli gnomi, di solito, usano quella capacità per alimentare i dispositivi.

"I valori numerici saranno rappresentati dalle ruote d'ingranaggio" dichiara il più vecchio, mentre la palla vola verso l'obiettivo. "Ogni cifra di un numero ha un proprio..."

Mentre la palla atterra, qualcosa esplode.

"Oh, no!" grida lo gnomo più vecchio.

Un liquido sibilante schizza sul volto del dottor Cipactli.

Mentre quest'ultimo urla, mi rendo conto che questo incubo è un ricordo. Ecco com'era rimasto ferito.

Il sogno cambia di nuovo.

Stavolta, l'età del dottor Cipactli corrisponde a quella attuale, ma è ancora privo di maschera e di cicatrice. Le creature da incubo, che assomigliano alle immagini del suo ufficio, compaiono intorno a noi. Questo non è affatto un ricordo.

"Basta." Trasformo gli esseri da incubo in vaporosi gattini. "Desiderava una dimostrazione del mio potere, ecco qui."

Il dottor Cipactli mi fissa a bocca aperta.

"Siamo in un sogno." Trasformo i gattini in cuccioli di tigre, per evidenziare la mia teoria.

Si sfrega gli occhi. "Non posso crederci."

"Non si ricorda di avermi dato il consenso per entrare nei suoi sogni? L'ho sentita chiedermi chi fossi e che cosa volessi."

"Ho chiesto che cosa?" Scuote la testa. "È molto più strano di quanto pensassi."

"Sì." Sposto entrambi nel mio ufficio sulla nuvola, e gli indico di sedersi dove si posizionano di solito i miei clienti. "Ora, a proposito di mia mamma."

"Giusto." Si accomoda, e assume il solito contegno professionale. "Ho esaminato tutti i documenti, e concordo sulla necessità di essere risvegliata dall'interno dei propri sogni."

Mi abbandono sulla mia poltrona. "E quindi, da me?"

"Non necessariamente." Probabilmente senza rendersene conto, fa riapparire la cicatrice sul viso, seguita dalla maschera. "Possiamo usare lo stesso farmaco che ho usato su me stesso."

Mi siedo più dritta con la schiena. "Quello che induce la fase REM?"

"Giusto. Quello che ho dimenticato di dirle, è che fa anche molto di più." Si ferma. "Come ha notato, ho avuto degli incubi. Non è una coincidenza. Il farmaco,

Koshmar, è molto sistematico nel provocare questa reazione."

"Il suo farmaco causa gli incubi a chi ne fruisce?" Rendo i miei capelli fiammeggianti.

I suoi occhi si sgranano, ma lui si ricompone rapidamente e annuisce. "Koshmar è stato formulato appositamente per questo scopo, quindi è molto più potente di un farmaco che lo prevede solo come effetto collaterale. È prezioso per la mia ricerca."

Aggrotto la fronte. "Vuole causare un potente incubo a mia mamma?"

"Sì" dice con impazienza. "Gli incubi di Koshmar peggiorano progressivamente, finché il dormiente non si sveglia, ed è ciò che vogliamo in questo caso. Inoltre, un aspetto interessante di questi incubi specifici è che il primo contiene sempre l'ultima esperienza del dormiente... nel caso di sua mamma, un brutto incidente d'auto. Scommetto che si risveglierebbe solo per questo."

Lo osservo, pensierosa. "Ecco perché il suo primo incubo era ambientato nella stanza in cui si è addormentato. Era la sua ultima esperienza... e il punto di partenza di un incubo in cui la mia versione onirica la soffocava."

"Esatto. Non credevo nemmeno di dormire. Era come se il mio cervello avesse cancellato il ricordo di essermi spruzzato con il farmaco, e allora, l'ambiente ha preso una piega oscura. Funziona così ogni volta."

"E sta suggerendo di dare questo terribile farmaco a mia madre?"

Si stringe nelle spalle. "Se la paura *fosse* in grado di risvegliarla, questo sarebbe il mezzo."

"Ma se non riuscisse a svegliarsi? Con un'escalation degli incubi, finirebbe nel peggior inferno immaginabile, senza alcuna via d'uscita."

"Allora, alla fine, dovrebbe svegliarla con il suo potere." Non si cura di nascondere la delusione nella voce. Probabilmente, desiderava avere un altro soggetto su cui testare il farmaco. "A proposito del suo potere" continua, "le dispiace fare un altro esperimento?"

Lo fisso, guardinga. "Per esempio?"

Si alza. "Vorrei vedere che cosa succederebbe, se negassi il mio consenso."

"Ah, va bene."

Annuisce e raggrinza il viso, irrigidendosi...

————

MI RITROVO nel mondo della veglia, nella stanza deserta dove il dottor Cipactli è steso sul letto.

A quanto pare, gli gnomi *possono* revocare il consenso ai camminatori dei sogni... impressionante.

Il dottor Cipactli apre gli occhi e si alza a sedere. "È stato affascinante."

"Già" commento con molto meno entusiasmo.

"Possiamo fare un altro esperimento?"

Attivando con un gesto il mio dispositivo di comunicazione, do un'occhiata ai messaggi.

Valerian ha appena risposto, e sono ansiosa di leggere le sue parole.

"Mi dispiace, magari un'altra volta" rispondo al dottor Cipactli. "Spero che ciò che abbiamo fatto finora sia un pagamento sufficiente per il suo tempo." *Soprattutto considerando la sua inutilità*, evito di aggiungere.

"D'accordo" risponde. "Se dovesse aver bisogno di un lavoro, ci prenda in considerazione. Una persona con i suoi poteri potrebbe rivelarsi preziosa in..."

"Grazie. Apprezzo l'offerta. Prima, però, ho bisogno di mia mamma sana e salva."

"Certo. Se mi venisse in mente qualcosa che potrebbe aiutarla, le farò sapere."

Ci scambiamo i dati di contatto, poi mi accompagna fuori.

Mentre esco dall'edificio, leggo finalmente la risposta succinta di Valerian:

Parliamo. Possiamo vederci da Erato's alle quattro?

Rispondo affermativamente, salgo su un'auto, e mi faccio lasciare alla stazione hyperloop. Erato's si trova dall'altra parte della città, quindi ho bisogno di un mezzo di trasporto più rapido.

La stazione hyperloop del Distretto Sanitario è tipica di Gomorra, poiché eclisserebbe perfino l'aeroporto più lussuoso della Terra, sia in termini di pulizia del design, sia per il comfort dei passeggeri in attesa.

Non che si debba aspettare a lungo. Arriva un treno ogni manciata di secondi.

Quando salgo, lo trovo abbastanza deserto. Come al solito, la sensazione è minima, mentre sfreccia in avanti e mi trasporta lungo una distanza di dieci Manhattan in un batter d'occhio.

Dopo un altro tratto in auto, entro nell'edificio di Erato's, e prendo l'ascensore di vetro fino in cima.

Erato è una potente driade, che ha incanalato il proprio amore per le piante nell'agricoltura verticale, rendendola simile ad una forma d'arte. Le pareti di vetro dell'ascensore mi permettono di ammirare piante di ogni colore e forma, che ricoprono ogni superficie dell'edificio. Non sono solo visivamente gradevoli; anche i profumi sono divini, e le noci, la frutta e la verdura meravigliose che sbucano dal fogliame mi fanno venire l'acquolina in bocca.

Devo riconoscerlo, a Valerian. Ha scelto un ottimo posto per il nostro incontro... ed è anche romantico.

Forse, non sono stata influenzata solo io dalla folle chimica che ho provato.

Quando esco dall'ascensore per entrare nel ristorante, mi sento come in una foresta magica. Una driade dalla pelle verde, vestita con un bikini di foglie, mi accoglie con un sorriso che ne rivela i denti, simili alle radici di un albero. "Bailey?" chiede, con una voce simile a foglie d'autunno che cadono.

Annuisco, fissandola negli occhi pieni di clorofilla.

"Da questa parte." Mi guida nella spessa vegetazione, e i suoi poteri ordinano senza sforzo ai rami di spostarsi dalla nostra traiettoria.

Il séparé in cui mi conduce assomiglia a una radura

in miniatura, con un grande ceppo d'albero al posto del tavolo, e altri più piccoli sotto forma di sedie.

Valerian è già arrivato, e siede su un ceppo a sorseggiare una tazza di tè. Nel vedermi, si alza e sorride.

Provo di colpo un eccessivo calore. Quelle labbra sensuali dovrebbero essere illegali, insieme a quella fossetta nel mento e al resto di quel volto dalle proporzioni perfette. Per non parlare di quel corpo, alto e muscoloso... Ricordo l'illusione che mi aveva dato al nostro ultimo incontro, quella di lui nudo e ricoperto da un liquido luccicante, e non posso fare altro per contenere la bava alla bocca. Per fortuna, non è nudo in questo momento, anche se la tunica verde che indossa potrebbe essere stata dipinta. Non che non fosse estremamente sexy con il completo su misura, che sfoggiava sulla Terra. Sembra sexy con qualunque cosa... ma in particolar modo, senza niente addosso.

Questo, in realtà, è un difetto dell'idea che mi è venuta in mente prima.

Lui sarà un'enorme distrazione.

Notando che lo fisso, i suoi occhi, blu come l'oceano, brillano ancora più luminosi, e il suo sorriso diventa malizioso. "Sono contento di averti sentita" mormora, mentre mi abbandono senza alcuna grazia sul ceppo più vicino. Perfino la sua voce è colma di sex appeal. "Temevo che, dopo il caos dell'ultimo lavoro, non avrei più avuto tue notizie."

Deglutisco, per inumidire la gola arida. "Beh… Ho apprezzato il doppio pagamento." Lo sto ancora fissando, lo so, ma non posso farne a meno. Ha qualcosa di familiare, è sempre stato così. Ma non so proprio dove avrei potuto incontrarlo. All'inizio, pensavo che avesse assunto l'aspetto di un mix di celebrità, grazie ai poteri di illusionista, ma poi ho scoperto che non era vero.

Questo è il vero Valerian, in tutta la sua gloria, capace di far venire l'acquolina in bocca... e in altre parti del corpo.

Staccandogli finalmente gli occhi di dosso, attivo il dispositivo di comunicazione, per vedere il menù in realtà aumentata con le nuove lenti a contatto. Dopo pochi secondi di riflessione, seleziono un mix di diversi tè e dei campioni di frutta in una coppa come antipasto, tutte varietà uniche di questo luogo.

"Un'indennità di rischio" replica, noncurante, quando ho finito. "Hai già speso tutto e ti serve altro?"

"Non esattamente." Disattivo il dispositivo, così niente potrà oscurare la vista di lui, e la mia salivazione si riattiva all'istante. La nascondo sotto un tono spiccio e professionale. "Vorrei sottoporti una teoria."

Le sue sopracciglia scure s'inarcano.

"Nel sogno di Bernard, ti ho visto parlare nella tua azienda di realtà virtuale, e ho avuto una grande rivelazione. Vuoi dare agli umani la realtà virtuale, e sfruttare tutto questo per accrescere i tuoi poteri di illusionista, vero?"

Le sue sopracciglia s'inarcano ancora di più. "Una deduzione impressionante. Non c'è da stupirsi che tu abbia risolto il caso di omicidio dei Consiglieri."

Penso di esserci riuscita grazie alla fortuna, ma non ho intenzione di dirglielo: più alta è la sua opinione di me, meglio è. "Quindi non lo neghi?"

Una driade arriva con un vassoio, e posa una tazza di tè accanto a me, seguita da due coppe di frutta identiche.

Valerian sorride. "Abbiamo ottenuto la stessa cosa. Le grandi menti pensano allo stesso modo."

Attendo che la driade si allontani, e che il mio cuore si riprenda dal picco ormonale. A proposito di sorrisi letali... se io fossi più vecchia e fragile, avrei già potuto stramazzare a terra. "Allora, ho indovinato i tuoi piani?" insisto, quando la mia voce è sufficientemente ferma.

"Più o meno." Prende un frutto rotondo, simile alla guava della Terra, e lo addenta con gusto.

Reprimo un insolito desiderio di leccare il succo del frutto intorno alla sua bocca. "In tal caso, voglio partecipare" dichiaro, e prendo la mia versione dello stesso frutto, prima di poter commettere un'azione assolutamente poco professionale, e per di più antigienica.

Mentre addento il frutto, ne assaporo la dolce ma saporita bontà, e il mio cuore riprende a correre, quando lo vedo adocchiare il succo intorno alla *mia* bocca con espressione famelica.

La mia idea di leccare qualcosa dev'essere contagiosa.

"Che cosa intendi?" mormora, sempre attento alle mie labbra.

Prendo la tazza di tè con mani malferme. "Voglio

accrescere i miei poteri con l'aiuto della tua azienda di realtà virtuale." Faccio un respiro profondo, mentre il suo sguardo, più acuto, scatta verso il mio. "Il tuo piano è quello di essere associato ai mondi illusori della realtà virtuale, in modo da diventare, in un certo senso, un signore delle illusioni nella mente degli umani. Voglio che tu mi permetta di fare lo stesso. La realtà virtuale può essere simile ai sogni, quindi, con il gioco o l'app giusti, posso essere vista come una padrona dei sogni... e quindi, i miei poteri dovrebbero crescere. In teoria."

Mi aspetto quasi che mi rida in faccia e se ne vada, invece sembra pensieroso. "Uno dei giochi che stiamo sviluppando include un eroe illusionista" dice lentamente. "Considerando le somiglianze tra i nostri poteri, significa che lo scheletro di un personaggio che cammina nei sogni esiste già. Se aggiungessimo alcuni livelli legati ai sogni, e un personaggio alternativo simile a te…"

Oh, accidenti. Quasi balzo in piedi per l'eccitazione. "Lo farai?"

I suoi occhi brillano come diamanti blu. "Potrei... ma è una richiesta importante. Visto che sei così bella, ho bisogno di qualcosa in cambio."

CAPITOLO CINQUE

LO FISSO CON OCCHI SPALANCATI, scioccata. Lui, questa splendida creatura, mi ritiene bella? Io?

L'ardore del complimento eclissa quasi l'altra parte della dichiarazione, cioè che dovrei pagare per la mia richiesta. Ora che ci penso, però, è sbagliato sperare che mi chieda qualcosa di inappropriato come pagamento, ad esempio, il mio corpo?

"Il Senato mi ha chiesto di esaminare per conto suo una questione riservata" continua, "e mi tornerebbe comodo, se una persona con le tue capacità investigative mi aiutasse."

La mia bolla di eccitazione scoppia. Il Senato è il principale organo governativo di Gomorra, che, a differenza dei Consigli di altri luoghi, viene eletto tramite un procedimento democratico. A giudicare da ciò che ho sentito dai media, un'indagine riservata per il Senato potrebbe rivelarsi un'impresa estremamente pericolosa.

Bevo un sorso di tè per calmarmi. "Sono appena sopravvissuta ad un'indagine. Che cosa ti chiedono di capire? Non posso aiutare mia mamma da morta."

Si acciglia. "Che cos'ha tua mamma?"

Poso la tazza. "È una lunga storia."

"Racconta." Prende un frutto blu, simile ad un'arancia, e lo pela.

Dopo un secondo di esitazione, gli dico tutto: come la mamma ha avuto l'incidente, le spese sanitarie che mi hanno spinta ad accettare lavori di dubbia legalità, compreso il suo. Gli spiego anche che la guarigione di Isis è stata incompleta, e che adesso ho bisogno d'incrementare il mio potere per risvegliare mia mamma dall'interno dei suoi sogni.

Durante la conversazione, i lineamenti scolpiti di Valerian si ammorbidiscono, e mentre riepilogo la spiegazione, appoggia la sua grande mano calda sulla mia. "Mi dispiace" mormora. "Sono contento, se i miei lavori ti hanno aiutata."

Resisto all'impulso di ritrarre la mano, in parte perché mi piace il suo tocco, e in parte perché si comporta in modo gentile, e non voglio insultarlo con insinuazioni sui germi. Anche se lui ne ha di certo. Nel suo caso, però, non m'importa granché.

Scommetto che anche i suoi germi sono sexy.

Mi schiarisco la gola. "Per questa indagine, quanto tempo pensi ci vorrà?"

Prima che possa rispondere, la driade fa ritorno con due piatti, e con quella che dev'essere la seconda parte dell'ordinazione: una selezione di verdure in salse a base di noci.

Valerian spartisce abilmente il cibo fra i nostri due piatti, e assaggia un boccone di quello che assomiglia a un fungo. "Delizioso" sospira, con gli occhi che si chiudono in estasi.

La driade gli rivolge un sorriso radioso. "Erato sarà soddisfatta delle sue lodi."

Provo l'improvviso desiderio di soffocare una cameriera innocente, senza alcun motivo. Voglio dire, non ha fatto altro che sorridere a Valerian. Lo preferirei circondato da donne depresse?

Hmm. Forse.

La driade ci lascia, e assaggio la mia versione del fungo, deliziosa a tal punto, da strapparmi un gemito dalle labbra.

Quando riapro gli occhi (non mi ero resa conto di averli chiusi), Valerian mi sta guardando con una fame che non ha nulla a che fare con i prodotti agricoli.

Il mio viso si surriscalda, il battito cardiaco s'impenna. "Non hai ancora risposto alla mia domanda" mormoro con la bocca piena. "Quanto dura l'indagine?"

Scruta la vegetazione tutt'intorno a noi, come per scorgere altri clienti e camerieri attraverso il fogliame, poi si concentra di nuovo su di me. "Ci ho appena riservato un po' di privacy con i miei poteri" spiega. "Se la cameriera tornerà, ci vedrà mangiare e scambiarci frasi banali sul tempo. Nel frattempo, possiamo fare tutto ciò che vogliamo, senza che nessuno lo sappia."

Quasi strozzandomi all'idea di fare 'tutto quello che

voglio' con Valerian, individuo un succoso gambo, simile a quello dei broccoli, e me lo infilo in bocca.

Mi osserva masticare con evidente fascino, prima di rispondere finalmente alla mia domanda precedente. "Non so proprio quanto tempo richiederà l'indagine."

Ignorando la mia smorfia di delusione, localizza la propria versione della verdura che ho mangiato, e passa all'attacco.

Mentre guardo i movimenti della sua mandibola, mi rendo conto che questo processo *può* essere affascinante: faccio parecchia fatica a staccare gli occhi dalla sua bocca. Con uno sforzo, riordino i miei pensieri imprevedibili. "Perché non mi spieghi su che cosa indagheremo, di preciso?"

Inghiottisce il cibo con evidente piacere. "Questa è un'informazione riservata. Senza prima il benestare del Senato, non c'è molto che posso dirti."

"Allora, la privacy è un elemento positivo." Infilzo un fagiolo gigante con la forchetta. "Non vorrei mai che qualcuno origliasse il nulla che mi hai appena rivelato." Mi metto in bocca il fagiolo immerso nella salsa. Proprio come qualunque cosa finora, è divino.

Distogliendo lo sguardo dalla mia bocca, Valerian afferma: "La semplice esistenza della mia indagine è un'informazione sensibile. Te l'ho detto solo perché mi fido di te."

Socchiudo gli occhi. "Vorrei che fosse una cosa reciproca."

"Non ti fidi di me?" Fa degli occhi da cucciolo, come un ragazzino... e non si capisce bene se stia usando i propri poteri, per farmi sciogliere a quella vista, o se il controllo sulla propria espressione sia abile fino a questo punto.

Mi passa per la testa una rapida fantasia, in cui io e lui ci riproduciamo e abbiamo un bambino che mi guarda con quegli stessi occhi, per ottenere un pony fatto di glassa al cioccolato.

Aspetta, cosa? Ma che cosa mi passa per la testa?

Afferro la tazza e sorseggio rumorosamente il tè, per scacciare questo folle pensiero. "E lo sviluppo del gioco?" chiedo. "Quanto pensi che ci vorrebbe?"

Sorride. "Dovrei parlare con il mio team, per saperlo con certezza. So questo: Illusion Scope, l'hardware per i nostri giochi, sarà lanciato tra pochi giorni, insieme ad un paio di giochi, per cui il mio team è ridotto all'osso. Il gioco in questione è la seconda fase, e quindi di priorità inferiore." Liquida in fretta il suo fagiolo gigante, cioè il legume, non la parte del corpo a cui la mia mente continua a pensare.

Soffocando la libido ribelle, chiedo: "Sarebbe possibile renderlo più prioritario? Magari, far sì che il tuo team inizi a lavorare sulle modifiche apportate al gioco, contemporaneamente alla tua indagine?"

Solleva un sopracciglio. "In pratica, vuoi essere pagata prima di completare il lavoro?"

"Perché no? Hai appena detto di fidarti di me. In entrambi i casi, non è necessario lanciare il gioco, finché non avrò concluso l'indagine. Voglio solo aiutare mia mamma al più presto possibile."

Mi rivolge un sorriso abbagliante. "Hai una bella

faccia tosta, te lo concedo." Portandosi alla bocca con la forchetta qualcosa di simile ad un asparago arancione intenso, lo assapora con il suo tipico godimento.

Incrocio le braccia sul petto. "È un no?"

"Se tu riunissi tutti i compensi che ti ho versato finora, e aggiungessi qualche zero alla fine, otterresti più o meno il costo per fare ciò che chiedi." Divora un altro boccone.

Mi sposto in avanti sul mio ceppo-sedia. "E se contribuissi allo sviluppo del gioco?"

Con la bocca occupata dalla verdura più grande del piatto, mi lancia uno sguardo incredulo.

"Ho seguito corsi di progettazione di videogiochi" mi difendo. "Inoltre, viaggiare nei sogni e progettare videogame sono piuttosto simili... e in quanto alla prima opzione, ho molta esperienza."

Mastica, pensieroso, chiaramente non convinto.

"Anche un mio buon amico ha partecipato agli stessi corsi. E se lo convincessi a dare una mano a sua volta?"

Valerian inghiottisce il cibo con espressione indecifrabile.

Posseduta da un demone interiore, butto lì: "*Non c'è qualcosa di romantico tra me e lui.*"

Adesso sembra divertito. "Avresti dovuto dirmelo subito. Improvvisamente, sembra perfetto per questo lavoro."

Tamburello con le dita sul ceppo-tavolo. "Felix è un mago dei computer. Letteralmente: ha potere sul silicio, oltre ad una profonda conoscenza dell'informatica."

Lo sguardo di Valerian si fa più penetrante. "È il tecnomante che tutti assumono per la sicurezza informatica?"

"Penso di sì. Di certo, lui si definisce un tecnomante." Gli rivolgo uno sguardo fermo. "Mi deve un favore, e penso di poterlo convincere ad aiutarci."

Questa è una frottola. Semmai, sono io a dovere uno, o vari favori, a Felix. Tuttavia, penso di poterlo convincere a dare una mano. Nel peggiore dei casi, potrei pagare le sue tariffe abituali, presupponendo che accetti un pagamento in cc di Gomorra, e non in dollari americani.

"Okay." Valerian tende la mano. "Affare fatto."

Quasi senza esitazione, gliela stringo. Germi o no, la sua stretta di mano è forte e salda, e la sua pelle piacevolmente calda e asciutta, mentre il palmo mi avvolge le dita. Una parte di me non vorrebbe mai lasciarlo andare, sebbene la consapevolezza dei germi che ci stiamo scambiando mi stia mandando in paranoia.

Dopo qualche rumoroso battito cardiaco, mi rendo conto che ci stiamo ancora tenendo la mano, e che mi sta massaggiando delicatamente il palmo. Oh. Il suo pollice sta strofinando il punto esatto in cui provo tensione, ed è una sensazione tranquillizzante e...

Qualcosa trilla nella tasca di Valerian.

Accigliato, molla la presa, e fa un gesto che assomiglia ad un comando della realtà virtuale. "Era la mia sveglia" spiega in tono di scuse. "Devo presenziare ad una riunione importante."

Sbalordita per la stretta di mano, mi limito ad annuire.

Si alza ai piedi. "Ingaggia Felix e vediamoci più tardi alla mia sede centrale, sulla Terra. Ti manderò l'ora e l'indirizzo."

Annuisco di nuovo, sempre muta.

Fa alcuni gesti, come se si stesse occupando di un pagamento, poi si china e mi sfiora la guancia con le labbra.

Il mio battito cardiaco diventa supersonico. A bocca aperta, lo fisso, mentre si allontana dal mio spazio personale ed esce tranquillamente dal ristorante, come se non avesse alcuna preoccupazione al mondo.

Quando scompare dalla mia vista, mi disinfetto le mani e il viso, e tracanno il tè rimasto, prima di divorare i miei avanzi di cibo con noncuranza. Anche se tutto è delizioso come prima, lo stato iperattivo del mio sistema nervoso parasimpatico m'impedisce di godermelo. Terminando il pasto, apro l'app per pagare, e scopro che Valerian si è già occupato della mia parte.

È carino da parte sua. Sembrava di essere ad un appuntamento. Aspetta un attimo... Lo era?

Accantonando questo inquietante pensiero, lascio il ristorante e torno sui miei passi, prendendo l'hyperloop e poi un'auto verso l'edificio dell'hub.

Arrivata in ascensore, controllo i messaggi.

Come promesso, Valerian mi ha mandato i dettagli per l'incontro.

Memorizzo la posizione, nel caso in cui il mio dispositivo smetta di funzionare al mio arrivo sulla

Terra, anche se ne dubito. In senso stretto, dovrei lasciare qui tutta la tecnologia di Gomorra, ma oggi mi sento audace. Il Consiglio di New York mi deve un favore, quindi, anche se mi beccassero, probabilmente la passerei liscia.

Spero.

Uscendo dall'ascensore, osservo il panorama dalla cima del grattacielo, e dico addio alla civiltà. In poche falcate decisive, entro nell'energia pulsante del portale della Terra, e raggiungo la sezione nascosta dell'aeroporto JFK. Dopo alcuni corridoi labirintici, mi unisco ai viaggiatori umani, ignari del fatto che questo aeroporto possa condurre in un altro mondo.

Prima le cose importanti: trovo un posto che vende disinfettante per le mani, e ne compro alcuni flaconi. Senza alcun accesso a igea, non posso fare di meglio.

Pronta ad affrontare questo mondo infestato dai germi, mi dirigo verso il punto di raccolta dei taxi, e invio un SMS a Felix con il mio telefono della Terra: *Devo parlarti di persona.*

Ricevo la sua risposta immediatamente: *Vieni nel mio appartamento.*

Rispondo affermativamente, e chiamo un'auto tramite un'app sul telefono. Poco dopo, ci imbattiamo nel traffico, la caratteristica di questo posto che preferisco meno... oltre alla mancanza di misure sanitarie adeguate, intendo. Su Gomorra, condividiamo le vetture che, in combinazione con l'hyperloop e i veicoli volanti, hanno reso il traffico acqua passata.

Alla fine, arriviamo a Manhattan.

Battery Park, il quartiere dove vive Felix, è bello, almeno per la Terra. C'è molta vegetazione tutt'intorno, e il panorama delle acque tossiche del porto è piacevole alla vista. Quando raggiungo il piano di Felix, a differenza degli altri appartamenti dell'edificio, è blindato (e forse anche a prova di missili).

Suono il campanello.

CAPITOLO SEI

LA PORTA SI APRE, rivelando il viso sorridente di Ariel.

Ariel è una uber, una specie estremamente bella e super-forte di Conoscenti. Lei e Felix sono coinquilini, perciò non è un grande shock trovarla qui.

"Bailey!" In un batter d'occhio, mi avvolge in uno strettissimo abbraccio, di cui un orso andrebbe fiero.

Dato che non tocca la pelle esposta, mi è facile calmarmi dopo il contatto... in particolare quando, ripreso fiato, mi accerto di non avere costole rotte.

"Che cosa ci fai qui?" chiede, eccitata, indicandomi di entrare. "Non pensavo che saresti tornata sulla Terra così presto, dopo l'ultima avventura."

"Mi sorprendo io stessa, fidati." Chiudo la porta alle mie spalle.

Tre creature pelose escono dalla zona della cucina, e alzano lo sguardo su di me con varie percentuali di curiosità.

Una di esse è un cincillà, un adorabile roditore che non è ciò che sembra. Dopo il nostro ultimo incontro, so che si tratta di un domovoi, un raro tipo di Conoscenti, estremamente potenti entro i limiti del loro territorio. Si chiama Fluffster, probabilmente per tutti quei ciuffi di pelo.

Ciao, Bailey, dice tramite una voce nella mia testa. *È bello rivederti.*

Con un sorriso, rispondo al saluto ed esamino la seconda creatura, una gatta persiana. Anche se non è una Conoscente di alcun tipo, ha una certa aria regale, e un'intelligenza malvagia negli occhi che mi spinge a non volermela inimicare.

Il terzo animale è un altro cincillà, che mi spinge a chiedere: "Hai un altro animale domestico?"

Ariel alza gli occhi al cielo. "No. Quella è Kit."

"Ah, ciao, Kit." Kit è una mutaforma, e potente oltretutto, al punto da far parte del Consiglio di New York. Ovviamente, può trasformarsi in qualsiasi creatura tengano gli umani folli come animale domestico, sia che si tratti di un cincillà, un cane, o un ippopotamo.

Io non sono un animale domestico, ribatte Fluffster nella mia mente, riuscendo ad assumere un tono 'scontroso'.

"Scusa." Mi sforzo di mantenere un'espressione seria. "Intendevo, 'un altro animale domestico oltre alla gatta.'"

Quest'ultima mi lancia un'occhiata, che sembra

significare: "In realtà, loro sono tutti *miei* animali domestici."

La cincillà aggiuntiva si trasforma con uno scintillio nella piccola sagoma bionda, simile ad un cartone animato giapponese, di Kit. "Sono qui per tenere compagnia a Fluffster" spiega, ammiccando.

"Non fare domande" sussurra Ariel. "Sono inquietanti trombamici."

In realtà, non vedo alcun problema in questo accordo, tranne il fatto che potrebbe essere potenzialmente negativo per la dipendenza dal sesso di Kit. Ariel è il prodotto di un mondo in cui chi gode dell'intimità ha sempre un aspetto umanoide, quindi non posso biasimarla per i suoi pregiudizi. Su Gomorra, siamo più aperti. Oltre ai mutaforma (che sono una rarità), abbiamo una pletora di creature mannare, e altri Conoscenti si mettono regolarmente insieme con loro in varie forme.

"Che cosa ti porta qui?" chiede Kit, trasformandosi in Felix. "Se è per vedere il tecnomante, è impegnato con una persona, al momento."

"La sua fidanzata" chiarisce Ariel con aria complice. "Mi sto ancora abituando all'idea che ne abbia una."

Dato che non mi piace l'occhiata di Kit, affermo: "Io e Felix siamo solo amici." La sua espressione non cambia, quindi aggiungo: "Non è lo stesso tipo di amicizia che c'è tra te e Fluffster."

"Buono a sapersi" risponde una sconosciuta voce femminile.

Felix, rosso come un pomodoro, e una minuta,

giovane donna entrano in soggiorno. Ha una faccia familiare: è la ragazza che lui aveva difeso dai folletti nel proprio sogno, noto.

"Maya, questa è Bailey" dice Felix. "Ci conosciamo da tanto."

Maya mi tende la mano, e non ho altra scelta che stringerla, appuntandomi mentalmente di disinfettarmi a breve.

Lei mi scruta da dietro gli occhiali. "Felix ha detto che avete partecipato a corsi di videogiochi insieme, ma non mi aveva mai parlato della tua bellezza."

Le sorrido. "Grazie. Lo sviluppo di videogiochi è il motivo della mia presenza, in effetti. Felix, puoi aiutarmi ad aggiungere livelli e funzionalità ad un gioco in realtà virtuale?"

"Perché?" chiede.

"Di che cosa ti stai occupando?" interviene Kit.

Altre domande vengono poste da tutti, tranne la gatta, e pezzo dopo pezzo, li aggiorno in merito a mia mamma, Valerian e il nostro accordo. Onde evitare di parlare del mio piano per l'incremento di potere, dico loro soltanto che Valerian mi aiuterà, in cambio di alcuni servizi che includono il gioco.

"Valerian è ambizioso" commenta Kit alla fine. "Lanciare il suo visore VR e fare richiesta per entrare nel Consiglio allo stesso tempo? Non so proprio come riesca a destreggiarsi fra tutto questo."

Aggrotto la fronte. "Ha fatto richiesta di entrare nel Consiglio?"

"In sostituzione di Hekima" afferma Kit, e il suo

volto si trasforma in quello benevolo dell'illusionista deceduto. "Probabilmente, ci riuscirà anche. Il suo predecessore ha dimostrato proprio quanto possa essere potente la loro specie: un vantaggio per il Consiglio."

"Non riesco ancora a credere di aver preso lezioni da un insegnante capace di compiere tutti quegli omicidi" mormora Maya. "Sembrava così gentile."

Ha preso lezioni da Hekima?

Ah sì, è così. Teneva il cosiddetto Orientamento qui, sulla Terra: una specie di scuola per i giovani Conoscenti.

Questa Maya, evidentemente, non ha solo l'aspetto di un'adolescente, ma *lo è*. Mi auguro che Felix sappia che cosa sta facendo.

Lui lancia un'occhiata colpevole ad Ariel. "Un'opportunità per lavorare sulla realtà virtuale. Magari potrei..."

"No" obietta lei severamente. "Abbiamo bisogno di te."

Inarco un sopracciglio.

"Felix non può aiutarti" dice Maya con una punta eccessiva d'impazienza. "L'altra sua amica di Gomorra ha i quattrini."

È gelosa di me? Se sì, perché? Il suo fidanzato è il coinquilino di Ariel e della Principessa Peach, entrambe più attraenti di me.

Decidendo d'ignorarla, guardo Felix con scetticismo. "Hai *altri* amici su Gomorra?"

"Itzel" spiega Kit, e si trasforma nella persona in

questione: una giovane gnoma dalle guance tonde e dal sorriso sciocco. Nel mondo reale, quel sorriso sarebbe nascosto da una maschera, poiché Itzel, come tutta la sua specie, soffre di problemi respiratori.

"Che cos'ha Itzel che non va?" chiedo, preoccupata. È anche una mia amica.

"Il suo famoso nonno" risponde Ariel.

Famoso è riduttivo. Il solo Cadmael ha sensibilmente migliorato la qualità della vita su Gomorra, fino ai livelli di cui attualmente godiamo. In gioventù, inventò un reattore per la fornitura di un'energia quasi gratuita, che quindi alimenta ogni aspetto della nostra vita quotidiana.

"Che cos'ha fatto stavolta?" chiedo, esasperata.

Dacché conosco Itzel, suo nonno è una spina nel fianco per lei. Di recente, per esempio, a causa di un suo astronomico debito di gioco, Itzel ha dovuto portare a termine un lavoro rischioso per aiutare Felix e i suoi amici. Rimasta molto traumatizzata dalla loro avventura, mi aveva chiesto di curarla con la terapia dei sogni, cosa che intendo fare nel prossimo futuro, sapendo ora come entrare in quelli degli gnomi.

"È scomparso dalla faccia di Gomorra" spiega Felix. "Itzel ci ha chiesto di aiutarla, e le dobbiamo un favore."

"Certo" rispondo. "E vorrei dare una mano anch'io."

Tutti, tranne Maya, accolgono felici alla notizia... anche se è difficile stabilire che cosa stia pensando Fluffster con tutto quel pelo, e il muso piatto della gatta appare sempre un po' scontroso.

E tua madre? chiede mentalmente Fluffster.

Dimenticandomi momentaneamente dei germi, mi chino a raccoglierlo.

Wow. Il rischio di una malattia è pienamente giustificato. Il pelo dei cincillà è paradisiaco quasi quanto quello di Pom.

"Mia mamma ha la priorità, ovviamente" rispondo, fissandolo negli occhi da roditore. "Ma spero che la faccenda del videogioco e il pagamento di Valerian non occupino tutto il mio tempo durante la veglia."

Non aggiungo che comincio a sentire la mancanza del sangue di vampiro. Vista la quantità di avvenimenti, il sonno è un lusso. Ma è meglio resistere a questi pensieri, forse sintomo di quella spiacevole dipendenza che sta riaffiorando. Se il mio tempo durante la veglia non è sufficiente, possono anche tirarmi un bidone. Soprattutto Valerian... in un certo senso, potrebbe anche piacermi.

Felix sogghigna. "Fantastico. Gradiremmo molto il tuo aiuto... e forse, potrò comunque aiutarti con il gioco, quando *avrò* del tempo libero."

Poso di nuovo Fluffster sul pavimento. "Sarebbe stupendo. Magari, potresti farlo al posto di alcuni dei tuoi lavori a pagamento. Ti pagherò la normale tariffa."

Di fronte al discorso dei soldi, Fluffster gonfia il petto. *Felix ti aiuterà volentieri. Il favore di Itzel non pagherà l'affitto, né riempirà il frigo di cibo.*

"Ma non può farlo *adesso*" replica Maya. "Andremo nell'appartamento di Cadmael, così potrò usare i miei poteri per localizzarlo." Si mette le minuscole mani sui

59

fianchi. "Ho solo un breve lasso di tempo libero, quindi dobbiamo andare. Immediatamente."

"Giusto" afferma timidamente Felix. "Ci conviene andare."

È divertente il fatto che tutta questa fretta sia comparsa subito dopo di me. Ma decido di non commentare, altrimenti Maya sarebbe ancora più sicura che voglia il suo ragazzo, e non è così.

Tutti i miei pensieri amorosi, ultimamente, sono rivolti a Valerian.

Guardo Felix con espressione gelida, onde evitare che Maya pensi che lo stia spogliando con gli occhi. "Prima di andare, potresti aggiornarmi sul dispositivo di comunicazione di Leal?" Rivolgo a Maya un'occhiata di scuse. "Leal era un camminatore dei sogni, e il Consiglio di New York mi aveva chiesto di risolvere il suo caso di omicidio. Il dispositivo contiene i suoi appunti, e potrebbe fornire informazioni utili sui miei poteri."

Felix riprende vita. "Oh, sì, dimenticavo di dirtelo. Sono riuscito ad hackerarlo. Ho estratto tutto il suo diario. Ho controllato Soma, come mi avevi chiesto, ma nessuna citazione. Sembrava ossessionato da una società segreta, simile agli Illuminati ma pompati di steroidi. Almeno, questo è quanto ho appreso, prima di annoiarmi a morte."

Non posso che nascondere la delusione. Speravo davvero che, tra gli appunti di Leal, ci fosse qualcosa su Soma. Hekima aveva insinuato che fosse un luogo in cui vivono i camminatori dei sogni, ma non è chiaro se intendesse una città o una delle Altreterre per intero.

Grazie alla reticenza di mia madre, so pochissimo della mia specie... o della mia famiglia. Non ha mai nemmeno accennato ai primi anni della mia infanzia, ed è un peccato, poiché non ho alcun ricordo antecedente ai sette anni di età.

Ariel inclina la testa. "Una società segreta?"

"Già" dice Felix. "Un gruppo chiamato Icelus."

Kit si trasforma in Leal e rotea gli occhi. "Di nuovo? Ne ha parlato più volte davanti al Consiglio. Un'idea ridicola." Si ritrasforma in se stessa. "Stando alle sue parole, Icelus è un culto di Conoscenti, che adorano una strana divinità."

Ariel appare incuriosita. "Come la Confraternita?"

"I monaci non tengono segreta la propria fede." Kit si trasforma in una delle figure incappucciate.

"Giusto" interviene Felix. "A differenza della Confraternita, i seguaci di Icelus nascondono la propria appartenenza al gruppo... e la loro non è una divinità molto buona. Leal dice che dietro alcuni fatti terribili, accaduti qui sulla Terra, c'è Icelus."

Kit sbuffa. "Le fissazioni di un vecchio. Sosteneva che avessero dato inizio a guerre e premeditato atti terroristici. La sua lista era molto lunga. È impossibile che un gruppo di Conoscenti l'abbia scampata sotto il naso dei Consigli, dopo tutto questo."

"A meno che non si siano infiltrati nei Consigli" dice Felix. "Ed è ciò che sosteneva Leal. E addirittura..."

"Posso avere gli appunti, così li leggo io stessa?" Lancio un'occhiata alla porta. "Avete fretta, ricordi?"

"Giusto." Felix scompare nella sua stanza, e torna con l'antiquato dispositivo del camminatore dei sogni.

Tiro fuori il mio modello, nuovo di zecca, e il telefono del posto. "Inviali ad uno di questi, per favore."

Felix mi ruba di mano il nuovo dispositivo, e lo esamina con l'eccitazione che i maschi, di solito, riservano al corpo femminile.

Maya mi guarda torvamente.

"Dove sono gli occhiali per questo aggeggio?" chiede Felix. "E i guanti?"

Gli descrivo le cuffie invisibili, le lenti a contatto e le unghie. Felix sembra così rapito, che mi aspetto quasi un orgasmo da parte sua, mentre il cipiglio di Maya si trasforma in un'occhiata letale.

"Credo che me li procurerò anch'io, una volta trovato il nonno di Itzel" sussurra con riverenza Felix.

Libero un sospiro esasperato. "Fa' come vuoi. Ma mandami subito i file, okay?"

"Oh, giusto." Indirizza verso entrambi i dispositivi un arco della sua energia di tecnomante. "Fatto."

Attivo la realtà virtuale, e vedo un nuovo messaggio con un allegato. Lo apro, e trovo molte pagine di testo.

D'accordo. Le leggerò quando avrò più tempo.

Maya afferra in modo possessivo il braccio di Felix. "Ci conviene andare."

"Buona idea" rispondo. "Mi metterò in contatto con te tramite Itzel, quando tornerò su Gomorra e avrò un momento libero."

Mentre Ariel e gli altri infilano le scarpe, ricontrollo l'appuntamento con Valerian, e calcolo quanto tempo ci vorrà per raggiungere gli uffici della sua azienda.

Ho circa un'ora a disposizione.

"Posso stare qui con Fluffster?" chiedo a Felix e ad Ariel.

"Certo" risponde lei, e mi abbraccia senza preavviso.

Prima di potermi riprendere da questo gesto, lo imita anche Kit.

Maya mi saluta freddamente con un cenno, e Felix mi stringe prudentemente la mano.

Attendo che siano usciti, quindi corro in bagno per sterilizzarmi con il sapone e il disinfettante per le mani. Raggiunta la massima sensazione di pulizia senza igea, torno in soggiorno e chiacchiero con Fluffster, finché non è il momento di andarmene.

Un giorno, dovresti venire quando sto dormendo, mi dice il domovoi, mentre mi dirigo verso la porta. *Sono curioso di sperimentare i tuoi poteri.*

"Affare fatto." Incapace di resistere, gli accarezzo il pelo paradisiaco. "A presto."

CAPITOLO SETTE

IN TAXI, disinfetto la mano con cui ho toccato il pelo di Fluffster, e apro il diario di Leal.

Oh cielo. Contiene molti passaggi noiosi: esperimenti sui suoi poveri uccelli e pagine su pagine di monologo su questioni poco eccitanti, tra cui alcune parti disgustose, come le annotazioni dei suoi movimenti intestinali.

Cerco Soma come parola chiave, e non trovo alcuna informazione, proprio come mi ha avvertito Felix.

Delusa, mi sistemo e mi limito a leggere. Alla fine, trovo il punto citato da Felix: divagazioni paranoiche su una società segreta.

Adorano Phobetor, il signore degli incubi. Lo considerano una divinità. Esiste? Se sì, che cos'è? Potrebbe essere una creatura che rappresenta per i Conoscenti ciò che noi rappresentiamo per gli umani?

Cerco di analizzare questo paragrafo:

Esistono pianeti su cui noi, Conoscenti, siamo venerati

come divinità. In realtà, è accaduto anche nel lontano passato della Terra. Per esempio, Loki, il dio degli inganni, era un famoso manipolatore delle probabilità. Ma che cosa significherebbe, per una creatura, essere una divinità di noi Conoscenti?

Il taxi si ferma accanto ad un edificio lucente, interrompendo le mie riflessioni.

Salgo con l'ascensore fino all'ultimo piano, dove la grande targa 'Bale Inc' annuncia con orgoglio il nome dell'azienda, e mi avvicino alla reception.

"Signor Bale, la sua ospite è qui per vederla" annuncia la receptionist al telefono.

Valerian compare con indosso un altro abito su misura. Accidenti, gli dona proprio. Come sulla copertina di una rivista di moda.

Oh, e dev'essere lui il signor Bale a cui si riferiva la donna. Ecco perché l'azienda si chiama Bale Inc.

Ah. Quindi, se sposassi Valerian e seguissi l'antiquata abitudine di prendere il cognome del marito, diventerei Bailey Bale.

Non so bene che cosa provi all'idea.

"Dov'è il tecnomante?" Valerian si guarda intorno, come se Felix potesse nascondersi in un angolo da qualche parte.

"Alla fine, aveva un altro impegno." Posiziono le mani a mo' di preghiera. "Non tirarti indietro sull'accordo, per favore."

Sospira. "Che ne dici di unirti a noi in sala riunioni?"

Lo seguo in un grande spazio, delimitato da pareti

di vetro, dove altri due uomini attendono ad un tavolo di vetro per le conferenze. Uno, mi rendo conto, lo conosco già: un tizio con i baffi a manubrio, che assomiglia al personaggio del videogioco di Mario, ma con una cicatrice sulla fronte.

È Bernard, l'umano che Valerian mi aveva incaricata di 'ispirare' tramite i sogni. È il lavoro per cui mi ha pagato quel gentile bonus... e avrebbe dovuto già farlo, ora che ci penso. Non solo ero stata beccata dal Consiglio di New York, durante lo svolgimento del lavoro, ma il compito in sé è stato piuttosto complesso, a causa degli infiniti circoli di traumi di Bernard. Il poveretto aveva perso un figlio per colpa di un mostro, e lui stesso lo era diventato per vendetta.

Guardandolo adesso, non s'indovinerebbe mai l'accaduto. È il ritratto perfetto di un mansueto progettista di software. Mi chiedo se sia una specie di psicopatico, o se le sue azioni covino in tutti i genitori, pronte ad essere innescate da uno stimolo sufficientemente orribile.

Non avevo mai conosciuto prima l'altro uomo, ed è un peccato.

Nonostante sia molto esile, è quasi attraente quanto Valerian, con lineamenti mascolini dalla simmetria simile e marcate sopracciglia scure. I suoi capelli sono nerissimi, e ha un colorito simile al mio.

"Bailey Spade, ti presento Bernard Anderson e Ratridevi Bhairava" dice Valerian, prima di sedersi.

"Piacere di conoscerla, signor Anderson" dico a Bernard. "E anche lei, signor Bhairava."

"Chiamami Bernie." Bernard sorride. "A causa dei film di *Matrix*, non mi faccio mai chiamare signor Anderson."

Un altro fan di quella serie. Lui e Felix andrebbero d'accordo... soprattutto, se non gli raccontassi mai del raccapricciante passato di Bernie.

"Anch'io non mi faccio chiamare per cognome" commenta il Signor Bhairava con un lieve accento indiano. "Chiamami Rattie."

Lo guardo, meravigliata.

"È un gioco basato su Ratri, la versione abbreviata del mio nome" spiega. "Le persone, in questo posto, lo trovano più facile da pronunciare così."

Beh, okay allora. Se non gli dispiace quel soprannome, che sia così. Per quel che vale, non assomiglia affatto a un ratto. Se dovessi paragonarlo ad un roditore, direi che si avvicina più ad un castoro molto bello. O ad una lontra, anche se non è più considerata un roditore. O persino ad una *cheburashka*, una creatura simile al koala che vive nella giungla equatoriale protetta di Gomorra.

"Devo avere anch'io un soprannome?" chiedo, abbandonandomi su un'elegante sedia da ufficio.

Magari Bails? O Beernuts?

Valerian si accomoda. "Non ce n'è bisogno. Non *tutti* usiamo un soprannome."

Faccio uno sbrigativo saluto militare. "Sì, *signor Bale*, *signore*."

Un sorriso sensuale gli tende gli angoli delle labbra. "In realtà, mi faccio chiamare Valerian dalle persone più intime." La sua voce si fa più profonda, al punto da diffondere una spirale di eccitazione nelle mie zone inferiori... una situazione imbarazzante, soprattutto davanti a Bernie e Rattie.

Inspirando profondamente per regolare il battito cardiaco, sempre più rapido, allungo le maniche per nascondere il pelo di Pom, che ha assunto un'imbarazzante tonalità rosa corallo.

Valerian, nel frattempo, si è riconcentrato sugli affari. "Volete ragguagliare anche i vostri team?" chiede a Bernie e a Rattie in tono spiccio.

"Non ancora" risponde Rattie, e Bernie concorda.

"Okay." Valerian mi guarda. "Ho già illustrato loro l'idea. Sarai la modella di un progetto che chiamiamo *Lucid Dreamer*."

Rattie mi sorride. "Li ho convinti del fatto che, al posto di un nuovo personaggio in un gioco preesistente, una nuova esperienza di gioco a sé stante in realtà virtuale sia molto più sensata."

"Basato sul lavoro di base degli altri progetti" interviene Bernie. "Per ridurre drasticamente le risorse necessarie."

Tamburello con le dita sul tavolo di vetro. "Un nuovo gioco? Significa che ci vorrà più tempo?"

"In un certo senso, sì" risponde Valerian. "Ma ci sono anche buone notizie. Secondo Rattie, il suo team potrebbe mettere a punto un livello funzionante in pochi giorni: tra il progetto di Trembling in the Dark e il resto, hanno quasi tutto l'occorrente. Basta solo unire le parti."

Trembling in the Dark? Ne ho sentito parlare da Felix. Aveva detto, e cito testualmente: "È il videogioco horror più spaventoso di tutti i tempi."

"Allora *Lucid Dreamer* farà paura?" chiedo a Rattie.

Si stringe nelle spalle. "Se il gioco riguarda la signora dei sogni, ho pensato, perché non fare in modo che combatta contro gli incubi? Soprattutto, dal momento che il mio team è davvero in gamba in questo genere di cose."

"Valerian ha recentemente acquistato l'intero studio di Rattie" spiega Bernie. "Hanno aiutato in ogni cosa, ma vogliono mettere mano ad un gioco tutto loro."

"Il che significa che ci lavoreranno più di mille persone" afferma Valerian in modo eloquente.

Oh, accidenti. Non c'è da stupirsi, se l'abbia descritta come una grossa richiesta; il budget dev'essere di diversi milioni.

Bernie apre la bocca per parlare, ma gli squilla il telefono. Lancia un'occhiata furtiva allo schermo, e un sorriso tenero gli affiora sul viso, mentre risponde alla chiamata.

"Ciao, tesoro, grazie mille per avermi richiamato." Disattivando l'audio del telefono, ci guarda con un'espressione di scuse. "È mia figlia. Non parliamo da anni. Torno subito."

Valerian annuisce, e Bernie porta il telefono fuori dalla stanza.

E così, hanno ripreso i contatti? Bernard... voglio dire, Bernie... era tormentato da questa questione nei sogni. Forse, dopo aver superato i circoli di traumi

69

sotto la mia sorveglianza, si è sentito meglio e ha contattato la famiglia?

"Lasciatemi rispondere da parte di Bernie" afferma Rattie. "Ovviamente, dobbiamo approfondire la storia, espandendo la semplice 'lotta contro gli incubi', ma tra l'esperienza del mio team e la volontà di Valerian di portare subito il gioco alla fase uno, questa è la mossa giusta."

"Corretto" dico, sentendomi un po' disorientata. "Qualunque cosa possa accelerare i tempi, mi sembra una buona idea."

Bernie ricompare e si scusa.

Ignorandolo, Valerian mi rivolge un sorriso d'intesa. "Non ho mai finito di spiegare perché disporre di un livello operativo è una buona notizia. Abbiamo dei tester con i prototipi di Illusion Scope, in attesa di un gioco da provare. Ce ne sono ventimila, e sono in crescita." Mi guarda con espressione eloquente.

Lo ricambio con una faccia neutra; oltre ad essere ancora più colpita dal budget che sta spendendo per questo progetto, non vedo la particolarità della buona notizia.

Lettere immateriali compaiono improvvisamente nell'aria davanti a me. Sembrano pezzi di LEGO, e compongono un paragrafo di testo, chiaramente opera dei poteri da illusionista di Valerian:

Quando migliaia di umani giocheranno a questa demo, i tuoi poteri otterranno un incremento... lo so per esperienza personale. Non sarà enorme, come durante il lancio del gioco, ovviamente, ma notevole. Se avrai fortuna, questa spinta potrebbe essere ciò di cui hai bisogno per avere successo con tua madre.

Wow. Stavo per rassegnarmi ad un'attesa di mesi, ma alla fine, potrei addirittura salvare la mamma nell'arco di pochi giorni.

Gli rivolgo un sorriso radioso. "Davvero un'ottima notizia. Che cosa posso fare per ridurre i tempi?"

"Me ne occupo io" Valerian si rivolge a Rattie e Bernie. "Mettetevi in contatto con i vostri team, prima che io e Bailey ce ne andiamo."

Stiamo per uscire? Okay allora.

Rattie preme un pulsante sul lato della scrivania, e un gruppo di schermi giganti scivola giù dal soffitto, coprendo le pareti. Un'app per videoconferenze emette un segnale acustico, e subito dopo, ogni schermo mostra i volti entusiasti di centinaia di persone, probabilmente sviluppatori, progettisti, animatori, tecnici del suono, e così via.

Presentati, poi ce ne andiamo, mi dice Valerian tramite il testo LEGO.

"Ciao a tutti" affermo, guardando le telecamere. "Mi chiamo Bailey, e sarò la modella per il progetto *Lucid Dreamer*. Casualmente, so qualcosa di progettazione di videogiochi, quindi sarei felice di aiutarvi in qualsiasi modo: fatemi sapere se avete bisogno di qualcosa." Continuo su questa linea, cominciando poi a sembrare un generale dell'esercito che incita le truppe all'attacco.

"Grazie" dice Valerian al termine del mio intervento. "Perché non andiamo al laboratorio per l'analisi del movimento, così possiamo cominciare?"

Tutti applaudono e mi rivolgono un cenno, mentre usciamo.

Provo una sensazione piacevolmente strana, come se avessi appena bevuto un piccolo sorso di sangue di vampiro diluito per la prima volta.

Sono su di giri per la partecipazione allo sviluppo del gioco, o per la vicinanza di Valerian?

Quando entriamo in ascensore, noto che mi osserva con attenzione.

"Mi sento strana" butto lì. "In senso positivo."

Valerian preme il pulsante per il quindicesimo piano. "È possibile che i tuoi poteri siano stati incrementati semplicemente da quella quantità di umani, che ti ritengono la modella per un videogioco sui camminatori dei sogni" replica a bassa voce. "Quando ho sperimentato anch'io un incremento di potere, ho provato una sensazione molto particolare." Chiude gli occhi, come in uno stato di beatitudine, e m'imprimo quell'espressione nel mio archivio mentale, per riutilizzarla nel mondo dei sogni.

Immagino che sia così, durante l'orgasmo.

L'ascensore si apre, ed entriamo in una sala dotata di schermi verdi alle pareti e abbastanza computer, da monitorare il lancio di un missile.

Valerian raccoglie un piccolo indumento da una sedia, e me lo porge. "Mettiti questo."

È un outfit simile ad una tuta intera, realizzato in un materiale blu con grandi punti grigi. Lo osservo, poi guardo lui.

No, non scherza. Si aspetta davvero che io lo indossi.

Sospiro. "Dov'è il camerino?"

Un luccichio divertito compare nei suoi occhi blu come l'oceano. "Perché?"

Non mi giustifico con una risposta.

"Mi limiterò a guardare da un'altra parte." Passando dalle parole ai fatti, mi dà le ampie spalle.

O almeno, così penso. Potrebbe usare i propri poteri per farmi *pensare* che stia distogliendo lo sguardo, mentre in realtà, se ne sta lì con una lente d'ingrandimento indirizzata verso le mie parti intime.

Ma d'altra parte, dove pongo un limite, quando si tratta di paranoia? Potrebbe usare il proprio potere con altrettanta facilità per rendersi invisibile e starsene in qualsiasi camerino... come aveva fatto l'altro giorno, in bagno, mentre ero sotto la doccia.

Questo ricordo dovrebbe farmi arrabbiare, invece mi sento calda e fremente.

Senza indugiare ulteriormente, mi spoglio dei vestiti e infilo la tuta. È elasticizzata, quindi si adatta perfettamente.

Guardo la schiena di Valerian.

Le sue spalle esprimono una tensione, che scelgo d'interpretare come sofferenza per lo sforzo di non voltarsi e ammirare, allocchito, la mia bellezza.

"Fatto" annuncio.

Si gira e mi sorride, prima di raggiungere un tavolo vicino per prendere una serie di oggetti, che assomigliano ai punti attaccati al mio outfit.

"Devo incollarteli in faccia" spiega, avvicinandosi.

"Tu cosa?"

"Sono sterili, lo giuro" aggiunge, e prima che possa obiettare, mi attacca il primo sulla fronte, sfiorandomi la pelle intorno al punto con le dita.

Per tutte le digitalizzazioni. Non sapevo che la mia fronte fosse una zona erogena.

M'incolla un altro punto sulla fronte, poi un altro.

Comincio ad avere il respiro corto.

Valerian sogghigna, con gli occhi che brillano di una luce maliziosa, e comincia ad incollarmi punti sul naso, sulle guance e vicino alle labbra. Quando finalmente ne attacca uno sul mento, mi sembra di aver bisogno di un nuovo paio di mutandine.

Lasciandomi completamente scombussolata, va a configurare la primitiva attrezzatura terrestre.

"Puoi seguire le indicazioni?" chiede con un sorriso furbesco.

Mi schiarisco la gola secca. "Che cosa vuoi che faccia?"

Mi chiede di mimare diverse emozioni con il viso, e faccio del mio meglio, a volte con un risultato talmente valido, che Pom cambia colore al polso, per imitare la mia espressione. Poi mi chiede di muovermi per lui, guidandomi qua e là. La cosa strana è che trovo tutti questi comandi autoritari più o meno sexy... e non soltanto le parti in cui mi chiede di roteare i fianchi e cose simili.

Dopo ore di analisi del movimento, Valerian dichiara: "Basta così. Dovremmo essere a posto per la demo, ma potremmo avere ancora bisogno di te in seguito."

Trattengo il respiro, mentre mi toglie con prudenza i punti dal viso, e mi dà di nuovo le spalle.

Riprendendomi dallo stordimento causato dagli ormoni, mi privo della tuta. Prima d'indossare il mio outfit originale, uso tutto il rimanente disinfettante per le mani su viso e corpo... perché questo è il comportamento razionale da mettere in atto.

Per quanto mi ecciti, non posso dimenticare che il tocco di Valerian è carico di germi terrestri.

"Ho delle faccende da sbrigare su Gomorra" m'informa, quando si gira. "Ma tu dovresti rimanere, e lavorare con Rattie e il team finché ti è possibile. Tra quindici ore, però, avrò bisogno di te per la prima parte delle indagini del Senato, quindi vediamoci di nuovo da Erato's a quell'ora."

Erato's? "Mangiamo lì un'altra volta?"

Scuote la testa. "Tra quindici ore della Terra, sarà mezzanotte su Gomorra. Invece di cenare, invaderemo i sogni di Erato."

"Noi due?" Vuole includere anche se stesso in questa avventura nei sogni?

"Discuteremo i dettagli dopo che avrai stabilito un collegamento onirico, e ti sarai allontanata dalla dimora di Erato. Suppongo che tu possa entrare nei sogni di una driade?"

"Non vedo perché no, ma..."

"Bene. Andiamo."

Mi riaccompagna all'ascensore, e mentre preme il

pulsante per l'ultimo piano, mi viene in mente una cosa da chiedergli. "La parola 'Soma' ti dice qualcosa?"

S'irrigidisce per un secondo, poi la sua espressione diventa neutrale. "Puoi fornirmi un contesto?"

"L'aveva menzionata Hekima negli ultimi istanti di vita" spiego, perplessa per la sua reazione. "Sembrava un luogo abitato dai camminatori dei sogni, e anche che almeno una famiglia d'illusionisti ci abitasse: quella dello stesso Hekima."

La mandibola di Valerian si serra. "Non puoi fidarti delle parole di quell'assassino."

"Allora non lo sai?" chiedo, anche se è palese l'opposto.

"Mi dispiace. Non posso aiutarti in questo."

"Ma..."

"Se vuoi che io continui ad aiutarti, lascia perdere" ringhia, mentre le porte dell'ascensore si aprono.

D'accordo. Dato che me lo chiede con tanta gentilezza, non insisterò più, presumo.

Torna a lunghe falcate in sala riunioni, e lo seguo. Bernie e Rattie sono presenti, ma invece della videoconferenza, sugli schermi si vedono disegni di mostri agghiaccianti e ambientazioni inverosimili. È chiaro che il lavoro sulla demo sta procedendo a rotta di collo.

"Il mio team è estremamente entusiasta" dice Rattie a Valerian. "Ho già alcune cose da sottoporti."

Valerian solleva una mano. "Ho già un impegno, ma Bailey può fare le mie veci." Mi lancia un'occhiata. "Mi fido ciecamente di lei, quando si tratta di *Lucid Dreamer*."

Mentre Valerian ci lascia, Bernie mi guarda dubbioso, ma Rattie non batte ciglio. "Allora, Bailey" dice, "secondo te, quando si è dentro il sogno di una persona, il personaggio del camminatore dei sogni dovrebbe davvero camminare? Alcuni hanno suggerito che dovrebbe volare o teletrasportarsi."

"Camminare" rispondo. "Se avvenisse nella realtà, immagino che quanto detto sarebbe fattibile, ma potrebbe comunque camminare di default, poiché è un'azione familiare, e non richiede ulteriori sforzi e concentrazione."

"Logico" afferma Rattie. "E gli sviluppatori non perderanno tempo con il volo."

"Non abbiamo mai introdotto il volo nella realtà virtuale, prima d'ora" aggiunge Bernie.

"Con il volo, il giocatore ha anche maggiori probabilità di sviluppare una chinetosi da realtà virtuale" affermo, senza precisare la motivazione. Io l'ho provata con alcuni giochi di volo su Gomorra... e sono un'esperta nel volo, almeno nei miei sogni.

Rattie mi tempesta di domande, alle quali rispondo nel miglior modo possibile, attingendo alla mia conoscenza della progettazione di videogiochi, al bisogno, e all'esperienza di camminatrice dei sogni.

Dopo un po', Rattie sbadiglia in una maniera molto contagiosa. "Penso che sia il momento di trascorrere qualche ora nella capsula" si scusa. "Sono ancora sintonizzato sull'ora di Bangalore."

Anche Bernie soffoca uno sbadiglio. "Non è il jet lag. Io stesso vorrei passare del tempo nella capsula."

Presa dalla stessa mania, non riesco a non sbadigliare. "Cos'è questa storia della capsula?" Mi stiracchio per scacciare la sonnolenza.

Rattie si alza. "Lo sviluppo dei videogiochi è un'impresa folle. Spesso, lavoriamo così tanto, che non c'è tempo per tornare a casa a dormire."

"Ecco perché abbiamo installato le capsule per dormire qui, negli uffici di New York" afferma Bernie, alzandosi a sua volta.

Guardo ognuno di loro. "Dormite sul posto di lavoro?"

Rattie si stringe nelle spalle. "Se necessario. Nei periodi critici, di solito."

Annuisco, poi sbadiglio di nuovo.

"Abbiamo una capsula non assegnata" propone Bernie. "È tua, se vuoi ricaricarti con un pisolino." Vedendomi fremere per il disgusto, sottolinea: "È nuova di zecca. Saresti la prima persona ad usarla."

Vinta dalla curiosità, accetto.

Rattie fa strada fino ad una stanza piena di queste capsule... che sembrano un ibrido tra un razzo e una bara.

Rattie apre il coperchio di plastica trasparente di una di esse. Con un gesto, si sdraia, risistema il coperchio e chiude gli occhi.

"Questa è la capsula a cui mi riferivo." Bernie ne indica una, che effettivamente sembra nuova di zecca.

"Grazie" rispondo. "Mi ci vuole proprio."

Bernie sorride, e si dirige verso una capsula con la foto di una bambina incollata all'interno. Riconosco l'immagine, è sua figlia: l'ho vista nei suoi sogni. Arrampicandosi all'interno, mormora qualcosa sui sogni d'oro, e richiude il coperchio.

Ah. Non sapevo che lo sviluppo dei videogiochi fosse un lavoro così febbrile, da non tornare nemmeno a casa per dormire. Penso di poter continuare con i sogni come carriera primaria, alla fin fine... almeno, dopo aver salvato la mamma.

Impostando la sveglia sulla modalità 'vibrazione', in modo da non svegliare gli altri, entro nella mia capsula e chiudo gli occhi.

CAPITOLO OTTO

LA VIBRAZIONE della sveglia mi riscuote dal sonno.

Mi sento intontita, come se potessi dormire per molte altre ore. Oh, beh. Forse, dormirò dopo aver aiutato Valerian con la faccenda di Erato.

Uscendo dalla capsula, noto che Bernie e Rattie stanno ancora dormendo beatamente nelle loro. Mi avvicino a Rattie e gli controllo le palpebre. Già. Sta sognando, in questo preciso istante. Significa che potrei stabilire un contatto onirico con lui, se lo volessi.

Non occorre molto tempo per decidere. *Voglio* farlo. In seguito, potrei ispirarlo a proposito dei livelli del mio gioco, tanto per cominciare.

Sollevato furtivamente il coperchio, tocco la fronte di Rattie.

RICOMPAIO nel mio palazzo dei sogni, trovandomi faccia a faccia con Pom.

"Bailey!" esclama, assumendo un intenso colore viola. "Mi sei mancata."

Gli arruffo il pelo. "Non puoi semplicemente creare una versione onirica del mio viso, e guardarlo in caso di necessità?"

Come dimostrazione, creo una copia priva di corpo della mia faccia sorridente, e la lascio fluttuare nell'aria accanto a me.

Viene scosso da un piccolo fremito. "Sembra un po' inquietante."

Roteo gli occhi. "Buono a sapersi. Non sapevo che la mia faccia avesse questo effetto su di te."

"Quando non è attaccata al resto, diventa macabra" spiega seriamente. "Immagino che le braccia e le gambe le impediscano di dare questa impressione."

Scuotendo la testa, mi teletrasporto alla torre dei dormienti, e cerco Rattie.

È proprio in una nicchia, non lontano da Bernie, che si è anche materializzato nel suo letto.

"Circolo di traumi" osserva Pom, con le punte delle orecchie che si scuriscono, mentre adocchia le nuvole sopra la testa di Rattie.

Ha ragione. E non nuvole qualsiasi, bensì turbolente. Mi sfrego la punta del naso. "Non capisco. Valerian cerca softwaristi con profondi traumi psicologici, oppure sono solo tutti sfortunati?"

Il pelo di Pom si scurisce ancora di più. "Non verrò dentro con te."

"Penso di non entrare nemmeno io. Ho un appuntamento con Valerian, e devo fare un lavoro per lui nel mondo della veglia. Ho stabilito un collegamento con quest'uomo, per poterlo ispirare in futuro, non per occuparmi di quelle." Indico le nuvole con la mano.

"Ispirare?" Pom assume una tonalità arancione chiaro. "Ti riferisci alle cose private che fai con Valerian, alle quali mi hai chiesto di non assistere?"

Mi metto le mani sui fianchi. "Prima di tutto, non sono mai andata oltre la fase iniziale con il Valerian dei sogni. Seconda cosa..."

"Che cos'è la fase iniziale?"

"*Seconda cosa*, non mi riferisco a questo tipo d'ispirazione. Inoltre, Rattie sarà anche di bell'aspetto, ma facendo cose come quelle con lui, mi sembrerebbe di tradire Valerian, perfino nei sogni."

Aspetta, ma che cosa dico? Come si può tradire una persona con cui non esiste una relazione?

Pom assume le tonalità delle radici commestibili: prima una carota, poi una barbabietola. "Ti ho turbata?"

"Va tutto bene." Sospiro. "La faccenda privata a cui ti riferisci è un argomento delicato, tutto qui."

Dimena le orecchie. "Come lo è la parola con la P per me?"

La parola con la P sta per 'parassita', cosa che Pom sostiene di non essere, preferendole invece 'simbionte'. Naturalmente, considerando il fatto che mi usa come fonte di cibo, prova le mie emozioni, espelle i propri sottoprodotti metabolici nel mio flusso sanguigno, e che mi rimarrà attaccato al polso per tutta la durata delle nostre vite, il verdetto parassita contro simbionte è ancora in sospeso.

S'inalbera. "Non posso credere che tu abbia appena formulato questo pensiero."

"Volevo solo verificare se mi stessi leggendo nel pensiero. Avevi detto che non l'avresti fatto, e invece sì."

Assume una sfumatura color barbabietola più intensa. "Scusa. D'ora in avanti, me ne starò fuori dai tuoi pensieri."

"Grazie." Gli arruffo il pelo. "E siamo decisamente dei simbionti."

Le sue orecchie si drizzano. "Come un'ape e un fiore?"

"Sicuramente *non* come un'ape e un fiore" replico, e con una scossa, esco dal mondo dei sogni.

———

SFORZANDOMI DI NON RIDERE, apro gli occhi accanto alla capsula di Rattie. Anche se non è chiaro chi di noi Pom consideri un fiore, so questo: se qualcuno ha intenzione d'impollinarmi, meglio che sia Valerian.

A proposito di lui, devo darmi una mossa, altrimenti non raggiungerò Gomorra in tempo. Lascio l'edificio e acquisto altro disinfettante per le mani, prima di prendere un taxi per il JFK. Quando ci imbattiamo nell'inevitabile traffico, apro il diario di

Leal nella mia realtà virtuale per darci un'altra occhiata.

Scorrendo una gran quantità di piccoli dettagli, scopro qualcosa che stuzzica il mio interesse:

Un'altra giornata, un altro fallimento. Comincio a pensare che camminare nei sogni senza contatto sia impossibile... o in caso contrario, magari è una cosa che possono padroneggiare solo quelli più potenti di noi.

Camminare nei sogni senza contatto? Come funziona?

Cerco altre citazioni di questi termini nel diario, e alla fine, capisco che si tratta fondamentalmente di un modo per entrare nel sogno di una persona da una breve distanza, al posto di un contatto pelle contro pelle.

Accidenti, sarebbe stupendo. Ciò che preferisco meno dei miei poteri è tutta questa esposizione ai germi. Al prossimo incontro con un dormiente, vedrò se riuscirò a farlo.

Arrivata al JFK, mi dirigo verso l'hub segreto, ed entro nel portale che conduce a Gomorra. Una volta lì, sosto a casa mia per andare in bagno, cambiarmi i vestiti, igienizzarmi dalla testa ai piedi, bere come un cammello, e tranguaiare un po' di manna. Poi punto verso la mia destinazione: il ristorante di Erato.

Valerian è già lì, ad aspettarmi vicino all'edificio.

Si è cambiato il completo, scegliendo un outfit che sembrerebbe sicuramente fuori luogo nelle zone della Terra a me familiari. È un body nero sportivo, un aggeggio molto aderente che evidenzia con precisione ogni muscolo del suo corpo, come se fosse nudo e coperto di catrame.

Un'altra vampata mi riscalda la pelle. Con questo outfit, sarà proprio dura concentrarsi sul lavoro, qualunque esso sia.

Ma Valerian non è chiaramente dell'umore giusto per flirtare. "Sei in ritardo." Indossa una maschera che gli nasconde i lineamenti e lo fa assomigliare ad uno gnomo, poi me ne porge un'altra. "Mettiti questa."

Prima che possa porgli domande pertinenti, ad esempio "che cosa stiamo facendo?", entra a lunghi passi nell'edificio e chiama l'ascensore.

Mi affretto a raggiungerlo, posizionando nel frattempo la maschera. "Che..."

Appoggia un dito nel punto in cui si troverebbero le labbra sotto la maschera, e nell'aria compaiono le lettere LEGO: *I miei poteri non possono ingannare le microspie, qualora ce ne fossero.*

Annuisco per dimostrargli che ho capito, e prendiamo l'ascensore in silenzio. Quando arriviamo al centocinquesimo piano, Valerian esce, seguito da me, che osservo i dintorni piena di meraviglia.

Le pareti sono ricoperte di piante a crescita verticale dal pavimento al soffitto, ognuna con una lampada dedicata e una macchina per il vapore a nutrirla.

"Mi sembra di essere in una serra" sussurro.

Non parlare e sta' in mezzo al corridoio, mi dice tramite le lettere LEGO.

Come dimostrazione, si tiene lontano dalle pareti, mentre si muove furtivamente in avanti.

Imito le sue azioni al meglio, anche se dubito che i miei movimenti raggiungano la sua stessa grazia predatoria.

Si ferma accanto ad una porta ricoperta di muschio, e passa un dispositivo sconosciuto su una serratura. Si sente un clic, e la porta scorre per lasciarci entrare. Estrae un altro aggeggio, e lo lancia all'interno.

Questo disabiliterà per un po' tutti gli oggetti elettronici, mi dice tramite le lettere LEGO.

Annuisco.

Mi indica di seguirlo, muovendosi poi ancora più furtivamente, ed è logico, dato che adesso abbiamo ufficialmente fatto irruzione negli alloggi di una persona.

Aprendo la realtà virtuale, gli scrivo un messaggio: *Se ci beccassero, il Senato ci perdonerebbe?*

Lettere LEGO dall'aspetto severo vengono visualizzate immediatamente nell'aria: *Non accennare mai più a questo lavoro nei messaggi elettronici. E per rispondere alla tua domanda: sarebbe più facile per loro se sparissimo, quindi non facciamoci beccare.*

Fantastico. Semplicemente fantastico. E me lo dice *adesso.*

Con un sospiro, lo seguo ancora più all'interno dell'appartamento, che mi ricorda il ristorante: una vera e propria giungla con piante diverse, di tutte le forme e dimensioni. Ma a differenza del ristorante, parte della vegetazione ha un che di sinistro, come l'okra dai semi acidi, una pianta da fiore che, una volta aperti i baccelli, può sputare i semi fino a sessanta metri di distanza. Quei semi, come suggerisce il nome, sono ricoperti da un potente acido. E si tratta di una pianta non modificata. Altre sembrano essere state modificate geneticamente rispetto alle malefiche sorelle naturali, come quella che assomiglia al panace velenoso: una pianta ricoperta di veleno mortale, ma dotata di spine. C'è anche una cugina della famosa pianta rampicante strangolatrice, ma più grande. Ma il primo premio per questo macabro spettacolo viene vinto da quella che, in un gigantesco vaso al centro della stanza, è una lontana sorella della venere acchiappamosche, sufficientemente grande, da divorare una persona al posto di un insetto.

Premi qui, m'informa il messaggio LEGO di Valerian, mentre tocca un pulsante sulla guancia destra della maschera.

Lo imito, e il profumo dell'aria che penetra nella maschera cambia, diventando più sterile. Dev'esserci un filtro.

Valerian estrae una granata soporifera.

Interessante.

Scivolando tra le piante come un giaguaro, si ferma accanto ad una porta, che apre silenziosamente, prima di gettarvi dentro la granata.

Toccala per stabilire un collegamento, mi ordina dopo qualche secondo. *Se non stava dormendo, ora lo fa.*

Sforzandomi di non emettere alcun suono, sguscio nella stanza, dove esamino la driade addormentata.

DIMA ZALES

In base alla sua reputazione, immaginavo che Erato fosse più anziana, ma ignoravo che fosse proprio antica. I suoi capelli verdi sono quasi completamente grigi, e la pelle verde del viso assomiglia alla corteccia stagionata di un albero.

Osservandole le palpebre, mi acciglio.

Che cosa aspetti? chiede Valerian.

Indico le palpebre di Erato, poi le orbite della mia maschera, mentre muovo rapidamente gli occhi per spiegargli la mia necessità.

Quindi, ce ne staremo qui, finché non inizierà a sognare?

Non sapendo come mimare 'non voglio rischiare di diventare una pazza omicida', mi stringo nelle spalle con eloquenza.

Con un sospiro a malapena percepibile, incrocia le braccia sull'ampio petto, e chiude gli occhi.

Ignorando il suo broncio, sposto l'attenzione sulle palpebre di Erato.

Niente.

Apro il display della realtà virtuale, e imposto un timer per il tempo che normalmente impiega il gas ad abbandonare il corpo di una persona grande e grossa. Se questa donna minuta non andasse nella fase REM entro lo scatto dell'allarme, dovrei rischiare, affrontando il sub-sogno. Ma spero che non sia necessario. L'ultima volta, con mia mamma, è stato brutale.

Sentendomi come la peggior ladra acrobata nella storia dei furti, apro il diario di Leal nella mia realtà virtuale, e cerco qualcosa d'interessante da leggere.

Non ho ancora trovato alcunché, quando scatta l'allarme della realtà virtuale, perciò chiudo il diario.

E a quel punto, noto che sta accadendo qualcosa di strano nella stanza.

Tutte le piante intorno a noi sembrano prendere vita e muoversi con uno scopo inquietante.

È nella fase REM, m'informa Valerian.

Le guardo le palpebre. È così, e a quanto pare, a causa del proprio sogno, sta mettendo in agitazione le piante.

Mi avvicino con cautela al suo letto, e allungo la mano. Prima di toccarle la pelle coriacea con le dita, mi viene in mente il potere di cui ho appena scoperto, quello di camminare nei sogni senza contatto, e decido di tentare.

Tenendo la mano protesa, ordino a me stessa di entrare nel sogno di Erato.

Nessuna reazione.

Raggiungo uno sforzo così intenso, che una vena schiocca sulla mia fronte.

Ancora nada.

I movimenti delle piante sono sempre più spaventosi.

Qual è l'intoppo? chiede Valerian. *Stabilisci il collegamento, e andiamocene. Camminerai realmente nei suoi sogni, quando saremo lontani e al sicuro.*

D'accordo. Forse, non è un buon momento per gli esperimenti.

Tocco la fronte verde della driade, ed entro nel

solito modo, saltando dentro e fuori dal palazzo dei sogni, prima che Pom possa salutarmi.

Eseguito il compito, faccio un cenno del capo a Valerian, e ritraggo la mano. "Andiamo" mormoro... ed è allora che gli occhi della driade si spalancano, e le piante intorno a noi si attorcigliano, pronte a colpire come un esercito di serpenti.

CAPITOLO NOVE

ACCIDENTI. Lancio uno sguardo frenetico in direzione di Valerian. Perché non invoca qualche illusione per salvarci?

Ci ho resi invisibili ai suoi sensi, spiega, leggendomi il panico in faccia. *Ma le sue piante sono in qualche modo consapevoli della nostra presenza, e non so come ingannarle.*

Piante dotate di sensi? Credo che sia sensato: altrimenti, come potrebbero inclinarsi verso la luce, o allungare le radici più in profondità, nel suolo, invece di una direzione casuale?

"C'è qualcuno qui?" La driade si alza a sedere, e le piante si muovono con maggiore concentrazione, mentre viticci e rami si protendono come braccia.

Afferrandomi una mano, Valerian si dirige fuori dalla stanza in punta di piedi.

La driade balza fuori dal letto nuda, prende un coltello, e inizia a fendere l'aria.

Valerian mi trascina fuori dalla camera da letto.

In mezzo al soggiorno, una pianta rampicante strangolatrice si cala, serpeggiante, dal soffitto e si stringe intorno al mio collo. Boccheggiando, agito le membra, mentre vengo tirata verso l'alto. Valerian strattona il rampicante, ma non fa altro che allentarne leggermente la presa, soffocandomi più lentamente.

"Chiunque tu sia, non uscirai vivo di qui!" grida Erato, correndo fuori dalla camera. Il suo sguardo sta ancora esaminando la stanza alla cieca, senza notarci grazie ai poteri di Valerian.

Improvvisamente, mi guarda dritto in faccia.

Accidenti.

Brandendo il coltello, si scaglia su di me. La lama colpisce a pochi centimetri dalla mia testa, spezzando il rampicante sovrastante che mi blocca.

Mentre cado tra le braccia di Valerian, capisco che cos'è successo. Ha mostrato ad Erato ciò che aveva bisogno di vedere, per colpire in quel punto e liberarmi accidentalmente dal rampicante.

Ed evidentemente, le sta ancora mostrando la stessa scena, poiché, con un ringhio di rabbia, mentre Valerian mi rimette in piedi, lei balza verso il centro della stanza.

Corriamo verso la porta.

Il panace velenoso tenta di colpirmi, e le sue spine mancano il mio viso per un pelo.

Porca miseria. Devo ricordarmi di non fare mai più irruzione in casa di una driade.

Do un'occhiata alle mie spalle, e vedo Erato inciampare nel letale abbraccio della venere acchiappamosche. La trappola gigante del fiore si chiude, smorzando il grido confuso della driade. Prima di poter esultare per averla scampata bella, i baccelli dell'okra dai semi acidi si girano verso di me, muovendosi come al rallentatore.

Non ho nemmeno il tempo di pensare alla parola 'accidenti', quando un seme acido viene sparato verso il mio petto, come un proiettile.

CAPITOLO DIECI

SOLO CHE NON PENETRA NEL MIO corpo. Con una velocità di cui un agente dei servizi segreti sarebbe orgoglioso, Valerian mi sposta dietro di sé con uno spintone, prendendosi il proiettile nel petto al posto mio.

Il materiale del suo outfit comincia a sfrigolare, e vengo lacerata dal terrore. Maledetto idiota! Che cosa gli è passato per la testa? Chi l'ha nominato mia guardia del corpo? Vorrei gridargli in faccia, ma non c'è tempo. Con mani tremanti, prendo il mio disinfettante e spruzzo il liquido detergente nel punto in cui l'acido sta aggredendo l'abito di Valerian.

Lo sfrigolio sembra diminuire.

Valerian strattona la parte anteriore dell'abito, strappandone un brandello.

Ha una brutta ustione sul petto, che spruzzo con altro disinfettante per le mani.

Sopravvivrò, m'informa tramite le lettere LEGO. *Dobbiamo andare.*

Con una smorfia di dolore, mi afferra la mano per trascinarmi verso la porta, mentre il coltello di Erato squarcia il fianco della venere acchiappamosche.

Corriamo verso l'ascensore. Abbiamo Erato alle calcagna, e le piante nel corridoio tentano di fermarci... ma essendo specie normali e non letali, falliscono.

Mentre chiama l'ascensore, Valerian deve impiegare un secondo per mostrare ad Erato qualcosa d'inesistente, poiché vibra un fendente nella direzione opposta rispetto a noi.

Saliamo nell'ascensore, e Valerian preme un pulsante per il tetto.

Le porte si chiudono, estromettendo la driade, ma non libero un respiro, finché non arriviamo in cima, dove un'auto volante ci aspetta. Non appena balziamo all'interno, l'ascensore sale verso il tetto.

Mi strappo la stupida maschera dal viso, e spruzzo altro disinfettante sull'ustione sul petto di Valerian. Non morirà, ora lo so, ma sono ancora furiosa per il fatto che si sia assunto un simile rischio.

"Che cosa ti è passato per la testa?" esclamo a denti stretti. "Saresti potuto..."

"Va tutto bene." Toltosi la maschera, appoggia una mano sulla mia. "Non fa più male."

"Ma perché hai...?" M'interrompo, vedendolo tirare fuori un flaconcino e bere un sorso.

I suoi occhi si chiudono in quella beata espressione da orgasmo, e la ferita guarisce all'istante.

Osservo la fiala con occhi socchiusi. "Sangue di vampiro?"

La ripone. "Lo uso solo in caso di emergenza."

Faccio un respiro profondo, e parte della mia furia si placa. Se l'aveva con sé, allora non correva un rischio così grosso a causa dei semi acidi, come avevo pensato. Eppure, l'idea che abbia intercettato quel proiettile letale per me...

"Non farlo più. Mai più" affermo con espressione torva. "Rischiare la vita per me, intendo. E sta' attento con quel sangue."

Inarca le sopracciglia. "Sto sempre attento. Ti causa qualche problema?"

"Per poco non l'ha fatto." Gli racconto dei miei recenti guai con quella sostanza, in grado di creare dipendenza, e alla fine, prende la fiala e ne versa il contenuto fuori dal finestrino dell'auto in maniera significativa.

"Non c'è bisogno di tenere quel tipo di tentazione vicino a te" spiega. "Non mi serve fino a questo punto."

Prima che ci possa riflettere, l'auto plana verso una pista di atterraggio, in cima a un tetto. Distratta, lo osservo. Sembra un tetto privato, e in questo caso, Valerian è ancora più ricco di quanto pensassi.

Atterriamo, e mentre scendiamo, dice all'auto di non aspettarci per un po'.

Lo guardo, meravigliata. "È la tua auto personale?"

La maggior parte dei cittadini di Gomorra usa gli spostamenti condivisi, sia in auto, sia in volo, ed è il motivo per cui non abbiamo il traffico di New York e di altre città della Terra. Solo l'un per cento dell'un per cento delle persone più ricche si sposta con mezzi privati.

Dà un colpetto affettuoso alla superficie lucida del veicolo. "A volte, quando chiami un passaggio, occorre tempo per arrivare."

"Certo. Ha senso spendere una fortuna, per evitare di sprecare quei preziosi millisecondi."

Sogghigna, e mi conduce verso l'ascensore.

Sorpresa sorpresa. Scendiamo di un solo piano, fino all'attico del grattacielo: la dimora più costosa che si possa immaginare. Muove una mano, e la porta nera lucida si apre silenziosamente, rivelando un vasto spazio, simile ad un loft, con soffitti alti sei metri, fatti quasi interamente di vetro.

A proposito di lucernari.

Ma non è per questo che mi si mozza il respiro.

Qualcuno ha piazzato un laghetto, largo dieci metri, proprio al centro dell'attico.

È reale? Non avevo mai visto niente del genere. D'altro canto, immagino che, se si può avere una piscina, è realizzabile anche un laghetto... quando si è disposti a buttare via i soldi, intendo. A meno che non sia un'illusione, Valerian deve possedere il piano sottostante, solo per fare spazio al punto più basso di questo corpo d'acqua.

Nell'avvicinarmi, scorgo alcuni fiori di palude con legu multicolore posati sopra, anfibi simili alle rane che squittiscono invece di gracchiare.

Caspita, un intero ecosistema, ed è anche bello. Il

profumo dei fiori, i loro colori, i rumori degli spruzzi d'acqua e i piccoli squittii sembrano studiati con attenzione, per stimolare piacevolmente i sensi.

"Non è un'illusione" afferma Valerian, anticipando la mia domanda. "Ci sono anche i ri, che vivono nell'acqua."

Scorgo, infatti, le piccole creature simili a pesci. Sembrano rubini dotati di pinne e coda.

Valerian si toglie le scarpe, si siede sul bordo del laghetto, e immerge i piedi nudi in acqua con un sospiro di soddisfazione. Incrociando il mio sguardo, sorride, e dà un colpetto sul punto accanto a lui.

Mi accovaccio, guardinga.

"Puoi bagnarti i piedi." Piega e tende le dita dei piedi, godendosi chiaramente la sensazione dell'acqua. "È bello."

Storco la bocca. "No, grazie. Posso tranquillamente vivere la mia vita, evitando d'immergermi nello stesso posto in cui i legu e i ri vanno in bagno."

"Ci perdi tu." La sua espressione diventa seria. "Sei pronta ad entrare nel sogno di Erato?"

Mi metto più comoda, piegando le gambe in una posizione del loto che ho imparato ad una lezione di yoga sulla Terra. "Certo. Che cosa devo cercare, una volta lì?"

"Giusto." Il suo sguardo è concentrato sul mio viso. "Devo rivelarti la richiesta del Senato."

Era ora. "Procedi."

"Che cosa sai di Icelus?" La sua voce è tesa, sull'ultima parola.

Icelus? Si riferisce al culto della società segreta citata negli appunti di Leal? Quello che Kit aveva liquidato come una fissazione del camminatore dei sogni? "Beh" dico lentamente, "si presume che abbiano commesso brutte azioni sulla Terra e..."

"Che cosa diavolo intendi con 'si presume'?"

Arretro, stupita dalla sua veemente reazione. "Non lo so. Durante le mie indagini per il Consiglio, ho ottenuto il diario di Leal... sai, il defunto camminatore dei sogni?... e le sue affermazioni su Icelus assomigliavano a teorie del complotto. Nessun membro del Consiglio lo prendeva sul serio, perciò…"

I muscoli dell'avambraccio di Valerian si flettono, come se si sforzasse di non stringere i pugni. "Al di là dei crimini efferati di cui li abbia accusati Leal, i membri di Icelus sono colpevoli di atti ben peggiori."

Gli lancio un'occhiata incredula. "Peggiori delle guerre e degli atti terroristici?"

Annuisce tetramente. "Il loro obiettivo è massimizzare il numero e la frequenza degli incubi in tutto il mondo, per servire il loro dio."

Ah, okay. Forse, Leal non era poi così delirante. "E sarebbe Phobetor, il dio degli incubi?"

"*Non* pronunciare quel nome" scatta Valerian. "Proprio come con gli incubi, acquisisce potere."

Aspetta, cosa? Phobetor è come Voldemort, colui che non dev'essere nominato? In realtà, non credo che la nemesi di Harry Potter ottenesse più potere, quando il suo nome veniva pronunciato ad alta voce. In ogni caso, perché Valerian sembra credere nello stesso idolo di Icelus?

Non può esistere qualcosa come Phobetor.

"Non lo farò più" rispondo rassicurante, per sicurezza. "Che ne dici se gli affibbio un nome sicuro, per esempio Enterospasmo? Significa contrazione spasmodica o dolorosa dell'intestino."

"Conosco il termine" replica Valerian, il cui sguardo si addolcisce leggermente. "Sono stato sulla Terra più di te."

"Eh?"

"Sono immigrato lì un bel po' di tempo fa."

Mossa dalla curiosità, sgattaiolo di nuovo verso di lui. "E i tuoi genitori? Sono venuti anche loro?"

"No." I suoi lineamenti si fanno più cupi. "Icelus me li aveva già portati via."

Il tormento nei suoi occhi mi provoca un dolore al petto, e al mio polso, Pom diventa più scuro di un buco nero. Spontaneamente, la mia mano va ad appoggiarsi in modo rassicurante sulla rigida spalla di Valerian.

"Mi dispiace così tanto" mormoro.

La sua spalla si rilassa leggermente. "Era molto tempo fa." Con gli occhi che brillano, aggiunge: "L'assassino ha pagato un caro prezzo per il suo gesto."

Senza dubbio. Non voglio nemmeno immaginare che cose orribili possa fare Valerian con i propri poteri, ad una persona che odia.

Appoggia una mano sopra la mia, mentre le sue palpebre diventano sempre più pesanti.

Wow. Il suo tocco è come il calore di un quasar che

esplode. Si diffonde in tutto il mio corpo, depositandosi da qualche parte più in basso, dentro di me.

Stacco la mano, prima di combinare qualcosa di folle, come protendermi per incollarmi a quelle labbra sensuali. "Torniamo al lavoro del Senato."

"Giusto." I suoi lineamenti si fanno di nuovo tesi. "Dato che il governo, qui, sa della loro esistenza, i membri di Icelus sono stati molto attenti in quanto alle operazioni su Gomorra... fino a poco tempo fa, intendo. Il Senato ha ragione di credere che Icelus *stia* cospirando qualcosa in questo luogo, e ha chiesto a molte persone, me compreso, d'indagare."

"E quella driade..."

"È il motivo per cui il Senato aveva bisogno di *me* per quella parte delle indagini. A causa di alcune orribili piante geneticamente modificate, da lei brevettate di recente, pensano che sia un'agente, o almeno una pista per uno di essi, ma non vogliono spaventarla. Mi hanno chiesto di usare i miei poteri per estrapolarle le informazioni, senza che si accorga di loro, ma credo che i tuoi poteri funzionino ancor meglio."

Mi massaggio il naso con le dita. "Non pensi che la nostra piccola visita l'abbia spaventata?"

"Spero di no. Durante il volo, ho fatto sì che il Senato sostituisse le riprese della sorveglianza in casa sua e nel resto di quell'edificio. Quando le ha controllate, si è vista correre da una parte all'altra come una pazza."

Fischio. "Non è illegale?"

Si stringe nelle spalle. "Il Senato decide ciò che è legale."

"Giusto. A proposito di principio della legalità."

Produce schizzi d'acqua con il piede. "Hai tutto l'occorrente per camminare nei sogni?"

"No. Un'ancora mi tornerebbe utile."

Solleva un sopracciglio.

"Qualcosa per aiutarmi ad avviare il sogno giusto" spiego. "Ti permette di risparmiare una valanga di tempo."

"Usa gli archivi del suo brevetto." Esegue un gesto tutt'intorno, chiaramente per attivare il suo dispositivo di comunicazione.

Controllo la posta in arrivo. Già. C'è un suo messaggio in attesa, pieno di allegati.

Mentre riesamino i disegni delle piante, un brivido mi corre lungo la spina dorsale.

Di fronte a tutto ciò, le piante in grado di divorare le persone nel suo appartamento sembrano affettuosi gattini.

Quella più docile è un albero carico d'infiorescenze, che mi ricordano i fiori cadaveri nativi della Terra, ma più brutti. Il polline prodotto da questi alberi sarebbe abbastanza tossico, da abbattere perfino un vampiro. Con un vento propizio, un singolo albero potrebbe spazzare via interi quartieri.

"È pazza" mormoro, esaminando ulteriormente la flora letale.

"I membri di Icelus cercano di alimentare gli incubi

in ogni occasione possibile" dice Valerian. "Addirittura una persona che scrive un articolo su queste piante può tornare loro utile."

"Sul serio." Spengo la realtà virtuale. "Io stessa potrei avere degli incubi su un giardino con questi abomini. Pensi che Icelus intenda sguinzagliarci addosso queste piante?"

"È ciò che voglio tu scopra" afferma. "Quegli archivi possono servire come un'ancora?"

"C'è solo un modo per scoprirlo." Mi alzo in piedi. "Non disturbarmi, mentre vado in trance."

Non so perché, ma distolgo lo sguardo da lui, prima di toccare Pom. Non voglio ancora dargli quest'informazione, suppongo.

Con una mano appoggiata sul confortante pelo del mio looft, mi tuffo nel mondo dei sogni.

CAPITOLO UNDICI

TROVO POM NELL'ATRIO del mio palazzo dei sogni, intento a sparare con una pistola laser contro bersagli che mi ricordano i portali tra le Altreterre, ma con un barilotto scintillante al centro.

Provo una fitta di senso di colpa. Prima che iniziassero tutti i miei problemi, competevo regolarmente con Pom in giochi che andavano dal tennis alla scherma. Avevano regalato al mio piccolo amico una gioia incalcolabile, ed erano divertenti anche per me, mentre adesso lo sto ignorando da tanto tempo, ed è costretto a giocare da solo.

Ma non in senso scabroso.

Probabilmente.

Spero.

"Bailey!" Pom fa sparire il suo armamentario di gioco, e mi vola intorno alla testa con l'entusiasmo di un cucciolo sotto effetto di una dose eccessiva di caffeina. "Che cosa sta succedendo?"

Raggiungo la torre dei dormienti tramite un percorso più lungo, così posso aggiornarlo.

"Ed è lei? La driade?" Guarda la nuova arrivata in una delle nicchie.

"Già." Volo sopra il suo letto. "A quanto pare, è riuscita a riaddormentarsi."

Atterra sulla mia spalla. "Posso unirmi a te nei suoi sogni? Non sembrano molto spaventosi."

"Basta che non riveli nostra presenza" rispondo, e ci rendiamo entrambi invisibili, mentre mi protendo per toccare la fronte di Erato.

———

ERATO È SDRAIATA, nuda, sul suo letto. Un arbusto nelle vicinanze allunga un frutto a forma di cetriolo verso il suo inguine.

Prima che io e Pom assistiamo ad una scena che non saremo mai in grado di dimenticare, trasformo la pianta in un enorme schermo per la realtà virtuale.

Nonostante l'incongruenza, la driade non si sveglia. Bene. Faccio comparire sullo schermo i disegni delle piante dei suoi brevetti e, come speravo, lei si concentra su di essi.

Mentre è concentrata, modifico la stanza intorno a noi, rendendola più generica, poi la vesto e mi assicuro che sia in posizione verticale.

Ci siamo. Se questo è abbastanza vicino ad un ricordo, e l'intuito mi suggerisce che è così, penserà lei al resto. E lo fa. La stanza comincia ad assomigliare al suo soggiorno, ma la porta d'ingresso è diversa.

Improvvisamente, la porta in questione viene mandata in frantumi, e un lupo gigantesco ne attraversa i resti con un balzo. In un baleno, si trasforma in un uomo nudo, con basette simili a quelle di Elvis e una pettinatura da Mohawk, popolare tra i gremlin.

La rabbia contorce i lineamenti di Erato. Lo riconosce.

"Stupida stronza" ringhia lui. "Quale parte di 'lavoro fatto con discrezione' non ti era chiara?"

Tre piante rampicanti strangolatrici scendono dal soffitto, come serpenti. Una si avvolge attorno alla gola del tizio, e due gli afferrano i polsi. "Ora" dice minacciosamente Erato, "che cosa dicevi?"

L'uomo sghignazza. "Se mi succedesse qualcosa, le persone per cui lavoro avranno la tua testa."

Erato muove una mano, e un panace velenoso si avvolge a spirale ad un soffio dal suo piede. "Data la tua mancanza d'intelletto, dubito che tu sia così indispensabile come credi."

"Provaci e vedrai" ringhia.

Lei muove di nuovo la mano, e il baccello dell'okra dai semi acidi mira al tronco dell'uomo. "Non devo per forza ucciderti, sai. Qualcosa mi dice che, se ti dessi un aspetto ancora più brutto, le persone per cui lavori mi ringrazierebbero."

Interessante. Non sembrano appartenere allo stesso gruppo. Significa che lei non è un membro di Icelus?

"I brevetti" dice lui a denti stretti. "Come hai..."

"Brevetto tutte le mie creazioni" ribatte con calma Erato. "Vi ho offerto i diritti esclusivi, ma per voi erano fuori budget."

Lui mostra i denti. "Non mi ero reso conto che stessimo parlando di questo."

"Non ti sei reso conto. Non hai riflettuto." Si dà un colpetto su una tempia. "Stai iniziando a vederci una logica?"

In un lampo, il licantropo assume di nuovo la forma di lupo.

Un muro di piante si frappone tra lui ed Erato.

"Se mi dovesse capitare qualcosa, il Senato riceverà una lettera" dichiara. "E se lavori per chi penso io, è l'ultima cosa che vuoi."

Con un ruggito, lui riattraversa la porta con un balzo, scomparendo dalla vista.

A questo punto, il sogno cessa di essere un ricordo, poiché alcune piante si trasformano in creature verdi che non esistono, almeno non su Gomorra.

Disponendo di abbastanza informazioni da condividere con Valerian, abbandono il mondo dei sogni.

———

SI TROVA PROPRIO ACCANTO A ME, mentre riemergo dalla trance, e a questa breve distanza, i suoi batteri potrebbero facilmente saltarmi addosso, volendo. E mi fissa in viso, come un dermatologo alla ricerca di uno spaventoso neo.

Indietreggio d'istinto, arrossendo dappertutto.

Piega la testa di lato.

Mi umetto le labbra. "Mi hai fissata per tutto il tempo?"

"Non fissata" mormora, con lo sguardo che sorvola brevemente sulla mia bocca. "Ammirata."

Il mio rossore si fa più intenso. Dopo essermi schiarita la gola, chiedo: "Pronto a scoprire il sogno di Erato?"

La sua espressione diventa seria, e gli riferisco ciò che ho appena visto.

"Ha senso" commenta.

Lo guardo, meravigliata. "Ah sì?"

"Il Senato aveva due teorie sul motivo per cui Erato avesse registrato quei brevetti. Una riguarda la sua appartenenza ad Icelus, e la registrazione aveva lo scopo di trasmettere incubi agli impiegati dell'ufficio brevetti e ad altre persone informate."

Mi gratto un sopracciglio. "Sembra un disturbo eccessivo per un numero relativamente esiguo di incubi."

Annuisce. "Ecco perché penso che la loro seconda teoria debba essere quella giusta. Ha accettato quel lavoro di Icelus, ma ha depositato i brevetti, per mitigare i danni che avrebbe realmente provocato il suo operato."

"Eh?"

"Se qualcuno dovesse usare quelle piante per un

attacco terroristico, il Senato disporrebbe già di contromisure" afferma Valerian. "Scommetto che Erato sapeva che sarebbe successo... ed è questo il motivo iniziale della registrazione. Non sorprende che il suo datore di lavoro fosse così arrabbiato."

Ha decisamente senso. "E quindi che cosa si fa?"

"Dammi solo un secondo." Fa alcuni gesti, interrogando qualcosa nel dispositivo di comunicazione. "Non riesco a trovare un licantropo corrispondente alla tua descrizione nel database degli Esecutori" m'informa dopo un momento. "Probabilmente, era sotto mentite spoglie."

Ripenso alle basette e al taglio da Mohawk. "Questo spiegherebbe il suo stranissimo aspetto."

Valerian gesticola ulteriormente nella realtà virtuale. "Tra un secondo, userò i miei poteri su di te, se non ti dispiace."

Prima che possa rispondergli, il soggiorno svanisce, sostituito da un gigantesco stadio. Tutt'intorno a me, ci sono persone con facce diverse, ma con le stesse basette di Elvis e il taglio da Mohawk del licantropo del sogno. Ognuna indossa una targhetta nominativa, come se fossimo ad un convegno di ortodontisti.

"Ti sto mostrando ogni lupo mannaro di Gomorra registrato." La voce priva di corpo di Valerian sembra provenire da ogni direzione. "Ho aggiunto i capelli, così sarà più facile per te identificare quello del sogno."

Annuisco, e i licantropi iniziano a sfilare davanti a me, offrendomi ciascuno una buona opportunità di osservarlo in viso.

Dopo circa un'ora, sbadiglio.

"Mi dispiace" dice Valerian da qualche parte. "Vorrei conoscere un modo più rapido per farlo."

"Potrei mostrartelo in un sogno" propongo, guardando il cielo.

"Ancora pochi altri individui sospetti" risponde. "Dopo, potrai tornare a casa e riposare."

La parata dei licantropi continua nello stesso stile, finché non scorgo un uomo che potrebbe essere quello giusto.

"Lui" dichiaro quando si avvicina, e lo so per certo. "Hans Stubbe."

"Sei sicura?" chiede Valerian.

"Aveva le basette più lunghe, ma è lui. Sono sicurissima."

Lo stadio e tutti i lupi mannari, tranne Hans, spariscono, riportandomi nel soggiorno di Valerian.

Quest'ultimo sposta lo sguardo da un punto sul display della realtà virtuale, per guardarmi. "In base al profilo, probabilmente, è stato assoldato, non si tratta di un vero iniziato di Icelus."

Sbadiglio. "Sai dove possiamo trovarlo? Altrimenti, conosco una persona."

"Sì, lascialo a me." Valerian congeda Hans. "Entro domani sera, avrò la posizione."

"In tal caso, meglio che io vada a schiacciare un pisolino di bellezza" rispondo, soffocando l'ennesimo sbadiglio. Devo ancora a me stessa ore e ore di sonno."

"Sai" mormora Valerian, con gli occhi che si fanno più scuri, "puoi dormire qui."

Mi si secca la gola. "Non sono sicura che sia una buona idea."

Aspetta. Perché l'ho detto? *Sì* che è una buona idea. In generale, perché non gli sono ancora saltata addosso? Per quanto tempo posso rimanere vergine, prima che sembri una cosa agghiacciante? Potrei già essere arrivata a quel punto, in realtà. E per perderla, non mi viene in mente una persona migliore di...

Mi si avvicina. "Sai che lo vuoi."

"Davvero?" Lancio un'occhiata furtiva al mio braccialetto Pom, rosa corallo.

È stato quello a smascherarmi? O riguarda il mio odore o il mio aspetto?

Invece di rispondere, china la testa, e preme le labbra contro le mie.

Wow. Wow. Wow.

All'inizio, troppo sconvolta per qualsiasi reazione, elaboro le sensazioni. Le sue labbra sono morbide e calde, la loro pressione delicata e non esigente mi fa desiderare di più. Ma poi, il mio cervello viene inondato da sgradite statistiche, quelle sui milioni di batteri che ci stiamo già scambiando, anche con la bocca chiusa.

Se il bacio diventasse più intimo, i nostri microbiomi si fonderebbero, e rimarrebbero così per sempre. E i batteri sono solo la punta di quello spaventoso iceberg. I virus, come l'herpes simplex o il papilloma, sono altre possibilità reali, a seconda delle persone che Valerian ha baciato prima di me.

Non so se sia per l'idea che abbia baciato altre

persone, o per il mio terrore dei germi, ma mi ritraggo dal bacio.

Un'espressione ferita compare sul suo viso meraviglioso.

Accidenti. Ho arretrato troppo bruscamente? E, germi da parte, staccarmi era il mio vero desiderio?

Sentendomi un'idiota, faccio un passo indietro... e il mio piede s'immerge nell'acqua fredda del laghetto. Con uno strillo, agito le braccia per ritrovare l'equilibrio, ma anche l'altro piede scivola giù dal bordo.

Valerian affonda in avanti e mi afferra, portandomi di colpo al sicuro.

Non appena mi rimetto stabilmente in piedi, mi libera con espressione indecifrabile.

Mormoro un debole ringraziamento, e vado dritta verso la porta, lasciandomi impronte bagnate alle spalle.

———

IN UN TUMULTO DI EMOZIONI, salgo su un'auto. Grazie al cielo, è a guida autonoma. L'ultima cosa che voglio, è affrontare un essere senziente nel mio stato attuale.

Quando partiamo, libero un sospiro di frustrazione. Che diavolo di storia era quella? Desidero baciare Valerian sin dalla prima volta in cui ho posato gli occhi su di lui, eppure, quando si è finalmente mosso, ho mandato all'aria tutto quanto.

Ora sa che sono una persona bizzarra, l'unica donna della mia età che non ha ancora baciato nessuno. Posso vivere l'intimità solo nei miei sogni... e anche lì, non con una persona reale, bensì con un parto della mia immaginazione.

Per questo non sono mai uscita con qualcuno. Preferirei affrontare i dentisti della Terra, piuttosto che spiegare tutto questo ad un uomo che mi piace.

Bisognosa di distogliere l'attenzione dal fallimento della mia vita sentimentale, apro il diario di Leal. Avendo ora motivo di credere che non fosse solo uno stizzoso paranoico, leggo le sue idee su Icelus con un interesse decisamente maggiore.

Secondo lui, qualcuno stava uccidendo gli agenti di Icelus sulla Terra... una persona misteriosa, verso la quale Leal provava un'enorme gratitudine.

Resto impietrita per un secondo, ricordando le recenti parole di Valerian sui suoi genitori. Avrebbe potuto essere lui? Sa essere così spietato? Ripenso alla sua espressione, mentre parlava di Icelus, e mi rendo conto che la risposta è affermativa.

Riesco ad immaginarmelo, mentre stana gli agenti di Icelus in ogni modo raccapricciante.

Provo una compassionevole stretta al petto, mentre penso al modo in cui abbia gestito la perdita di entrambi i genitori. Non riesco ad immaginare di perdere mia mamma. Anche adesso, mentre si trova in un coma che, mi auguro, sia reversibile, mi sento un'orfana. Quanto può essere stato peggio per Valerian, a quell'epoca?

Ah, sono una persona orribile. Si è aperto con me, raccontandomi di questa tragedia del suo passato, e io l'ho trattato come un lebbroso, a causa dei miei stupidi problemi con i germi.

Cupamente, torno agli appunti, e scorro una serie di parti noiose. Ma poi, m'imbatto in qualcosa di interessante.

Leal sostiene che Icelus possieda un farmaco, in grado di far piombare le persone nella fase REM. Sostiene che abbia un terribile effetto collaterale, ma non aggiunge precisazioni, prima di descrivere quanto sarebbe prezioso per lui un farmaco del genere.

Andando ancora più avanti, non mi sorprende, quando parla d'ingaggiare qualcuno per copiare questo farmaco. So che è riuscito a farlo. Naturalmente, anche la sua versione aveva un effetto collaterale, il peggiore possibile. Chi l'aveva presa, non si era risvegliato mai più. Ciò era successo ad Eduardo, il lupo mannaro del Consiglio di New York.

Continuo a scorrere, finché non vengo travolta da uno sbadiglio. Ora che l'adrenalina del bacio sta svanendo, la sonnolenza si sta facendo sentire in tutta la sua potenza, e i noiosi appunti di Leal non mi aiutano.

Richiuso il diario, apro i miei messaggi, e trovo Itzel tra i contatti.

Posso aiutarvi a cercare vostro nonno domani, la informo. *Fatemi sapere dove possiamo vederci tutti.*

Invio il messaggio, proprio mentre l'auto si ferma accanto al mio edificio. Il tragitto in ascensore è avvolto nella foschia del sonno, così come quando mi spoglio dei vestiti, ed eseguo un trattamento igienizzante su tutto il corpo.

Quando raggiungo finalmente il letto, mi addormento ancor prima di toccare il cuscino con la testa.

CAPITOLO DODICI

MENTRE FACCIO COLAZIONE, attivo la realtà virtuale e controllo i messaggi. Una risposta di Itzel mi comunica dove incontrare lei e la banda su Gomorra, quindi, al termine del mio pasto, mi dirigo verso il Nebulabucks.

Si tratta di una catena di negozi di tè, e il luogo scelto da Itzel dev'essere nuovo: la fila di Conoscenti assetati dura appena dieci minuti. Felix, Ariel, Itzel e Kit sono seduti al tavolo più grande in un angolo, con bevande calde in mano.

Felix mi porge una tazza. "Fiore nebula, come piace a te."

Ringraziandolo, prendo la tazza e l'annuso, sedendomi accanto ad Ariel. Le note fruttate del tè sono divine.

"Com'è andata con lo sviluppo del videogioco insieme a Valerian?" chiede Ariel, muovendo le sopracciglia.

Arrossisco al ricordo del fiasco con il bacio. "Lunga storia." Osservo il volto mascherato di Itzel. "Hai trovato tuo nonno?"

"No" risponde la gnoma, con la voce nasale camuffata dal respiratore. "Ma abbiamo fatto progressi."

"O meglio, Maya" sottolinea Felix con orgoglio.

Guardo di nuovo intorno al tavolo, poi sbircio sotto di esso. "Dov'è la tua piccola amica?"

"Ha diciott'anni" la difende Felix, e non c'è da stupirsi. Sono abbastanza sicura che lui ne abbia almeno venticinque.

Ariel sogghigna. "Legale da pochissimo tempo."

"Ma dite a Bailey dove si trova." Kit si trasforma nella minuta ragazza in questione, e rivolge un sorriso maligno a Felix. "Sono sicura che la sua maturità, in questo modo, sarà chiarissima."

Felix guarda in tralice Ariel e Maya/Kit. "Ha un esame di trigonometria."

Kit si trasforma in Felix. "Trigonometria *avanzata*" sottolinea con la voce di quest'ultimo. "Non bisogna dimenticarlo."

Il sorriso di Ariel si allarga. "Sempre una materia delle superiori. E no, non è d'aiuto rivelare a Bailey i corsi di collocamento avanzato frequentati da Maya."

"Smettila" dico con espressione esageratamente seria. "Maya sembrerebbe una giovane donna molto sveglia."

Felix sorseggia il tè molto rumorosamente, poi dice: "Comunque, questa studentessa delle superiori è stata l'unica in grado di aiutarci a fare testa o croce, a proposito della scomparsa di Cadmael."

"Già" conferma severamente Itzel. "E se potessimo tornare sul discorso della scomparsa, sarebbe splendido."

Indirizzo l'attenzione verso la sua espressione burbera. "Che cos'avete scoperto?"

"Abbiamo trovato una sigaretta elettronica nell'appartamento del nonno" risponde. "Non sembrava appartenere a lui, quindi abbiamo chiesto a Maya di toccarla."

"Il suo potere è la psicometria" interviene Felix. "Sa riconoscere il proprietario di un oggetto quando..."

"Sappiamo tutti che cos'è la psicometria" afferma Ariel, roteando gli occhi.

Itzel posa la tazza. "Vuoi vedere com'è andata?"

"Sì, grazie." Bevo un lungo sorso di tè.

Itzel indossa un paio di occhiali e guanti per la realtà virtuale, e fa alcuni gesti.

Nascondo la sorpresa, nel vedere che ha un dispositivo di comunicazione più vecchio. Essendo una gnoma, mi aspettavo di vederla con attrezzature di ultima generazione. D'altro canto, potrebbe offendersi per questo stereotipo, tanto quanto gli orchi pacifici che non gradiscono di essere percepiti come dei bruti violenti.

Dopo aver aperto l'interfaccia della realtà virtuale, clicco sul video che mi ha appena inviato.

LA REALTÀ virtuale mi colloca in una stanza disordinata, presumibilmente nell'appartamento di Cadmael. Maya è seduta sul pavimento accanto a dei calzini sporchi, e tiene tra le manine l'aggeggio per svapare.

Un'energia brillante dal colore viola filtra dalla sua pelle, entrando nell'oggetto, e la sua espressione cade in una sorta di trance. "Sta dando un pugno in faccia a un elfo" scandisce sottovoce. "Ora lo fa con un nano, e poi con un..." Rotea gli occhi all'indietro, poi espira, ed essi tornano alla normalità.

"Si chiama Vas Lube" dice in tono stanco. "È un orco estremamente aggressivo."

Alla faccia degli stereotipi. Nessuno di coloro che mi circondano si stupisce, sentendo parlare del coinvolgimento di un orco.

La voce di Itzel riecheggia dal punto in cui dev'esserci stata la videocamera della realtà virtuale. "Dove possiamo trovare questo orco?"

Maya si stringe nelle spalle. "Posso solo dirvi chi è, non la sua posizione."

La registrazione della realtà virtuale si conclude.

———

CHIUDO LA REALTÀ VIRTUALE, ritrovandomi al tavolo del negozio di tè.

"Quindi, si può presumere che abbia preso Cadmael" affermo, guardando i miei amici. "Un orco di nome Vas Lube."

119

Kit sogghigna. "Mi auguro che Vas non sia l'abbreviazione di vasellina."

"Lascia fare a Kit, e il nome di un orco si trasforma in qualcosa di sessuale" mormora Felix sottovoce.

Sollevo il mio tè. "Che cos'avete fatto, una volta saputo il nome?"

"Niente" ringhia Itzel. "Non conosco nessuno che l'abbia sentito nominare. E neanche loro." Sposta lo sguardo intorno al tavolo.

"Allora, è positivo che ci sia io con voi" rispondo, "perché conosco un uomo."

"Chi?" chiede Ariel, corrugando le sopracciglia.

"Non penso che lo conosciate. L'ho aiutato, una volta, e adesso lui mi aiuta, quando ho bisogno di qualcosa dal mondo sotterraneo di Gomorra." Non aggiungo *come il sangue di vampiro*, poiché potrebbe essere ancora un argomento delicato per Ariel.

Itzel scatta in piedi. "Andiamo subito da lui."

———

MENTRE CI DIRIGIAMO in auto verso il bar frequentato sempre dal mio uomo, Napoleon, mi chiedo se non sarebbe più saggio, piuttosto, chiedere una mano a Valerian. Se può localizzare il lupo mannaro dei sogni di Erato, magari è in grado di trovare anche questo orco.

Il problema è che non sono sicura di riuscire ad affrontare Valerian, dopo la sconfitta di ieri sera, per non parlare di chiedergli dei favori. In realtà, non mi stupirei, se trovasse qualcun altro come aiutante con il licantropo, e scomparisse dalla mia vita per sempre. Probabilmente, starà cancellando il progetto di *Lucid Dreamer* proprio adesso, così anche mia mamma soffrirà, a causa della mia incapacità di baciare un uomo che mi piace.

"Bailey." Ariel mi tocca la spalla. "Siamo arrivati."

Ed è vero. Si tratta proprio dello squallido bar di cui abbiamo bisogno.

Dopo qualche respiro per ritrovare la calma, scendo dall'auto, e accompagno gli altri verso la nostra destinazione.

————

"QUESTO POSTO mi ricorda la taverna di Mos Eisley di *Star Wars*" sussurra Felix, mentre entriamo.

"Tutti i bar e i locali di Gomorra te la ricordano" afferma Ariel. "Devi uscire più spesso."

Napoleon è seduto in disparte su un altissimo sgabello, rosso, con le corna e minuto, come al solito.

Lo indico con la testa. "È il mio uomo."

"Aspetta un secondo" dice Felix. "Lo conosco. Mi ha venduto una pistola, una volta."

Lo guardo a bocca aperta. Le armi sono decisamente illegali qui, su Gomorra, al punto che perfino gli Esecutori, le nostre forze dell'ordine, non sono autorizzati a portarle con sé. Solo la Guardia del Senato, una sorta di servizi segreti per il governo, e l'equivalente di Gomorra della SWAT, possono tenere le armi.

Ma d'altra parte, con le mie informazioni su Napoleon, non mi sorprende che venda armi e altri articoli tabù.

"Che tipo di Conoscente è?" sussurra rumorosamente Ariel. "Sembra un piccolo diavolo rosso."

Rivolgo un'occhiata preoccupata a Napoleon. Spero che, con il suo udito, non riesca ad intercettare le nostre parole. "Lui si definisce un nain rouge."

"Ma è solo 'nano rosso' in francese" sussurra Itzel.

Naturalmente, parla francese. Gli gnomi sono molto bravi con le lingue.

"Credo che i membri della sua specie siano più comunemente chiamati lutin" dice Kit in tono sommesso, e si trasforma in una piccola diavolessa rossa, carina e femminile. "Sono costretti ad assumere un aspetto umano, sulla Terra." Si trasforma in un omino con gli stessi lineamenti del piccolo diavolo. "I lutin sono amanti straordinari."

"Qualcuno ha davvero bisogno di scopare" mormora Felix.

"Ti offri volontario?" Kit si trasforma in Maya, e si lecca le labbra in un inquietante gesto sessuale.

Felix arrossisce fino ai livelli di Napoleon, e Ariel si strozza dalle risate. Al bar, le orecchie appuntite di Napoleon guizzano.

"Ehi, Napoleon!" chiamo ad alta voce, dirigendomi verso di lui.

Il nain rouge posa un torbido drink color rubino, e si gira per esaminare il bar. Vedendomi, snuda gli affilati denti da predatore in un ampio sorriso.

"Bailey." Pronuncia il mio nome con marcato accento francese. "Che piacere vederti fuori dai miei sogni, per una volta."

Con un sorriso, lo saluto in francese, prima di passare all'inglese a beneficio dei miei amici americani. "Loro sono Kit, Itzel e Ariel, mentre conosci già Felix."

Napoleon squadra Felix da capo a piedi. "*Oui*, la pistola. Mi auguro che tu l'abbia usata solo in quella palude che è il tuo mondo, come mi avevi assicurato."

Felix muove la testa su e giù. "Non la impugnerei mai su Gomorra."

"Bene. Bene." Napoleon prende il drink e beve un sorso. "Se è per un uso locale, il prezzo che ti ho proposto raddoppia."

Itzel sbuffa. "Temi che, se qualcuno venisse beccato, potrebbe tornare indietro a morderti?"

"Gli gnomi e la loro franchezza." Napoleon tracanna il resto del drink. "Perfino gli orchi sono più fini."

"A proposito di orchi" intervengo con noncuranza, sperando di mantenere il costo delle informazioni che ci servono il più basso possibile. "Ne stiamo cercando uno di nome Vas Lube. Dove possiamo trovarlo?"

Schioccando le piccole dita rosse, Napoleon chiama il barista elfo, e ordina un altro drink: il Fuoco della Chimera.

Fremo interiormente. Gli serviranno una miscela così calda e piccante, che secondo alcuni, viene preparata con la fermentazione di peperoncini reaper: degli abomini con una piccantezza pari a milioni di unità di Scoville.

Il barista posa la bevanda davanti a Napoleon, e una goccia sfrigola nel cadere sul sottobicchiere.

Il nain rouge beve un lungo sorso e sorride, felice come un bambino che immerge un biscotto con scaglie di cioccolato nel latte caldo.

"Allora, a proposito di Vas" dico con eccessiva pazienza. "Ci servono informazioni."

Napoleon abbassa il drink per studiarmi. "Mi piaci" commenta, con l'alito che sa di spray al peperoncino. "Non voglio che resti uccisa."

Io e i miei amici ci scambiamo delle occhiate.

"È pericoloso?" chiede Felix.

"Pericolosissimo." Napoleon si guarda intorno furtivamente. "Frequenta gli Sporchi Bastardi."

Osservo Itzel, per verificare se sappia di cosa parla, ma ha un'espressione vuota tanto quanto la mia, e i nostri compagni, provenienti da un altro pianeta, ne sono ancora più all'oscuro.

Napoleon libera un profondo sospiro. "Sto parlando di una banda che ha scelto il nome di Sporchi Bastardi. Devo proprio aggiungere ulteriori spiegazioni?"

Le sopracciglia di Itzel si accostano di colpo. "Non m'importa se si chiamano gli Abominevoli Furfanti o i Ributtanti Scapestrati" ringhia, invadendo lo spazio personale di Napoleon. "Questo Vas sa qualcosa sulla scomparsa di mio nonno, e intendo parlare con lui."

"Ricordatemi di non permettere mai a Itzel di dare il nome a una banda" sussurra Felix. "Furfanti?"

Se Napoleon è influenzato dalla presenza della maschera respiratoria di Itzel, non lo dà a vedere. "Chi è tuo nonno?" chiede con apparente noncuranza.

"Non lo conosceresti" rispondo rapidamente. Se Itzel menzionasse che suo nonno è un famoso inventore, al prezzo per le informazioni che cerchiamo si aggiungerebbe un certo numero di zeri, sempre se non è già successo.

"Raccontandovi ciò che so, corro dei rischi" dice Napoleon in faccia a Itzel. "Spero che siate pronti a darmi un adeguato compenso."

Gli occhi di Itzel diventano lucidi... probabilmente, per l'alito piccante di Napoleon. Passandosi una manica sul viso, indietreggia.

"Quanto?" chiedo.

Napoleon nomina una cifra folle.

"Aggiungi delle pistole per ognuno di noi, e l'affare è concluso" risponde Itzel, prima che io possa persino iniziare a contrattare.

Lui solleva il drink infernale. "Mi rimane solo una pistola. E dovreste usarla su un altro pianeta."

"Intendiamo usare la pistola per affrontare Vas" dichiaro in tono piatto. "Prendere o lasciare."

Non può realmente trattarsi dell'ultima pistola in suo possesso, ma lanciargli una sfida farebbe più male che bene.

Napoleon sogghigna, mostrando le zanne.

"Accetterò... *se* entrerai ancora una volta nei miei sogni."

Sarà meglio che Itzel lo apprezzi. "Quando lo deciderò io" rispondo con riluttanza. "E non presto."

"*Oui*. Ricorda solo che dovrà succedere prima che ti serva di nuovo il mio aiuto." Beve il resto del drink, probabilmente provocandosi un'ulcera istantanea.

Facciamo una colletta per pagare i servizi di Napoleon, e Itzel insiste per occuparsi della fetta più grande. Quando gli diciamo di controllare il saldo, Napoleon agita le mani nella propria realtà virtuale, come un direttore d'orchestra. Dopo aver visto il denaro sul conto, ci rivolge un sorriso predatorio e fa qualche altro gesto, prima di dire: "Controllate i messaggi."

Di sicuro, ci ha inviato la posizione del luogo di ritrovo della banda.

"È stato un piacere fare affari con voi" conclude, quando confermo di aver ricevuto le indicazioni.

"E la pistola?" chiede Itzel.

Con un grugnito, si allunga sotto il bar di fronte a lui, e tira fuori un dispositivo sottile, simile ad un moschetto corto. Prima che qualcuno possa scorgere quell'arma, altamente illegale, e segnalarci, lo agguanto per nasconderlo nella parte posteriore dei pantaloni.

Ci affrettiamo ad uscire dal bar, e chiamiamo un'auto. Itzel dà all'automobile l'indirizzo di casa sua. "La tuta di Felix è lì" spiega. "Se vogliamo cercare un membro della banda nel suo stesso covo, abbiamo bisogno di tutto l'aiuto possibile."

L'APPARTAMENTO di Itzel sembra la tana di uno scienziato pazzo. Ci sono innumerevoli schermi con disegni di razzi, droni costruiti a metà, fili aggrovigliati e barattoli di carburanti esotici.

Nella cabina armadio accanto al soggiorno c'è la tuta in questione, che assomiglia al robot di un film di fantascienza di serie B.

"Felix sostiene di essere stato ispirato dal primo rottame di tuta costruito da Iron Man" afferma Ariel. "Ma io penso che abbia scopiazzato il costume meccanico di Batman."

Felix gonfia il petto. "Questo è Neo Golem originale." Si lancia in una spiegazione del nome, che si riduce a: se Felix fosse un supereroe, si tratterebbe del suo nome in codice.

"Quindi, abbiamo una pistola" mi do un colpetto dietro i pantaloni, "e la tuta di Neo Golem. Qualcun altro pensa che non siano sufficienti?"

"Dipende da quanti dei cosiddetti Sporchi Bastardi saranno presenti" risponde Itzel. "Ma non m'importa. Sono la nostra unica pista."

Accarezzo il pelo di Pom. Itzel comincia a spaventarmi un po'. "Che ne dite di passare dal mio appartamento?" suggerisco. "Ho delle granate soporifere, che potrebbero aiutarci ad evitare del tutto la violenza."

Felix entra nella tuta, e cala in posizione la piastra

facciale, simile a quella di un robot. "Buona idea." La sua voce è attutita.

Mentre usciamo in strada, Felix riceve alcune occhiate di curiosità, ma non tante quante ne attirerebbe sulla Terra, al di fuori dei parchi a tema.

Prendiamo un'auto fino al mio appartamento, dove recuperiamo un paio di granate soporifere e qualcosa da mangiare. Dato che ci siamo, chiedo a Felix d'insegnarmi a usare la pistola, visto che sembra esperto.

"Giusto." Mi toglie la pistola di mano, e preme un pulsante laterale. Sopra di essa, viene visualizzato uno schermo dall'aspetto antiquato: chiaramente, non è un nuovo modello. Indica un'etichetta esplicativa sullo schermo. "Questo controlla se il raggio della pistola è letale o meno." Imposta la pistola in modalità stordimento, e la punta verso Ariel.

"Ah-ha" dice lei senza umorismo. "Tuta o no, posso ancora spezzarti in due."

Sbuffando, Felix punta la pistola verso la mia finestra. "È davvero semplicissimo. Punta e spara." Imita il gesto di premere il grilletto.

Prendo la pistola, e mi esercito ad aprire e nascondere lo schermo. È facile, come ha detto Felix. Infilo l'arma dietro i pantaloni. "Ho capito. Andiamo."

Chiamiamo un'altra auto, e andiamo dritti verso il punto indicato da Napoleon, che risulta essere uno squallido vicolo cieco in una delle zone peggiori di Gomorra.

"Almeno, nessuno farà caso alla tuta di Felix"

commenta Ariel, arricciando il naso, mentre scendiamo in una strada con chiazze di urina, decorata da pile d'immondizia mai raccolta. È più che disgustosa, perfino con la fresca brezza che soffia via la parte peggiore del fetore. Trattengo il respiro il più possibile, ma l'aroma putrido s'insinua comunque nelle narici.

Itzel mi deve veramente un favore. I germi, qui, devono essere nocivi quasi come sulla Terra.

Le indicazioni di Napoleon ci conducono a quella che, un tempo, era la facciata di un negozio, ora sbarrata con assi e priva di insegna.

"Non c'è modo di vedere che cosa ci aspetta dentro" sussurra Ariel, cercando di sbirciare dietro la plastica che copre le finestre.

Kit assume le sembianze di un orco. "Potrei fingere di essere una neofita, che vuole unirsi alla banda."

"No" sussurra Itzel. "Atteniamoci al piano della granata soporifera di Bailey."

Annuendo, controllo la porta.

È chiusa a chiave.

Prendo i miei attrezzi da scasso, ma Felix mi mette una mano sulla spalla, prima che possa usarli. Indirizza quindi verso la porta un arco di energia color magenta. "Se ci fosse un allarme inserito" spiega a bassa voce.

Ancora sotto forma di orco, Kit adocchia la porta, dubbiosa. "Non credo che questo luogo possieda un impianto idraulico funzionante, figuriamoci gli allarmi."

Zittendoli, mi metto al lavoro con i miei attrezzi.

Tutti osservano le mie mani, affascinati. Non appena la serratura cede, apro la porta con cautela, e lancio la granata all'interno. Richiudendo la porta, conto mentalmente i secondi, per assicurarmi che qualunque persona all'interno si sia addormentata, e che il gas sia ormai inattivo, lasciandoci entrare in sicurezza.

"Ehi!" ringhia una voce alle nostre spalle. "Che diavolo state facendo?"

Spaventati, ci giriamo di scatto all'unisono.

Un vero e proprio esercito di Sporchi Bastardi ci fissa in cagnesco.

CAPITOLO TREDICI

"DEVONO ESSERSI AVVICINATI DI SOPPIATTO, mentre Bailey si occupava della serratura" sussurra Felix, e tutti sono troppo tesi per sgridarlo, a causa di quella dichiarazione palesemente ovvia.

Ariel reagisce per prima. L'addestramento militare prende il sopravvento, mentre balza in avanti e colpisce al petto un orco, grande il doppio di lei. L'avversario vola all'indietro, verso i propri compagni, che barcollano, prima di afferrarlo e spingerlo di nuovo verso di lei.

Prima di riuscire a vedere come se la cava Ariel, scorgo un sasso volare verso di noi, e sbattere contro il petto metallico di Felix. Lo schermo facciale di Neo Golem si solleva, e la tuta robotica stronca la folla dei nostri aggressori, generando lungo il tragitto dei fastidiosi rumori provenienti dalla carne che cozza contro il metallo.

Se non ci fosse la brezza ad allontanare troppo

rapidamente il gas, prenderei in considerazione l'idea di usare la granata soporifera rimanente. Nella situazione attuale, estraggo la pistola e, dopo averla attivata, la punto verso la testa dell'orco più vicino.

L'arma emette un segnale acustico. Anche se nulla sembra uscire dalla canna, l'orco cade a terra, privo di sensi. La pistola è ancora in modalità non letale: una cosa positiva, perché l'orco potrebbe essere quello che cerchiamo.

"Vogliamo solo parlare con Vas" grida Itzel. "Non c'è bisogno che qualcuno si faccia male!"

Uno Sporco Bastardo dai lineamenti perfetti, come quelli di un uber, sputa addosso a Itzel, e la sua saliva le atterra sulla maschera.

Accidenti. Al suo posto, lo ucciderei per quella condivisione non autorizzata di fluidi corporei.

Itzel dev'essere della stessa idea. Con gli occhi ridotti a fessure, genera una palla di fulmini tra le mani, e la scaglia verso l'aggressore.

Il tizio vola all'indietro, schiantandosi contro i fratelli, e sollevandoli da terra come birilli.

Un orco ne prende il posto.

Con il cuore martellante, lo rendo incosciente grazie alla pistola, e scruto il resto del campo di battaglia.

Felix sta combattendo contro un nano e un orco... e sembra stia vincendo. Ariel sta picchiando selvaggiamente e senza sforzo due elfi. Ancora sotto forma di orco, Kit sta affrontando un elfo con una brutta cicatrice in faccia. Dopo un pugno assestato dall'orco Kit, l'elfo crolla a terra, ma un altro Sporco Bastardo, un vampiro, ne prende il posto.

Punta la pistola verso il vampiro, e premo il grilletto, ma non succede alcunché. Attivo la modalità letale e gli sparo di nuovo... senza alcun risultato.

Accidenti. Che cosa succede?

Prima di andare seriamente in paranoia, Kit si trasforma in un gigante, e sferra un calcio al vampiro con tutta la sua potenza. Il tizio vola fino in fondo al vicolo cieco, e non si alza più. Con un sospiro di sollievo, metto la pistola in modalità stordimento, e abbatto il nano di Felix, così come uno degli elfi di Ariel.

Due vampiri, che brandiscono dei coltellacci, attaccano il gigante Kit, e un nano, sbucato dal nulla, mi strattona il polso che regge la pistola. L'arma sbatacchia per terra. Prima che possa afferrarla, il nano mi affonda un pugno nello stomaco.

Balzo all'indietro, attutendo il colpo, ma l'aria mi fuoriesce dai polmoni. Porca miseria. I nani sono incredibilmente forti e, per dirla tutta, dei feroci combattenti. Nonostante il mio addestramento di arti marziali, mi trovo in un grosso guaio senza quella pistola.

Optando per il gioco sporco, schivo il pugno successivo, agguanto il nano per la barba cespugliosa, e la strattono con violenza. Vengo ricompensata dal grido di dolore dell'avversario... beh, in aggiunta ad un disgustoso souvenir, che potrebbe essere stato espulso con un colpo di tosse da un leone, dopo aver fatto il bagno all'intero branco con la lingua.

Scagliando il disgustoso grumo di capelli addosso al legittimo proprietario, lo colpisco al plesso solare con un pugno.

Sembra una roccia, e a quanto pare, il nano non mostra alcun segno di dolore.

Il piede di uno stivale tenta di colpirmi. Lo scavalco, atterro come un gatto, e do un calcio all'aggressore in mezzo alle gambe.

Il nano quasi non batte ciglio.

Doppio accidenti. Dev'essere una femmina: dopo quello, nessun maschio sarebbe in grado di continuare a combattere. Sia i nani maschi, sia le femmine hanno la barba, anche se alcune donne preferiscono sbarazzarsene con la nano-rimozione dei peli, probabilmente per far sì che altri Conoscenti non commettano il mio stesso errore.

Già. Prestandovi attenzione, noto un accenno di seno sotto i suoi abiti cascanti. Sentendomi meglio per quello strattone alla barba (spesso fonte di orgoglio per i nani maschi), la colpisco in faccia.

Lei barcolla all'indietro per un istante, poi, con un ruggito, si lancia su di me come un tasso idrofobo.

CAPITOLO QUATTORDICI

CON UNA MOSSA imparata nel sogno di un maestro di aikido sulla Terra, sfrutto lo slancio della nana per atterrarla. Poi infrango la filosofia dell'aikido, e la prendo a calci in testa senza alcuna grazia, finché non resta al suolo.

Ma non posso godermi la vittoria a lungo. Mentre alzo lo sguardo, vedo un vampiro sfrecciare nella mia direzione.

Ci siamo. Adesso, sono completamente fregata.

"Basta!" tuona la voce di Felix nel vicolo cieco, senza dubbio incrementata dalla tuta.

Sbigottito, il vampiro si blocca, come tutti gli altri.

Il petto di Neo Golem si apre, e nel punto in cui ci sarebbero stati i capezzoli di Felix, emergono due gigantesche pistole, che sparano in uno spazio vuoto nelle vicinanze.

Bang. L'esplosione agita gli organi interni dei presenti.

Il robot punta le pistole verso gli Sporchi Bastardi ancora in piedi. "Sono stato chiaro?"

Alcuni furenti cenni del capo.

La piastra facciale si sposta da un orco all'altro. "Chi di voi è Vas?"

"Dentro" sibila il vampiro più vicino a me.

"Rimani qui" dico a Felix. "Vado a cercarlo."

La testa di metallo del robot annuisce, e scivolo nel negozio abbandonato.

La banda l'ha trasformato in un ibrido tra una palestra e un casinò. Ci sono pesi dappertutto, e un ring per il pugilato al centro della stanza, ma anche tavoli per giocare a carte, e persino una piccola pista, probabilmente per le gare illegali con piccoli animali.

Ci sono corpi addormentati ovunque. Il problema è che includono cinque orchi.

Frugo nelle tasche del primo, alla ricerca di un documento d'identità.

Non è il mio uomo.

Controllo quello successivo. Niente.

Con il terzo orco, vengo ricompensata. Non solo si tratta di Vas, ma è anche nella fase REM.

Allungando un braccio, stabilisco un collegamento, e torno nel mondo della veglia. Poi, ripeto il gesto con alcuni altri membri della banda, nel caso in cui l'esplorazione dei sogni di Vas non dia risultati per il nonno della gnoma.

Lasciato il negozio, faccio un cenno del capo ai miei amici, e mi disinfetto le mani.

"L'hai ucciso?" tuona l'orco più vicino.

"No. Avevo solo bisogno di vederne l'aspetto" mento. "Ora che l'ho fatto, ce ne andiamo."

"Se ve lo permettiamo" ringhia l'orco.

Le pistole nel petto di Felix puntano nella sua direzione, e l'orco arretra.

Un vampiro sfreccia nel negozio, e ne esce altrettanto rapidamente.

"Vas è vivo" riferisce. "E anche tutti gli altri."

"E lo rimarranno, se non ci mettete i bastoni fra le ruote" affermo.

I Bastardi si tolgono di mezzo.

Recupero la pistola, e resto spalla a spalla con i miei amici, mentre facciamo marcia indietro nel vicolo cieco. Una volta fuori dal loro campo visivo, ci mettiamo a correre, e prendiamo un'auto a pochi isolati di distanza.

"È stato intenso" commenta Kit, trasformandosi in diversi membri della banda in rapida successione.

Ariel guarda il petto di Felix. "Pensavo che avessi soltanto un colpo, in quelle tette a forma di pistola."

Felix solleva la piastra facciale e sorride. "Gli Sporchi Bastardi non lo sapevano."

Itzel si gira verso di me, con gli occhi che brillano di speranza. "Hai scoperto dov'è mio nonno?"

"A breve." Tocco il pelo di Pom.

COMPARENDO NEL PALAZZO DEI SOGNI, aggiorno Pom sugli avvenimenti, mentre cerco Vas nella torre dei dormienti.

"Pfiù" dico, una volta scovata la mia verde preda. "Gli altri membri della banda non l'hanno ancora svegliato."

Pom vola fino all'orco, e lo squadra con diffidenza. "Dovresti comunque sbrigarti. Se non ti dispiace, mi unirò a te."

Accetto, e Pom mi si appollaia sulla spalla. Incapace di resistere, assumo le sembianze di un pirata, prima di renderci entrambi invisibili e saltare così nel sogno dell'orco.

———

LA STANZA dove si svolge il sogno ha un aspetto familiare. È il negozio abbandonato, nonché luogo di ritrovo degli Sporchi Bastardi. Vas e un altro orco indossano dei guanti, e sono sul ring per il pugilato.

Mi rendo conto che questo sogno è un ricordo.

Lo lascio proseguire, finché Vas non va negli spogliatoi. Mentre è intento a cambiarsi i vestiti, trasformo gli spogliatoi nella stanza piena zeppa di Cadmael, che ho visto nella realtà virtuale.

Dopo la modifica, Vas alza lo sguardo e completa le restanti informazioni da solo, a partire dall'aggeggio per svapare, che gli compare in bocca.

Alcuni membri della banda sono presenti, e sembrano ustionati... probabilmente, a causa delle palle di fulmini. C'è anche il famoso nonno di Itzel, rannicchiato sul pavimento e privo di sensi.

"Chiamalo" ordina Vas ad un vampiro nelle vicinanze, uno di quelli che avevano attaccato Kit nel vicolo cieco.

Il vampiro armeggia per un attimo con la realtà virtuale, e un ologramma compare al centro della stanza.

È un uomo alto e magro, il cui volto è oscurato da una maschera da folletto. Essendo un ornamento popolare indossato alle feste in costume di Gomorra, non mi dice granché della persona che si nasconde dietro di essa.

"Ce l'hai?" chiede il tizio, con una voce simile ad assi del pavimento scricchiolanti.

Vas indica lo gnomo privo di sensi.

L'uomo mascherato approva con un cenno del capo, e indica il vampiro che ha generato l'ologramma. "Voglio che *lui* mi porti lo gnomo."

Accidenti. Sarebbe stato meglio se l'avesse chiesto a Vas, così avrei potuto rievocare quell'incontro nel mondo dei sogni.

Oh, beh. Forse, Vas aveva incontrato comunque questo tizio, ad un certo punto?

Mentre i sogni di Vas iniziano a deviare dal territorio dei ricordi, trovo l'occasione d'inserire l'uomo con la maschera da folletto in una serie di ambienti diversi, ma ahimé, niente sollecita il sogno che cerco. L'uomo misterioso non deve aver mai incontrato Vas, al di fuori di quella conversazione tramite l'ologramma.

Mi arrendo, e torno per un attimo nel mondo della

veglia, poi rievoco qualche altro membro della banda con cui avevo stabilito un contatto, ed esploro i loro sogni.

Non ho fortuna.

Al di fuori della conversazione con l'ologramma, nessuno sembra aver incontrato lo sconosciuto mascherato.

Uscita dal sogno dell'ultima persona, informo il team delle mie ultime scoperte.

Itzel grugnisce. "Siamo quasi rimasti uccisi per niente."

"Non ne sono così sicura." Kit si trasforma in un vampiro maschio, snuda le zanne, e mi guarda con occhi pronti alla malia. "È stato questo ad accompagnare l'uomo mascherato?"

Scuoto la testa.

Kit si trasforma in un altro vampiro dello scontro. E in un altro.

"Lui" dico, quando si trasforma nel vampiro del sogno.

"Ah, bene." Kit torna ad essere se stessa. "Uno dei più belli. Dovrebbe essere divertente."

Tutti la fissano, mentre fa una pausa teatrale, godendosi l'attenzione. Quando Itzel sembra pronta a gettarle addosso una palla di fulmini, Kit spiega: "Il mio piano è semplice. Assumerò una forma diversa, e utilizzerò i miei stratagemmi femminili per rubare informazioni a quel vampiro."

Ariel storce la bocca, probabilmente ripensando ai suoi problemi con i vampiri, e Itzel osserva preoccupata Kit. "Sei sicura? Voglio bene a mio nonno, ma non so se..."

"Non preoccuparti." Kit si trasforma in una bella donna, seguita da un'altra ancora più attraente. "Intendo divertirmi in questa missione: i vampiri sono ottimi amanti."

"Quale specie di Conoscente non lo è?" mormora Felix sottovoce.

"I tecnomanti" afferma Kit senza un attimo di esitazione. "Almeno finora. T'interessa dimostrare il contrario?"

Felix arrossisce, e ridacchiamo tutti a sue spese. Di sicuro, se l'è cercata.

"Quanto tempo pensi che ci vorrà?" chiede Itzel a Kit.

Kit si ritrasforma in se stessa. "Una notte, forse due."

Itzel si acciglia.

"Va bene. Una notte" afferma Kit in tono confortante. "Se l'approccio della carota non dovesse funzionare, lo legherò con il pretesto di divertirci di più, e gli estrapolerò le informazioni con la tortura."

Proseguiamo in silenzio per alcuni isolati, digerendo questa parte, ancora più inquietante, del piano di Kit. Poi io ed Ariel cominciamo ad interrogarla sulla sua sicurezza, e lei ci ricorda che fa parte del Consiglio di New York, e che sa badare a se stessa.

Con un'alzata di spalle in segno di sconfitta, entro nella realtà virtuale e controllo i messaggi.

Niente da Valerian. Mi ha davvero lasciata perdere,

o sta avendo difficoltà a localizzare quel lupo mannaro?

Per il bene di mia mamma, non posso accettare la prima opzione.

Guardo Felix. "Che piani hai per una notte o due, mentre Kit si occupa della situazione?"

Mi guarda, sorpreso. "Non ne ho."

"Ti va di aiutarmi con un videogioco in realtà virtuale? Pagherò per il tuo tempo."

Sogghigna. "Non ce n'è bisogno. Ho sempre voluto provarci, ma sono stato sempre assegnato al ruolo di esperto della sicurezza."

Lo ringrazio, e chiedo a Kit dove vuole andare. Dopo che l'auto l'ha lasciata a destinazione, riaccompagniamo Itzel a casa sua, dove riponiamo la tuta di Felix, prima di tornare all'edificio con l'hub dei portali per rimettere piede sulla Terra.

———

USCITI DAL JFK, Ariel prende un taxi da sola, mentre io e Felix ci dirigiamo direttamente verso l'ufficio di Valerian.

"C'è la possibilità di essere buttati fuori dal palazzo" informo Felix, quando ci troviamo in ascensore. "Io e Valerian abbiamo avuto una piccola discussione, quindi tutto dipende da quanto voglia essere stronzo."

Quando ci avviciniamo alla reception, l'addetta mi sorride, come se fossi una celebrità. "Signora Spade. Come posso aiutarla?"

"Sono qui per vedere Rattie o Bernie" rispondo.

Mi guarda, meravigliata, senza capire.

"I signori Bhairava e Anderson" specifico.

Il monosopracciglio di Felix si solleva dopo il secondo nome, come avevo immaginato, dato che *Matrix* è il suo film preferito, eccetera.

"Il signor Anderson si è preso una pausa personale per vedere sua figlia" dice la donna. "Farò sapere al signor Bhairava che è qui. Vi prego di accomodarvi."

Passa il tempo con sua figlia? Un'ottima cosa per Bernie. Sta decisamente facendo progressi nella risoluzione dei propri problemi.

Io e Felix ci sediamo, ma non dobbiamo aspettare a lungo. Rattie arriva nell'arco di pochi minuti, e mi sorride proprio come l'addetta alla reception.

Che cosa significa?

"Ciao, Rattie." Mi alzo, indicando poi il mio amico tecnomante. "Lui è Felix. È un brillante sviluppatore. L'ho portato con me come aiutante per il progetto di *Lucid Dreamer*."

Rattie stringe la mano a Felix. "Il signor Bale mi ha parlato di te."

"Sarebbe Valerian" sussurro a Felix, mentre Rattie, insistendo nell'essere chiamato da Felix con lo strano soprannome, ci accompagna dall'altra parte del piano.

Guardandomi intorno, comincio ad avere una vaga idea del motivo di quelle strane occhiate. La maggior parte degli scomparti è ricoperta da mie immagini, solo con un incremento del seno e outfit assolutamente scomodi, come un bikini fatto di cotta di maglia.

Felix fissa una delle immagini, in un modo che Maya non approverebbe. Mi schiarisco la gola, e arrossisce.

"Mmm." Si schiarisce la gola anche lui. "Sei una principessa guerriera in questo gioco?"

"Certo che no. Sono una camminatrice dei sogni."

Felix freme. A differenza di me, lui è sotto la direzione del Mandato, uno strumento che i Conoscenti usano su pianeti come questo, per nascondere la propria natura agli umani. Di conseguenza, non potrebbe affermare di essere un tecnomante davanti a Rattie senza conseguenze letali.

Rattie, ovviamente, non batte ciglio. "Spero che non ti dispiaccia" dice, adocchiando le immagini con disgusto. "La colpa è del team del marketing, che prevede un settantacinque per cento di pubblico maschile per il gioco. Per quel che vale, quando si trova nella realtà virtuale, il giocatore assume il tuo punto di vista, quindi non ti vedrà molto. A meno che non si guardi allo specchio."

"Va tutto bene" rispondo, magnanima. Non aggiungo che avrei permesso loro di rappresentarmi completamente nuda, intenta a rotolarmi su seni giganteschi come sistema di locomozione, se ciò avesse significato ottenere potere a sufficienza per salvare mia mamma.

Con espressione sollevata, Rattie ci accompagna in una sala riunioni, dove gli schermi sono già stati abbassati, e il suo team indiano mi guarda con la stessa adorazione. Sedendosi, congiunge le mani sul tavolo, come lo studente di un collegio. "Che ne dite se vi aggiorno?"

Mi accomodo di fronte a lui. "Sarebbe fantastico."

"Il team ha lavorato quasi senza sosta, dopo la nostra ultima riunione" afferma Rattie, guardando con approvazione i volti sugli schermi. "Un po' ironico, considerando l'oggetto del gioco."

Annuisco con empatia, osservando lui e gli schermi. "So quanto sia pessima la privazione del sonno. Fatemi sapere se Valerian non dovesse ricompensare adeguatamente voi ragazzi per il vostro duro lavoro."

Sullo schermo, l'espressione di uno degli sviluppatori, da felice, diventa preoccupata. "Il nostro compenso è generoso. Sul serio."

"È vero" ammette Rattie.

Mi sento subito un'idiota. "Certo. Non intendevo dire che qualcuno sia un ingrato, o altro. Ti prego di proseguire con l'aggiornamento, prima che io faccia altre gaffes."

Rattie sorride. "La buona notizia è che abbiamo avuto dei colpi di fortuna ad ogni fase del percorso, e il livello è quasi pronto." Fa una pausa, per darmi la possibilità di rivolgergli un sorriso radioso. "Ma prima di consentire ai tester di eseguire il gioco, dobbiamo risolvere un problema che non riguarda lo sviluppo di per sé. C'è un problema di sicurezza che..."

"Felix vi può aiutare" butto lì.

"Con la sicurezza?" Felix mi guarda, come un cucciolo a cui è stato tolto un giocattolo sonoro. "Pensavo di che avrei lavorato al gioco."

"Sono sicura che, quando ti sarai cimentato con la sicurezza, il team troverà anche altre attività legate al gioco per te." Guardo Rattie con eloquenza.

"Sicuramente." Rattie studia attentamente Felix. "Se hai esperienza con..."

"Sì, è così." Felix si gonfia come un pavone arrapato. "Qualunque cosa sia, non sarà un problema."

Rattie mi guarda, dubbioso.

"Felix è straordinario nel suo lavoro" dico. "Considera risolto il problema con la sicurezza."

"In tal caso" Rattie prende una scatola, due pezzi di carta e due penne, "passiamo alla parte divertente." Fa scivolare i documenti davanti a ciascuno di noi. "Scusate per gli accordi di riservatezza. Si tratta di una precauzione standard per la proprietà intellettuale non resa pubblica."

Congedando le sue scuse con un gesto, io e Felix firmiamo gli accordi di non divulgazione, mentre Rattie apre la scatola con un gesto enfatico, e tira fuori le cuffie all'interno. "Ecco l'Illusion Scope."

"Caspita" sussurra Felix. "Com'è piccolo."

In realtà, è più grande di qualsiasi tipo di cuffie di Gomorra, ma per la primitiva tecnologia della Terra, non è male.

"La stanza è già cablata per tracciare la posizione delle mani" afferma Rattie, prima di porgermi il dispositivo. "Era il caso che fossi tu a provarlo per prima."

Mi dirigo verso la parte aperta della stanza, e indosso le cuffie. Il dashboard qui è basilare, e presenta solo un'icona, una mia versione rimpicciolita con un outfit striminzito. Quando muovo una mano verso l'icona, il gioco inizia a caricarsi, e nell'attesa, leggo il testo sotto il titolo 'Antefatto':

La madre di Bailey è stata rapita da un malvagio camminatore dei sogni, il Re dei Ratti. Grazie ai propri poteri di camminatrice, Bailey riesce a raggiungere il contorto palazzo del Re dei Ratti, e sta per affrontarlo in un combattimento al...

Il gioco ha inizio. Tra le mie mani, c'è una spada gigante.

Senza specchi intorno, non posso proprio stabilire se il mio aspetto corrisponda alla realtà. Le mie uniche parti visibili sono le mani, che, tralasciando la densità di pixel, assomigliano abbastanza a quelle vere. È una benedizione che nessuno si sia preoccupato di darmi le stesse tette del reparto di marketing: avrebbero bloccato completamente la visuale verso il basso, e per di più, mi sbatterebbero in faccia, se dovessi correre.

Agito la spada diverse volte, e comincio a studiare la buia caverna, quando un mostro inquietante salta giù dal soffitto.

Ha il corpo di un ragno, ma la testa di un clown. Nel caso in cui non fosse già abbastanza terrificante, la parte inferiore del viso del clown è coperta da una maschera da chirurgo, e le zampe anteriori reggono dei bisturi.

Senza darmi il tempo di un battito di ciglia, quella cosa mi balza addosso.

CAPITOLO QUINDICI

COLPISCO CON LA SPADA, mozzando una delle zampe dotate di bisturi. Gli occhi del clown sparano fuoco nella mia direzione. Mi piego di lato, schivando il proiettile.

Devo riconoscere il merito delle videocamere e delle cuffie primitive: i miei movimenti del mondo reale vengono copiati piuttosto bene nella realtà virtuale.

Proprio per verificare il livello di funzionamento della fisica, roteo la spada verso la testa della creatura. L'arma descrive un arco molto realistico, e fende la maschera. Quest'ultima cade, rivelando una faccia da clown, che sembra vagamente familiare sotto tutto quel trucco bianco.

Si sono ispirati ad una celebrità?

La creatura stride per la rabbia, e una nuvoletta compare sopra di me. Al di sopra, una casella di testo proclama: 'POTERE DEI SOGNI'.

Attivo la nuvola, e una nuova spada prende forma nella mia mano, ma è troppo tardi.

La testa del mostro si lancia verso di me. Le sue zanne mi lacerano il petto.

Il mondo intorno a me diventa rosso, ad eccezione di una riga di testo nera, sospesa gravemente a mezz'aria.

GAME OVER.

"Che figo." Mi tolgo le cuffie, e le porgo a Felix. "Devi provarlo."

Rattie mi sorride radiosamente. "Sono molto felice che ti sia piaciuto."

Felix indossa le cuffie. Un minuto dopo, grida delle oscenità, e se le strappa via dalla testa. "Mi auguro che non permettiate ai bambini piccoli di giocarci" esclama con il fiato corto. "Né alle persone che soffrono di aracnofobia, coulrofobia e della fobia del personale medico, qualunque sia il suo nome."

Rattie annuisce. "L'opinione del settore è che i bambini piccoli non debbano giocare alla realtà virtuale. Per quanto riguarda gli adulti che soffrono di fobie, possono sempre smettere di giocare, quando vedono qualcosa di sgradito."

Mentre parla, capisco perché il volto del mostro avesse un'aria familiare.

Possiede dei lineamenti dello stesso Rattie.

Poi, ho un'altra illuminazione: il cattivo menzionato da quella storia si chiamava il Re dei *Ratti*.

Incrocio il suo sguardo. "Il team ha usato il tuo aspetto fisico, nel gioco?"

Tutti i membri del team ridacchiano, e lui sorride timidamente. "Il mio team adora inserire contenuti nascosti in tutti i nostri giochi. Così, le persone per strada potrebbero credermi un camminatore dei sogni, e vedere il mio volto nei propri incubi negli anni a venire."

"Se ti dovessi stufare di vedere il tuo viso in tutti questi giochi, potresti usare il mio" propone Felix, speranzoso.

Sogghigno. "Non credo che vogliamo spaventare gli utenti *fino a questo punto*."

Felix geme. "È la seconda volta che me la cerco, oggi." Guarda Rattie. "Parlami del problema di sicurezza da risolvere."

Rattie gli dà spiegazioni, e appare entusiasta, quando è chiaro che Felix capisce l'argomento.

Sbadiglio. La crittografia e la mancanza di sonno non vanno d'accordo.

Dopo quelli che sembrano giorni di noiosissime chiacchierate da tecnici, Rattie tira fuori un laptop dotato dell'accesso adeguato, e Felix comincia a digitare rapidamente.

Soffoco un altro sbadiglio. "Che cosa posso fare per aiutarvi?"

Rattie osserva il suo team. "A questo punto, non puoi fare molto per la demo, ma potremmo aver bisogno del tuo aiuto per la progettazione dei livelli successivi. Valerian ha detto che saresti stata in gamba."

Sono sicura che l'elogio di Valerian sia stato

antecedente al fiasco del bacio. Dubito che parlerebbe bene di me *adesso*.

Scacciando dalla mente ogni dettaglio sul bacio, fornisco una valida descrizione al team di alcuni livelli da mondo dei sogni, basandomi in parte sulla mia preparazione nella progettazione dei giochi, e molto di più sulla reale esperienza da camminatrice dei sogni. A Rattie piace particolarmente la descrizione del soffitto del mio palazzo dei sogni: un mosaico che rappresenta un mandala, simile al bersaglio per il tiro con l'arco, realizzato in vetro multicolore.

Proprio mentre sto per sbadigliare rumorosamente di nuovo, Rattie dice: "È più che sufficiente per iniziare."

"Bene." Mi sfrego gli occhi. "Se non avete bisogno di me nelle prossime ore, vorrei usare una capsula per dormire."

Rattie mi rivolge un sorriso sardonico. "Certo. Quella che hai usato l'ultima volta può diventare ufficialmente tua."

Vado da Felix, per assicurarmi che sia d'accordo se mi rilasso un po', e lui mi congeda con un gesto, senza alzare lo sguardo dallo schermo.

"Va' pure a fare la nanna. Dovrei aver finito tra qualche ora."

Che dolce.

Trascino pesantemente i miei piedi assonnati fino alla capsula, e perdo i sensi.

———

MI SVEGLIO RIPOSATA, e non ho idea di quanto tempo sia passato.

Nell'andare in bagno, vedo che il piano è deserto, e quando esco, mi affretto a raggiungere la reception. Anche la receptionist se n'è andata. L'orario lavorativo regolare dev'essere passato.

Incrocio Rattie vicino agli ascensori. "Ah, bene, ti sei svegliata. Felix se n'è andato da un po', ha detto di contattare la tua amica Itzel, se avessi bisogno di lui."

"Giusto." Sorrido. "Felix ha finito quello che aveva iniziato?"

"Sì" risponde Rattie con ammirazione. "Grazie a lui, la demo passerà ai tester nel giro di poche ore. Il resto del team si sta godendo una meritata pausa, e riprenderà con lo sviluppo in seguito."

"Fantastico." Premo il pulsante per chiamare l'ascensore. "Anche tu dovresti riposare."

Sospira. "Lo farò. Prima, devo avere la conferma che la demo sia nelle mani dei tester."

"Buona fortuna" dico, entrando in ascensore. "A dopo."

Durante la discesa, mi permetto di sentirmi eccitata. Anche se Valerian avesse intenzione di ritirarsi dal nostro accordo, sembra che la demo sia ancora in corso... a meno che non si faccia vivo all'ultimo minuto e la annulli, ma ne dubito. E dato che Valerian ha detto che dovrei ottenere un incremento di potere solo grazie ai tester, è possibile che basti per salvare la mamma.

IL TRAGITTO fino al JFK e il viaggio da lì a Gomorra filano lisci. Prendo un'auto fino al mio appartamento, mi disinfetto da capo a piedi, indosso abiti puliti, e mangio.

Rinfrescata e rianimata, controllo i messaggi.

Niente da Valerian.

Guardo l'orologio. Ha avuto il resto della notte precedente, e quasi un giorno intero in seguito, per cercare il lupo mannaro. Scommetto che ne ha scoperto la tana, e che l'ha affrontato senza di me.

È ora di accettare la spiacevole realtà.

Valerian non vuole più parlarmi.

Nel caso in cui mi sbagliassi, imposto la casella di posta, in modo tale da ricevere un avviso per i suoi eventuali messaggi. Poi, cercando di non cedere allo strano disagio che mi attanaglia, al pensiero di non rivederlo mai più, scorro i messaggi recenti, fino a trovarne uno da parte di Itzel.

Informa che dobbiamo vederci tutti al Nebulabucks alle nove di sera.

Guardo il crepuscolo all'esterno, e controllo l'orologio.

Se mi sbrigo, arriverò in tempo alla riunione.

ENTRARE al Nebulabucks è come un déjà vu. Felix, Ariel, Itzel e Kit sono seduti allo stesso tavolo, con bevande calde in mano.

Proprio come l'ultima volta, Felix mi porge il mio tè preferito, fiore nebula.

"Grazie per il tuo aiuto di oggi" gli dico, godendomi le note fruttate del tè, mentre ne bevo un sorso. "La demo sarà disponibile a momenti."

Gonfia il petto con orgoglio. "È stato un piacere. Infatti, Rattie mi ha già consentito di lavorare sulla fisica in uno dei..."

"Credo che dovremmo permettere a Kit di aggiornarci" lo interrompe Itzel. "Finora, so soltanto che ha fallito."

"Non è colpa mia." Kit si trasforma nel vampiro che doveva interrogare. "Non credo che sapesse qualcosa. Non puoi cavare informazioni che non esistono."

Ariel inarca un sopracciglio perfetto. "Sei sicura che i tuoi stratagemmi siano irresistibili come pensi?"

"E anche i tuoi metodi di tortura" aggiunge Felix, impallidendo vistosamente.

Kit torna ad essere se stessa. "Sono stata *estremamente* persuasiva."

"E se lo interrogassi *io*?" propone Itzel, stringendo più forte la propria tazza. "Sono più motivata di te."

"C'è un piccolo problema." Kit evita i nostri sguardi. "Potrei averlo... più o meno ucciso."

Socchiudo gli occhi. "Tu cosa?"

Si osserva un'unghia. "Non mi rivelava ciò di cui

avevo bisogno, perciò ho forse esagerato un po' con l'interrogatorio. Sarà stato trasformato di recente: la maggior parte dei vampiri con cui ho a che fare, di solito, è più resistente."

Scuoto la testa, e mi concentro sul tè.

Le spalle di Itzel si afflosciano. "E adesso?"

Mi gratto il mento. "Forse, Felix potrebbe hackerare i negozi che vendono quelle maschere da folletto?"

Felix si acciglia. "La sicurezza di Gomorra è..."

Un avviso squilla nel mio dispositivo di comunicazione.

"Un attimo" dico agli altri, e attivo il dashboard della realtà virtuale.

Nella casella di posta c'è un messaggio da parte di Valerian:

Vieni a casa mia, appena puoi.

Liberando un respiro che non sapevo di trattenere, sorrido come una babbea.

"Valerian?" chiede Ariel, con il sorriso di chi la sa lunga.

"L'unico e inimitabile." Guardo Itzel con espressione di scuse. "Devo scappare. Io e lui abbiamo un accordo che..."

"Va tutto bene." Itzel agita la piccola mano. "Faremo un tentativo con la tua idea dell'hacker, che ci sia Felix o qualcun altro al comando."

"Giusto." Scatto in piedi. "Tenetemi aggiornata."

———

DURANTE IL TRAGITTO in auto verso casa di Valerian, mi vengono in mente diverse versioni di un pensiero, ripetutamente.

Non mi sta ignorando.

La domanda è, se mi stia considerando come un male necessario per ottenere le informazioni che vuole, o se quella parodia di un bacio non gli abbia causato alcun problema.

Ci rifletto per tutto il percorso verso il suo attico, ma quando mi apre effettivamente la porta, la mia mente si azzera del tutto.

Dev'essere una conseguenza di 'la lontananza rafforza gli affetti', poiché ha un aspetto più sexy e delizioso dell'ultima volta... e con i miei ricordi, posso masturbarmi per un anno intero.

"Entra." Indica nella direzione del laghetto.

Varco la soglia su gambe malferme, e mi abbandono nella posizione del loto, vicino al laghetto.

Si accovaccia accanto a me, con gli occhi allo stesso livello dei miei. "Innanzitutto, voglio parlare dell'altro giorno."

Deglutisco rumorosamente, al punto che dovrebbero averlo sentito al piano sotto di noi. Sta per dirmi che vuole fingere che non sia mai successo? O...

"Mi dispiace" dice a bassa voce. "Ho interpretato male la situazione. Pensavo che tu..."

"Non è così" ribatto rapidamente.

"No?" Inclina la testa, perplesso. "Pensavo che volessi baciarmi, ma quando ci ho provato, non ti è piaciuto."

156

Il mio viso avvampa. "Io *volevo* che tu mi baciassi. E ancora lo voglio. E non mi dispiaceva..."

"Ti sei allontanata." La sua mandibola si contrae.

Mi mordo un labbro. "Desiderarlo e gradirlo non è bastato, a quanto pare. Immagino che non fossi ancora pronta. Ho... dei problemi, in fatto di intimità."

Il suo volto s'incupisce, e il suo potere rende la stanza intorno a noi minacciosa e oscura, come se stesse per scoppiare un temporale. "Qualcuno ti ha fatto qualcosa?" chiede con una soffusa minaccia.

"No, no, non è questo." Ricordando le parentesi vuote a proposito della mia infanzia, aggiungo: "Almeno, non che io sappia. Mi sono allontanata per un motivo completamente diverso."

La stanza torna alla normalità, mentre la sua espressione diventa curiosa. "Eh?"

"Se te lo dicessi, penseresti che io sia strana."

Un lieve sorriso sfiora gli angoli dei suoi occhi. "Questo implica che io non ti consideri già strana."

"Lascia stare." Comincio a sciogliere le gambe dalla posa del loto.

"Non ho mai detto che strana fosse un male." Il sorriso scende verso le sue labbra. "Ti prego, dimmelo."

Le mie spalle si afflosciano. "Non l'ho... mai fatto prima."

Sgrana gli occhi, e il sorriso scompare. "Non hai mai baciato nessuno?"

"Né ho fatto altro" aggiungo, mentre Pom al mio polso diventa rosso come un pomodoro. "Anche se non fosse per l'altro problema, baciare... o fare qualcosa per la prima volta... è una specie di impresa."

Si sfrega la fossetta sul mento. "L'altro problema?"

Inspiro profondamente. "Non mi piacciono i germi."

"I germi?"

"Batteri, virus, lieviti. Nomina qualsiasi creatura microscopica, e io ho paura di prenderla."

"E pensi che io..."

"Non sto dicendo che i tuoi germi siano peggiori di quelli di qualsiasi altra persona" spiego rapidamente. "O che le mie paure siano razionali al cento per cento. Anche se, informandosi sul microbioma, viene *davvero* modificato in modo permanente con..."

Alza la mano, interrompendomi a metà parola. "Hai il diritto di sentirti come credi. E anche di fare o meno qualcosa con me." Il suo volto s'incupisce di nuovo. "O con chiunque altro."

"Se *dovessi* fare qualcosa con una persona, allora saresti tu." Stavolta, Pom diventa rosa, e nascondo il suo infido pelo, nel caso in cui Valerian avesse un'idea del relativo significato.

Mi lancia uno sguardo di pura soddisfazione maschile. "E se il rischio dei germi non esistesse affatto?" Mentre parla, il soggiorno intorno a noi si trasforma in una camera da letto, che ho già visto attraverso le sue illusioni, dotata di un gigantesco letto, coperto da lenzuola di seta e petali di rosa.

Un secondo Valerian è seduto sul bordo del letto... e indossa solo una foglia di fico sopra le parti intime.

Sbatto rapidamente le palpebre, osservando il Valerian dell'illusione.

Da qualche parte in lontananza, sento le mie ovaie urlare di gioia.

"Vieni da me" ordina il Valerian dell'illusione con voce rauca, e si alza, offrendomi una migliore visuale dei suoi muscoli guizzanti.

Balzo in piedi, mentre accorcia la distanza tra noi.

"Niente germi" mormora il vero Valerian.

Allungo una mano, toccando il Valerian nudo dell'illusione. Il suo petto sembra vero... ed è sufficientemente bello, da leccarlo. Il mio sguardo si sposta tra lui e il Valerian reale. Qual è l'etichetta appropriata in queste situazioni?

"Prima di fare qualsiasi cosa" dico incerta, "dovresti sapere che non sono una vergine *normale*."

Entrambi i Valerian inarcano le sopracciglia.

"Ho fatto qualcosa nel mondo dei sogni. Ti ho persino baciato... beh, una versione di te... in quel mondo. Quindi so che cosa aspettarmi."

"No, invece." Il Valerian dell'illusione mi prende il viso tra le sue grandi mani, e mi bacia.

Per tutti gli ormoni. Ha ragione. È infinitamente meglio di quando l'avevo baciato nel mio sogno... e nemmeno questa è un'esperienza reale.

Con la lingua, comincia ad esplorarmi la bocca, diffondendo ondate di calore in tutto il mio corpo, mentre mi accarezza la schiena con le mani. Mi sento come se il tempo si fermasse, come se nulla esistesse al di fuori delle sensazioni fisiche, e sapere che è un'illusione mi permette di assaporare il piacere senza timore... e di avvicinarmi all'orgasmo, come non mi era mai successo accanto ad un'altra persona.

Ansimando, faccio scivolare le mani sulla sua schiena muscolosa, per afferrare le sode rotondità del suo sedere, ma prima di arrivare a destinazione, il Valerian dei sogni scompare.

"Ehi!" Guardo la versione reale, ancora accovacciata. "Che cosa succede?"

"Non volevo sopraffarti." Dà un colpetto al punto in cui ero seduta prima.

Beh, accidenti.

Rimettendomi a terra, faccio qualche respiro per calmarmi, mentre fisso le labbra del vero Valerian. Mi trasmetterebbero la stessa sensazione dell'illusione?

"Era una terapia di esposizione?" chiedo, ancora senza fiato.

Si acciglia. "Ti riferisci alla mancanza dei miei vestiti?"

"Al fatto che tu mi abbia permesso di baciarti in uno spazio sicuro, nella speranza di rendermi le cose più facili nel mondo reale. Io metto in atto qualcosa di simile con i miei clienti... quando nutrono delle paure, intendo."

Sorride. "Ed è molto efficace?"

Mi umetto le labbra. "Molto."

"Bene." Il suo sguardo scende verso la mia bocca. "Le mie illusioni sono a senso unico, quindi muoio dalla voglia di assaggiarti di nuovo."

Deglutisco. Al mio polso, il pelo di Pom assume una tonalità di rosa, di cui i coralli sarebbero gelosi.

Sono pronta a ritentare nel mondo reale?

Mi sembra di sì. Lo voglio davvero. Ma d'altra parte, lo volevo anche l'ultima volta... fino all'ultimo momento.

"Perché non adesso?" propongo, prima di convincermi a tirarmi indietro. "Potremmo..."

"No." Il suo sorriso contiene una nota di malizia. "Stavolta, aspetterò che tu sia decisamente pronta."

Significa 'pronta a supplicare'? Perché sono quasi arrivata a quel punto.

"E poi." Il suo volto diventa serio. "Abbiamo importanti questioni del Senato di cui discutere."

"Oh, giusto." Sentir parlare del pericoloso caso del Senato sortisce l'effetto della doccia fredda di cui avevo bisogno.

"Temo di avere brutte notizie in proposito." Tramite il proprio potere, materializza il licantropo che cercava nella stanza, insieme a noi. "Nessuna delle mie fonti ha idea di dove trovarlo. Dato che avevi detto di conoscere qualcuno, speravo che potessi chiederglielo."

"Accidenti." Mi sfrego un sopracciglio. "L'ho appena usato per conto di Itzel, e non posso chiedergli un altro favore, non prima di avergli dato in sogno..."

"Per piacere." Gli occhi blu come l'oceano di Valerian sono così intensi, che mi sento capace di annegarvi dentro. "È importante."

Come posso rifiutare? Specialmente dopo quel bacio?

Abilito la realtà virtuale per controllare l'ora. Napoleon *potrebbe* essere addormentato. O almeno, lo era a quest'ora della sera, quando avevo fatto la stessa cosa per lui in precedenza.

"Dammi qualche minuto." Distogliendo lo sguardo, tocco il pelo di Pom, e balzo nel mondo dei sogni.

———

DI NUOVO, scopro Pom intento a praticare qualche sport. Stavolta, sta giocando a bowling da solo.

"Bailey!" Diventa viola dalla testa pelosa alle zampe vaporose. "Come stai?"

"Sto per compiere un gesto che troverai interessante" rispondo, anche se, per nulla al mondo, riesco a capire *perché*. "Sto per entrare nei sogni di Napoleon, così potrà eseguire il suo lavoro."

Pom spicca il volo, e mi vortica intorno, eccitato. "Non lo facciamo da una vita."

Perché è strano e macabro, e ancora, non so proprio perché a Pom piaccia sul serio.

"Beh, ora vado" annuncio. "Pronto?"

Annuisce, quindi teletrasporto entrambi alla torre dei dormienti, dove cerco Napoleon.

Già. È lì, e dorme come un diavoletto.

Pom mi atterra su una spalla, mentre assumo le sembianze di un pirata, e senza curarmi di rendermi invisibile, entro nei sogni di Napoleon.

———

COME SPESSO ACCADE nei suoi sogni, Napoleon è in forma umana, quella di un uomo basso con bei denti bianchi, un naso leggermente ricurvo, occhi infossati grigio-azzurri, e un'aria di potere difficile da spiegare.

Inoltre, come al solito, porta un bicorno in testa, mentre il busto è coperto da una giacca bianca con un cappotto blu. Sotto la giacca, c'è una fascia rossa.

Mi guardo intorno.

Ci troviamo sulla spiaggia di un'isola che aveva chiamato Elba, durante la mia ultima visita nei suoi sogni. Deve aver trascorso molto tempo su un'isola reale simile, perché so che questa passeggiata sulla spiaggia è un ricordo.

"Ehi" lo chiamo, quando è chiaro che non si accorge della nostra presenza.

La testa di Napoleon si gira di scatto. Dopo aver fissato me e Pom per qualche istante, senza capire, i suoi occhi s'illuminano, e mostra un sorriso predatorio. "È un sogno?" Osserva i dintorni, e il sorriso si allarga.

"Sì." Materializzo un unicorno rosa accanto a lui, quindi lo sostituisco con un cobra a cinque teste. "Dato che ho bisogno del tuo aiuto, ho pensato di farti visita in sogno."

Gli occhi di Napoleon s'illuminano di avidità. "Sei battaglie. E ovviamente, il denaro nel mondo della veglia."

"Tre." Ignoro l'eccitata stretta di Pom sulla spalla: le vorrebbe tutte e sei. "E una somma ragionevole nel mondo della veglia."

"Quattro." Napoleon incrocia le braccia sul petto.

"Okay." Faccio svanire l'isola intorno a noi, preparandomi a sostituirla con un terreno di sua scelta. "Quali?"

"Hastings, Bosworth, Gettysburg e Somme" esclama in fretta, eccitato.

Sospiro. "Lo *sai*, che la mia conoscenza della storia militare della Terra è prossima allo zero. Abbiamo già affrontato Hastings una volta, ma le altre non mi sono familiari. Tranne forse Gettysburg... ha a che fare con un discorso famoso?"

Napoleon scuote la testa con disapprovazione. "Come si può trascorrere così tanto tempo su quel pianeta, e non sapere cose simili?"

Mi stringo nelle spalle. "La guerra è una delle cose peggiori che gli esseri umani si fanno a vicenda. Perché dovrei approfondirla?"

Riassume le sembianze di diavolo rosso. "Beata ignoranza, allora? È questa la tua scusa?"

"Non mi serve una scusa." Trasformo i dintorni nella serena collina dove, secondo Napoleon, ha avuto luogo la battaglia di Hastings. "A te piacciono le battaglie, a me no."

"Non mi piacciono le battaglie. Le vinco."

"A volte, penso che tu lo faccia solo per tormentarmi" mormoro sottovoce.

Sogghigna. "No, ma è una bella gratifica."

Concentrando i miei poteri, materializzo migliaia di soldati. Le uniformi e le posizioni sono state tutte fornite da Napoleon con una nauseante attenzione ai minimi dettagli.

Immediatamente, mi sento stanca. A parte il sangue, la violenza e la perdita di fiducia nell'umanità, non mi piacciono queste ricostruzioni di guerra, perché prosciugano seriamente il mio potere: troppi piccoli dettagli da mettere in scena contemporaneamente.

Facendoci fluttuare sopra l'imminente campo di battaglia, aggiungo alcuni particolari qua e là, e comunico a Napoleon di aver finito.

Si acciglia. "Stavolta, voglio che la cavalleria parta da lì." Indica un punto alla base della collina.

Con un sospiro, posiziono i soldati e i cavalli dove desidera lui.

"Sarà bellissimo" esclama Pom.

Gli accarezzo il pelo. Una qualità positiva di questo spiacevole compito, presumo, è l'intrattenimento del mio looft. Forse, mi sentirò meno in colpa per non aver passato con lui il tempo dovuto.

Assumendo una tonalità arancione chiaro, Pom chiede a Napoleon: "Stavolta, sarai Guglielmo il Conquistatore o Re Aroldo II?"

"Re Aroldo." Napoleon mi guarda, come per dire: "Vedi? Alcune persone non ignorano queste cose, al contrario di altre."

"Ma non significa che perderai, e che verrai colpito da una freccia?" Pom vola verso Napoleon, per appollaiarsi sulla sua spalla, e resisto alla tentazione di definirlo un traditore.

"Non se vinco io" risponde Napoleon con una sicurezza sfacciata, poi mi guarda. "Pronta?"

Annuisco, gli faccio assumere le sembianze di Aroldo, e lo teletrasporto in cima alla collina, in modo da poter prendere il comando delle sue forze.

Poi, sottopongo di nuovo i miei poteri a uno sforzo.

Tutti i soldati prendono vita, e grida di guerra riecheggiano, mentre i due eserciti si affrontano. Volano frecce. S'innalza una barriera di scudi. I cavalli balzano in avanti. Napoleon/Aroldo grida ordini ai 'propri' uomini. Fontane di sangue si riversano sull'erba verde.

Non per la prima volta, mi chiedo come funzioni. È una parte del mio subconscio a controllare quelle migliaia di soldati sul campo di battaglia, o mi sta aiutando anche Napoleon?

Alla fine, le forze di Aroldo vincono.

Lo ritrasformo in un Napoleon dall'inquietante espressione felice... specialmente per una persona il cui esercito ha causato migliaia di vittime.

Le prossime tre battaglie consumano molto più tempo e potere dei sogni. Innanzitutto, Napoleon deve descrivermi ogni dettaglio, per quelli che sembrano giorni, poi devo ricostruire tutto e animare i soldati. Alla fine, mi sento come un limone spremuto, che è stato investito da un autobus.

"Grazie." Napoleon mi stringe una spalla, sapendo che gli è consentito farlo solo nel mondo dei sogni. "Hai mantenuto la parola, e io manterrò la mia."

"Bene. Ecco." Materializzo due copie del lupo

mannaro davanti a noi, una con delle ustioni laterali, e una senza. "Si chiama Hans Stubbe. Ho bisogno della sua posizione."

Napoleon si sfrega il mento. "Lo conosco. Proprio un tipaccio. Vieni da me al bar: mi sveglierò e andrò lì. Ti dirò dove trovarlo, e deciderò quanto addebitarti."

"Hai accettato di mantenere un prezzo ragionevole."

Sogghigna. "Ho accettato quattro battaglie." Con questo, svanisce di punto in bianco, e io e Pom ci ritroviamo di nuovo nella torre dei dormienti.

"Ecco il mio premio per avergli insegnato a svegliarsi" dico a Pom, ed esco anch'io dal mondo dei sogni.

———

GIRANDOMI PER GUARDARE VALERIAN, gli spiego che dobbiamo recarci al locale preferito del mio uomo.

"Andiamo" risponde, prima di accompagnarmi verso la sua auto volante privata. Grazie alla sua rapidità, finiamo per sorseggiare un drink fino all'arrivo di Napoleon.

"Napoleon, lui è Valerian" dico. "Valerian, ti presento Napoleon."

"Piacere" esordisce Valerian con tono piatto e un'espressione indecifrabile.

"Se sei chi penso io, il piacere è tutto mio" replica Napoleon, riuscendo ad assomigliare ancora di più ad un piccolo diavolo.

Ripongo la mia tazza vuota. "Dov'è Hans?"

"Innanzitutto, le cose importanti" risponde Napoleon, e nomina una cifra astronomica.

Prima di poter persino cominciare a contrattare, Valerian afferma: "L'avrai."

Accidenti. Ho dimenticato di dirgli di non accettare mai la prima somma di Napoleon. Speriamo che il Senato gli accordi un rimborso spese.

"Mando a Bailey il suo indirizzo di casa" dice Napoleon, e gesticola con le piccole mani rosse. "Si trova lì, adesso."

Controllo la posta in arrivo. "Ricevuto."

"Sei una conoscenza utile" commenta Valerian, tendendo la mano a Napoleon.

Il mio piccolo amico rosso stringe la mano offerta con entusiasmo. "Ho la sensazione che sia l'inizio di una bella amicizia."

Certo, se diamo alla parola 'amicizia' il significato di 'estorsione'.

"Ci conviene andare" intervengo.

"State attenti" dice con fervore Napoleon. "È pericoloso."

Gli rivolgo un sorriso tagliente. "Non preoccuparti. Sopravvivremo, così potrai spillarci denaro un'altra volta."

———

UNA VOLTA TORNATI IN MACCHINA, mi rivolgo a Valerian. "C'è una cosa che volevo dirti. A causa della loro doppia natura, è difficile entrare nei sogni dei licantropi. Quando ci ho tentato, durante le indagini del Consiglio di New York, ho fallito."

Piega la testa di lato. "E me lo dici solo adesso perché...?"

Mi stringo nelle spalle. "Conosco una tecnica che può essere utile. Nel sogno, mi devo dividere in due, una parte per affrontare il sogno del lupo, e l'altra per gestire quello dell'uomo. Ho fatto una cosa simile durante il combattimento contro Hekima, che, da illusionista, era altrettanto difficile da gestire nel mondo dei sogni."

Le sue sopracciglia scure si uniscono. "Devo pensarci."

Resisto alla voglia di cancellargli quel cipiglio dalla faccia con un bacio. "A che cosa devi pensare?"

"Quando prenderò una decisione, t'informerò." Mi porge una familiare maschera respiratoria. "Per ora, comunque, è irrilevante. Come con Erato, stabiliremo semplicemente un collegamento e taglieremo la corda."

"Spero che non succeda proprio come con Erato" mormoro, prima d'indossare la maschera.

Anche lui si nasconde il viso con la sua... un peccato.

"Ricorda, non parlare ad alta voce, quando siamo nell'edificio" avverte, con la voce attutita dalla maschera.

Entrando nella realtà virtuale, gli scrivo una parola: *Affermativo*.

Ridacchia.

Prima di poter dire o scrivere altro, atterriamo sul tetto dell'edificio del licantropo.

La corsa in ascensore avviene senza incidenti, e il corridoio al quarantesimo piano è deserto... non che renderci invisibili sarebbe un problema, per i poteri di Valerian. Quando raggiungiamo la porta dell'appartamento, invio un messaggio a Valerian, affinché stia fermo per qualche secondo.

Mi sono appena ricordata del viaggio nei sogni senza contatto, di cui ho letto nel diario, e voglio riprovare. Non solo mi risparmierebbe il contatto con una pelle piena di germi, ma anche la necessità di un'effrazione.

Supponendo che funzioni, ovviamente.

Mi sforzo.

E ancora.

L'unica cosa che accuso per il mio impegno è una vaga sensazione, e quando mi concentro su di essa, la trovo strana. Se non conoscessi la realtà, direi che, secondo una parte di me, una persona sta dormendo nei paraggi. Beh, è ovvio che ci siano delle persone addormentate nei paraggi; è notte. Ma questa sensazione non è solo buon senso. È... Beh, una sorta di senso, ma così debole, che devo concludere di percepirla solo nella mia testa.

Probabilmente, si tratta di semplice nervosismo.

Scrivo a Valerian di procedere.

Annuendo, estrae il dispositivo usato l'ultima volta, e lo muove sopra la serratura. Si sente un clic, e la porta scorre per lasciarci entrare. Prende l'aggeggio che disattiva i dispositivi elettronici, e lo lancia all'interno.

Preparando la granata soporifera, entra e lo seguo... ma rimango impietrita, proprio come lui.

Ad un metro e mezzo dalla porta, c'è un'enorme cuccia per cani, dove sta dormendo un licantropo dal pelo lungo, in forma animale. O almeno, mi auguro che stia dormendo. Non ho molta esperienza in fatto di lupi addormentati.

Improvvisamente, il lupo mannaro uggiola, e le sue zampe gigantesche scacciano qualcosa d'inesistente.

Allora è assodato. Sta dormendo.

Valerian osserva il lupo, poi la granata che tiene in mano.

Scuoto la testa, e mi accovaccio silenziosamente accanto alla bestia.

Quando gli tocco il pelo sulla schiena muscolosa, prego che i canidi, e soprattutto i licantropi, si trovino nella fase REM, quando uggiolano e si agitano in questo modo.

Con una ventata di ozono, la stanza si oscura intorno a me, e cado dentro.

———

RICOMPAIO nel mio palazzo dei sogni e, per fortuna, non in un sub-sogno.

Bene. Collegamento effettuato. Ora, io e Valerian dobbiamo darcela a gambe.

DIMA ZALES

Salutando rapidamente Pom, balzo fuori dal mondo dei sogni, e mi alzo cautamente in piedi.

Ma non abbastanza cautamente, a quanto pare.

Gli occhi del licantropo si spalancano, e mi fissano dritta in faccia.

La mia adrenalina s'impenna, fino a livelli tossici.

Il lupo ruggisce minacciosamente, e si tende per un balzo.

CAPITOLO SEDICI

CON UNA REAZIONE MECCANICA, estraggo la pistola, miro alle sue fauci feroci, e sparo.

Il lupo mannaro crolla sulla cuccia per cani.

Pfiù. Mi porto una mano al petto, dove il cuore minaccia ancora di creare un buco nella gabbia toracica.

Compaiono delle lettere LEGO, apparentemente arrabbiate: *L'hai ucciso?*

Accidenti. Questo tizio ci serviva per le informazioni.

Ma aspetta.

Controllo lo schermo della pistola, che mostro a Valerian con un sospiro di sollievo. Fortunatamente per il licantropo, l'ultima volta in cui ho usato la pistola, era in modalità stordimento, e sembra che l'impostazione rimanga la stessa, dopo la riattivazione dell'arma.

In tal caso, prendilo per le zampe anteriori.

Guardo Valerian, come se stesse per trasformarsi lui stesso in un lupo.

Ci ha visti, prima che ci rendessi invisibili con i miei poteri. Potrebbe rivelarlo a Icelus.

Entro nella realtà virtuale, e digito freneticamente: *Quindi che cosa facciamo? Lo rapiamo?*

Il testo LEGO compare ancora più minaccioso: *Lo tratteniamo. Lo porterò in una struttura del Senato, e aspetterò che si addormenti di nuovo.*

Con un sospiro, afferro le enormi zampe. In quanto ai piani, quello di Valerian non è terribile... supponendo che il lupo mannaro non si riprenda di colpo dallo stato di stordimento.

Quando manifesto il mio timore a Valerian, la sua risposta è: *Basta che gli spari ad ogni manciata di minuti.*

Annuisco, e mi sforzo di sollevare la mia metà del lupo, mentre Valerian solleva facilmente la propria.

Niente. Troppo pesante per me.

Prendi questa zampa. Valerian gesticola con una delle zampe posteriori che stringe. *Lo trasciniamo.*

Così, funziona molto meglio. Quando arriviamo all'ascensore, verso a malapena una goccia di sudore... e gli abbiamo mandato a sbattere la testa solo due volte.

Essendo un valido momento come un altro, stordisco di nuovo il lupo, e una volta sul tetto, trasciniamo la nostra vittima verso l'auto, volando poi verso il centro della città.

Valerian si toglie la maschera, ma quando sto per fare lo stesso, scuote la testa.

Non voglio che qualcuno associato al Senato ti veda in faccia.

Annuisco, e sparo ancora una volta al lupo.

Voliamo in un silenzio teso, finché l'auto non scende su un tetto elegante.

Sparagli di nuovo, poi nascondi la pistola, ordina Valerian.

Obbedisco, e quando atterriamo, capisco il motivo.

Un vampiro, con indosso un'uniforme da Esecutore, ci sta aspettando: Valerian deve avergli scritto in anticipo. Di fronte alla mia maschera, il vampiro inarca un sopracciglio.

Se fossi in lui, proverei più curiosità per il lupo privo di sensi.

Prima che io e Valerian apriamo bocca, il vampiro inietta qualcosa alla nostra povera vittima, poi se la carica in spalla, come un sacco di farina, e si dirige a lunghi passi verso l'ascensore.

Prendi la mia auto, mi comunica Valerian tramite un testo LEGO. *Mi metterò in contatto con un messaggio normale. Dirà semplicemente 'Pronto'.*

Muovo la testa su e giù.

Non appena ricevi quel messaggio, va' a casa mia. Non entrare nei sogni del lupo da sola.

Prima che io possa obiettare, si affretta a raggiungere il vampiro.

Dico all'auto di portarmi a casa, e chiudo gli occhi.

———

MI RISVEGLIO DA UN'INTENSA SENSAZIONE, che sta inondando ogni mia cellula di un'energia calda e piacevole.

Che cavolo? Mi sta venendo un aneurisma?

Il mio respiro accelera, e mi scavo nei palmi delle mani con le unghie, mentre uno tsunami ancora più potente di piacere esplode nel mio corpo, diffondendo un pizzicore alle estremità e facendomi tendere le dita dei piedi.

Qualcuno mi ha somministrato del sangue di vampiro, o ho solo provato una serie spontanea di orgasmi?

Poi mi rendo conto di quale debba essere la causa.

La demo del gioco. Probabilmente, mentre sonnecchiavo, ha raggiunto una quantità cruciale di utenti, e questa è la sensazione legata all'incremento di potere che ne deriva.

Sentendomi più calma, chiudo gli occhi, e faccio del mio meglio per rilassarmi e godermela. Pochi isolati dopo, le sensazioni scemano, e la mente mi si schiarisce ulteriormente. Con un'impennata di eccitazione, elaboro le implicazioni.

Ci siamo. Questo è ciò a cui doveva portare il lavoro con il team di Valerian.

Posso finalmente provare a risvegliare la mamma.

Non disposta ad aspettare un attimo di più, balzo nel mondo dei sogni, e controllo se sia nella torre dei dormienti.

Con mia profonda delusione, non c'è.

Chiedo alla vettura di volare fino all'ospedale della

mamma, quindi apro il dashboard della realtà virtuale per scrivere a Valerian: *Ho bisogno del tuo aiuto. Possiamo vederci nella stanza d'ospedale di mia mamma?*

La sua risposta è quasi immediata: *Dove?*

Gli comunico l'indirizzo e la stanza, e conferma l'appuntamento lì.

Per distrarmi durante il resto del tragitto, apro il diario di Leal e lo scorro. Una recente annotazione cattura il mio interesse:

Parecchie prove indicano una conclusione inquietante: c'è un agente di Icelus proprio qui, nella comunità di Conoscenti di New York. Lui, o lei, ricopre chiaramente un ruolo abbastanza altolocato, per diffondere voci che generano paure... e quindi, incubi. I giovani sembrano essere particolarmente sensibili, quindi mi chiedo se l'agente sia uno degli Araldi.

Wow. Gli Araldi sono dei Conoscenti della Terra, per i quali le restrizioni del Mandato sono meno severe, quindi possono parlare dell'esistenza della nostra specie con i Conoscenti adolescenti, che crescono senza conoscere la propria natura.

Cerco altre informazioni in proposito, ma trovo soltanto alcuni nomi di Araldi che Leal aveva discolpato tramite i viaggi nei sogni. Sembra che non abbia avuto il tempo di scoprire chi fosse l'agente: queste ultime annotazioni erano state registrate subito prima del suo omicidio.

Un lieve scossone mi riporta alle immediate vicinanze, e mi rendo conto che l'auto è appena atterrata sul tetto dell'ospedale.

Corro verso l'ascensore, e raggiungo il piano della mamma.

"Sono venuta a trovare mia madre" dico alle infermiere della postazione. "L'ultima volta, i suoi parametri vitali erano confusi; se dovesse ricapitare, sareste in grado di gestirla?"

La più alta delle infermiere, la gargoyle nei cui sogni ero entrata di nascosto per controllare la mamma, risponde: "Occorre chiederlo?"

Puah. Trattenendo il bisogno di rimproverare l'infermiera, mi lancio verso la stanza della mamma.

Proprio mentre sto per entrarvi, sento una voce sgradita, troppo acuta per chiunque, ad eccezione delle orecchie dei pipistrelli.

"Signorina Spade. Dobbiamo parlare."

Girandomi di scatto, guardo in tralice l'amministratrice della contabilità... o Rinolofo, come l'ho soprannominata mentalmente. "È vostra abitudine pattugliare questo posto, la notte?" chiedo, soffocando la voglia di estrarre la pistola per usarla su di lei.

Il suo naso punta verso l'alto. "Se potesse venire nel mio ufficio..."

"Ho saldato tutte le fatture in sospeso. Se non avete ricevuto il pagamento..."

"C'è una nuova politica per i pazienti a lungo termine" replica in tono antipatico. "Abbiamo bisogno che la loro permanenza sia pagata con un mese di anticipo."

"Okay." Apro la realtà virtuale, e invio un pagamento. "Controlli subito il conto."

Sembra confusa. Presumo che mi avesse etichettata come una spiantata.

"C'è altro?" esclamo. "Qualsiasi altra politica che volete inventarvi specificatamente per me?"

Sbarra gli occhi. "Io..."

"In tal caso, vado da mia mamma."

"Gli orari delle visite sono..."

"*Non* mi metta alla prova."

Non deve gradire ciò che mi legge in faccia, perché fa un passo indietro e dice: "Gli orari delle visite sono soltanto un suggerimento."

Sì. L'avevo pensato.

Si allontana di fretta, e finalmente entro nella stanza della mamma.

Immediatamente, provo una stretta al petto. La mamma ha lo stesso aspetto, cinereo e immobile. Sono state reintrodotte perfino alcune delle vecchie attrezzature, come il sondino per l'alimentazione. Devo tirarla fuori di qui, ma non essendo nella fase REM, dovrò prima affrontare un sub-sogno. E se dovessi morire lì, diventerei un'assassina impazzita, e lei sarebbe la mia prima vittima. Ecco perché ho bisogno di...

Valerian entra nella stanza con un'espressione preoccupata sul viso. "Che cosa succede? Va tutto bene con tua mamma?"

Annuisco. "La demo è stata lanciata. La tiro fuori di qui."

La osserva, accigliato. "Non è nella fase REM."

Estraggo la pistola e, dopo essermi accertata che sia

ancora impostata sullo stordimento, la getto verso di lui.

La intercetta con aria ancora più confusa.

"La password è impaurito" affermo.

Guarda la pistola, poi me. "Che cosa?"

"Se non pronuncio la parola 'impaurito', dopo essere uscita dalla trance, stordiscimi e chiama aiuto."

Prima che possa ribattere, stringo il delicato polso della mamma, e m'immergo.

CAPITOLO DICIASSETTE

LA SUPERFICIE dell'oceano nero è calma sotto i miei piedi. Poi, un'ombra nasconde una porzione di cielo rosso fuoco, una creatura volante simile ad un avvoltoio dal collo rosso, ma ricoperta di muco e colma di pustole e artigli.

Un braccialetto al mio polso si allunga in una lancia coperta di pelliccia, lunga due metri e mezzo e con una punta affilata, simile ad una zanna.

L'avvoltoio strilla qualcosa. Una strana intuizione mi suggerisce che sta facendo del proprio meglio per dire qualcosa, che orecchie normali interpreterebbero come: "Il maestro ti odia!"

L'avvoltoio scende in picchiata.

Spingo in avanti la lancia.

Un artiglio mi perfora la spalla, causando un dolore lancinante. Mi sento subito debole, ma non mi arrendo.

Se svenissi, morirei dissanguata.

Almeno, la creatura ha pagato a caro prezzo quel coraggioso attacco. Per arrivare a me, si è impalata da sola sulla lancia.

Un'altra ondata di vertigini mi travolge. Con le ultime forze, estraggo di scatto la lancia, e infilzo la creatura nel punto in cui, spero, abbia il cuore.

Dopo un grido gutturale, il disgustoso avvoltoio spira.

———

SONO nel mio palazzo dei sogni, agonizzante. Uscendo dal mio corpo, lo guarisco, poi vi torno dentro subito.

Ah, così va meglio.

Pom compare all'improvviso accanto a me, con il pelo nero come la pece. "Ci sei andata troppo vicina. Per poco, non sei morta."

"Ma non è successo. E adesso sono qui, con potere a sufficienza per salvare la mamma. Spero."

Le punte delle sue orecchie diventano color arancione. "Posso venire a vedere?"

"Certo." Ci teletrasporto alla torre dei dormienti.

Osservare la mamma, che giace pacificamente nella propria nicchia, senza tutti quei tubi, non è così doloroso.

Pom si appollaia sulla mia spalla.

Rendo entrambi invisibili, ed entro.

———

LA MAMMA IMMERGE una Bailey bambina in un lavabo.

Accidenti. Conosco la conclusione, e ho dimenticato di avvertire Pom al riguardo.

Già. La mamma mette la testa della bambina sott'acqua, e la tiene ferma.

Che cosa sta facendo? chiede mentalmente Pom, con i piedi che scavano dolorosamente nella mia spalla.

Penso sia uno strano inferno, che ha creato per se stessa nei propri sogni, rispondo. *Ora taci. Devo concentrarmi.*

Pom smette di parlare, e rifletto sulla situazione.

Prima le cose importanti. Chiamando a raccolta il mio potere, trasmetto alla mamma una scossa molto più potente di quella che uso, solitamente, con le persone che hanno difficoltà a risvegliarsi dopo la terapia.

La mamma, ignara di tutto, continua ad affogare la Bailey bambina.

Accidenti. E adesso? Mostrarmi a lei è l'ultima spiaggia; non voglio metterla in agitazione, se posso evitarlo.

Mi viene in mente l'idea del dottor Cipactli, ossia quella di usare un incubo come mezzo per svegliarla. Il suo piano concreto (usare un farmaco per spingere la mamma in una spirale di incubi sempre peggiori) era troppo rischioso, ma dato che sono qui, potrei mettere in atto una versione più controllata di ciò che il medico aveva in mente, e interromperla, se non mi piacesse l'esito.

D'altro canto, sognare di uccidermi non è un incubo? E da *quello*, non si sta risvegliando.

Poi, ricordo un'altra frase del dottor Cipactli. Aveva detto che il suo farmaco mostrava alle persone un incubo, legato a ciò che era accaduto loro come ultimo episodio nel mondo della veglia: un incidente d'auto, nel caso della mamma. Diceva che sarebbe stato un incubo abbastanza intenso, da svegliare il soggetto.

Sì, è così. Un incubo basato su un ricordo potrebbe funzionare. L'unica cosa è che mi dispiace sottoporre la mamma ad un sogno così doloroso.

Forse, ti conviene tornare indietro, comunico a Pom.

Rimane sulla mia spalla. Faccio un respiro profondo, e ricordo a me stessa che ciò che sto per fare è per il bene della mamma. Così deciso, attendo che finisca di uccidere la Bailey bambina, poi assumo il controllo dell'incubo successivo, contrapponendola alla mia versione cresciuta, nel nostro appartamento.

Funziona. Il sogno dà già la sensazione del ricordo, con lei che guarda tristemente quella versione di me, con i suoi begli occhi marroni.

Con voce stanca, la mamma dice: "No, di nuovo."

"I sintomi peggiorano" replica la mia sosia. "Ti ho sentita urlare di notte."

Il suo volto diventa cinereo. "Sei entrata in camera mia?"

L'altra Bailey la guarda in tralice. "No. Cosa ancora più importante, non ho infranto la mia promessa. Non ho invaso i tuoi preziosi sogni."

Libera un sospiro di sollievo. "Ho solo avuto un incubo, tutto qua."

"A che proposito?" L'altra Bailey incrocia le braccia sul petto.

"Non ricordo" risponde con noncuranza. "Possiamo parlare di qualcos'altro, adesso?"

"Aveva a che fare con mio padre?" Entrambe osserviamo la sua reazione.

Esattamente come il giorno in cui era successo davvero, un'emozione balena negli occhi della mamma, ma ancora troppo sfuggente per essere sicura di notarla davvero, per non parlare di decifrarla.

"Quante volte devo ripetertelo? Non ricordo niente di lui" risponde. "E non mi piace parlare di questo argomento."

"Giusto. Se non te lo ricordi, come fai a sapere di non volerne parlare?"

Si stringe nelle spalle.

"Bene" dice l'altra Bailey. "Va bene. Non hai nemmeno mangiato granché. E non esci di casa da una vita. Anzi, è la prima volta in cui ti vedo nella vita reale, questa settimana." Guarda volutamente gli occhiali VR di ultima generazione sul tavolino in fondo.

La mascella della mamma si protende. "Forse, è perché nessuno mi assilla nella realtà virtuale. Sono io il genitore, tu la figlia, ricordi?"

"Senti, mamma. Osservo continuamente i tuoi sintomi. Se solo tu mi lasciassi entrare..."

"No!" Va dritta verso la porta, esclamando da sopra la spalla: "Non tirare in ballo l'argomento mai più."

185

"Se i tuoi sintomi continuassero ad aggravarsi, potrebbe non restarmi altra scelta" le grida l'altra Bailey, mentre è ancora voltata di spalle. "Se ci sarà in gioco la tua vita, infrangerò la mia stupida promessa!"

È doloroso vederla bloccarsi, prima di voltarsi per guardare quella versione di me, con un'espressione colma di un senso di tradimento, al punto che mi pento di nuovo delle mie parole.

Dacché ricordo, mi ha sempre fatto giurare di non entrare nei suoi sogni, eppure sto infrangendo la promessa proprio in questo istante.

"Non lo faresti" ribatte la mamma voce cupa, indietreggiando verso la porta d'ingresso. "Ti prego, di' che non lo faresti."

"Va bene, ma devi farti vedere da *qualcuno*" ribatte l'altra Bailey. "Uno strizzacervelli tradizionale, magari? Oppure stringere amicizia con una persona e confidarti con lei? O..."

"Non capisci!" La sua voce diventa più alta. "Ho provato di tutto."

"Non tutto." Un'espressione determinata è dipinta sul volto dell'altra Bailey, che non ricordo di aver avuto, ma dev'essere così: si tratta tuttora di un ricordo.

Con un ringhio, la mamma alza i tacchi ed esce come una furia, sbattendo la porta dietro di sé.

Ora presto maggiore attenzione, poiché avevo solo ipotizzato che cosa fosse successo dopo la discussione.

La mamma si precipita verso l'ascensore. Entrando, chiude gli occhi e si appoggia contro la parete, mormorando sottovoce: "Vuole farlo. Alla fine, entrerà davvero nei miei sogni."

Accidenti. Non l'avevo mai sentita parlare da sola in questo modo. La nostra discussione aveva avuto su di lei un effetto più devastante di quanto pensassi.

L'ascensore si ferma, e lei apre gli occhi. "Non posso permetterlo" sussurra. "No." L'espressione determinata sul suo volto rispecchia quella che ho visto su me stessa, pochi secondi fa.

Che cosa intende dire?

Mentre la osservo, la mamma corre fuori dall'edificio, e si dirige dritta verso l'autostrada.

No. Non può aver deciso di...

Ma l'ha fatto.

Quando la prima auto a guida autonoma sterza in tempo per evitarla, la mamma si getta sotto la successiva, e poi sotto un'altra, più volte, creando infine una situazione in cui nessuna automobile può schivarla senza uccidere altre persone.

Mentre l'auto investe il suo corpo, scagliandola in aria, il volto della mamma appare per un millisecondo trionfante.

Poi, si schianta sul lastricato in un ammasso di fratture.

CAPITOLO DICIOTTO

ESCO DI COLPO DALLA TRANCE, e osservo inebetita la stanza d'ospedale. Il segnale acustico dei macchinari si mescola alla cacofonia nella mia mente.

Come sono arrivata fin qui? L'incubo mi ha buttata fuori dal mondo dei sogni, al posto della mamma?

"Bailey?"

Seguo la voce, e vedo un Valerian preoccupato, che mi punta contro una pistola.

"Impaurito" dico in tono spento, e abbassa l'arma.

Guardo di nuovo la mamma, mentre il computer rappresentato dal mio cervello va in crash e si riavvia.

"Il suo battito cardiaco si è impennato, scatenando i macchinari" afferma Valerian. "Ma è ancora..."

L'infermiera gargoyle entra di corsa, e comincia a regolare i macchinari. Quando il segnale acustico impazzito cessa, si scaglia a parole contro di noi. "Qualunque cosa abbiate fatto, non ripetetelo più prima dell'arrivo del dottor Xipil."

Sono ancora troppo sopraffatta per parlare.

"Non lo ripeteremo" risponde Valerian. "Grazie."

Con uno sbuffo, l'infermiera si allontana, e mi appoggio al letto della mamma con le ginocchia vacillanti.

"Stai bene?" chiede Valerian. La sua voce sembra provenire da lontano.

"Non è stato un incidente" lo informo in tono cupo, mentre questa terribile consapevolezza si sedimenta completamente in me.

"Che cosa?" Valerian sembra ancora più lontano.

Non so se riesco a sopportare il fatto di pronunciarlo a voce alta, ma le parole emergono comunque, come estrapolate dalle pinze di un torturatore. "È stato... un suicidio." Deglutisco a fatica, fissando il viso cinereo della mamma. "Ha fatto di tutto, pur di essere investita da quell'auto."

Valerian inspira rumorosamente.

Una pressione insopportabile mi cresce nel petto, e la gola mi si serra. E se avessi frainteso ciò che ho visto? O se avessi vissuto il mio stesso incubo? No, non ha senso. So che si trattava di un ricordo.

Quello della mamma.

Il suo viso diventa sfocato davanti ai miei occhi. "È stata colpa mia. Ho minacciato di entrare nei suoi sogni, e ha tentato di suicidarsi per evitarlo."

"Bailey." Valerian sembra preoccupato.

Mi alzo, barcollante. Il mio stomaco si torce. Mi brucia la parte posteriore della gola. Il cuore mi martella nel petto così forte che, se fossi io quella collegata a tutti i macchinari, le infermiere entrerebbero come delle furie.

La mamma si è suicidata a causa mia.

Ho la sensazione che l'avvoltoio del sub-sogno mi stia affondando gli artigli nella gabbia toracica. Prima di oggi, mi ero sentita in colpa per quella discussione. Pensavo di aver turbato la mamma, spingendola verso l'avventatezza.

Che stupida. Quanto sono stata ingenua. Finora, non avevo mai conosciuto il vero significato di senso di colpa. Minaccia di sommergermi, con una pressione così schiacciante, che riesco a malapena a fare un breve respiro. Lentamente, sprofondo sul letto accanto alla mamma, nel tentativo di elaborare tutto ciò che ho visto, di dare un senso a qualcosa di così incomprensibile.

Aveva cercato di suicidarsi.

A causa mia.

Per questo mi uccideva nei suoi sogni? Perché il suo subconscio sa che quel brutto frangente è dovuto a me?

Quegli incubi sono una vendetta, per averla costretta a sacrificare la propria vita?

Devo emettere una specie di suono, una risata isterica o un grido, poiché improvvisamente mi ritrovo accomodata su un grembo maschile, con braccia forti avvolte intorno a me, e un piacevole profumo di pino che mi stuzzica le narici. "Shh" mormora Valerian tra i miei capelli. "Non sapevi come avrebbe reagito. Come potevi?"

Ha ragione, mi dice mentalmente Pom. *Non puoi incolpare te stessa.*

Chissà perché. Le rare volte in cui Pom è sveglio, si coalizza con Valerian contro di me. L'avvoltoio nel mio petto mi artiglia più forte, e la sensazione bruciante in gola risale, concentrandosi dietro le palpebre. Un singhiozzo mi sfugge spontaneo, seguito da un altro, finché non scoppio rumorosamente a piangere. Lacrime ardenti mi rigano il viso, inzuppando la camicia di Valerian.

Mi tiene tra le braccia, lasciandomi piangere e accarezzandomi la schiena, mentre mormora parole di rassicurazione, di conforto. C'è anche Pom, intento a dirmi che non ho alcuna colpa, che quel gesto è stato una decisione di mia mamma.

Alla fine, i singhiozzi si placano, e mi sento trasportata da qualche parte.

Apro gli occhi, gonfi a causa delle lacrime.

Valerian mi sta adagiando sul sedile della propria auto volante, assicurandosi premurosamente di non infettare la mia pelle scoperta con qualche germe. Incrociando il mio sguardo, muove una mano, e l'interno dell'auto scompare, sostituito da un rilassante prato verde.

Chiudo stancamente gli occhi, ma il prato non sparisce. Sta usando il suo potere su di me.

Valerian appare sul prato.

Distolgo lo sguardo, ma lui si fa vivo, e perfino nella direzione successiva in cui mi volto.

"Per il bene di tua madre, devi riprenderti." La sua

voce sembra provenire da tutto l'universo. "In seguito, userai il tuo potere per svegliarla e rassicurarla, comunicandole che non entrerai mai più nei suoi sogni, in nessun caso. Problema risolto."

Esatto, s'intromette mentalmente Pom. *Concentrati sulla risoluzione di questa faccenda.*

Inspiro, tremante, e apro gli occhi, asciugandomi il viso con la manica.

Hanno ragione. Non mi merito tutto questo vittimismo. Non quando esiste effettivamente un modo per cancellare i miei danni.

Tirando su col naso, mi alzo a sedere. Quando Valerian mi ritiene capace di affrontare la realtà, l'interno dell'auto volante si materializza di nuovo.

"Perché mi hai allontanata dall'ospedale?" chiedo, guardandolo. "Riportami lì. Voglio tornare nei suoi sogni."

Mi accarezza la coscia, come se fossi un looft al suo polso. "Credo che sarebbe meglio seguire il consiglio dell'infermiera."

Vorrei ribattere, insistere per essere riaccompagnata, ma non lo faccio, perché ha ragione. Invece di affidarmi all'infermiera, avrei dovuto assicurarmi che il medico fosse presente, prima di tentare di svegliare la mamma. Troppo ansiosa di farlo, finalmente, non ho realmente preso in considerazione la sua sicurezza.

Proprio come quando avevo minacciato di entrare nei suoi sogni.

Il senso di colpa mi sommerge di nuovo, e ci sguazzo, finché non atterriamo su un tetto.

"Siamo arrivati." Valerian apre le portiere dell'auto.

Mi guardo intorno, stupita. "Mi hai portato a casa tua?"

"L'auto vola fin qui, quando non imposto una destinazione" spiega. "Vuoi andare a casa?"

"No." Scendo dall'auto su gambe molli. "Non voglio stare sola."

Approva con un cenno del capo, poi scende alle mie spalle. Mettendomi una mano in fondo alla schiena, mi accompagna in ascensore e nel suo appartamento.

"Siediti" ordina, quando raggiungiamo la sua elegante cucina.

Obbedisco, mentre prepara un tè dal profumo estremamente piacevole con un bollitore vecchio stile, e mi appoggia una tazza di fronte.

"Vuoi che disinfetti la maniglia che ho toccato?" Si avvicina al frigorifero, prende due pacchetti sigillati di manna, e me ne mette uno davanti.

"No, va bene così." Prendo la tazza, il cui calore viene assorbito dalle mie dita intirizzite.

Valerian si siede al tavolo di fronte a me. "Puoi stare nel mio letto, stasera." Vedendomi sgranare gli occhi, aggiunge: "Io dormirò nella camera degli ospiti."

Bevo distrattamente un sorso di tè. "Non penso di riuscire ad addormentarmi molto presto."

Apre il proprio pacchetto di manna. "Come posso aiutarti?"

Apro il mio, e lo divoro, mentre rifletto sulla

domanda. "Vorrei che esistesse qualcosa, in grado di farmi dimenticare di essere la peggiore figlia del mondo" mormoro alla fine.

"Potrebbe esserci." Il suo tono è gentile. "Ho appena ricevuto un messaggio. Il lupo mannaro è addormentato."

Finisco il cibo e tracanno il tè. "Bene. Allora entro."

Mi fissa con sguardo risoluto. "No, invece. Non da sola."

"Che cosa intendi?"

"Entrerò nei sogni del lupo mannaro con te" dichiara. "Ma solo se sei sicura di essere pronta a farlo."

"Lo sono. Solo che non capisco." Sono io la camminatrice dei sogni, non lui.

Sospira. "Mi addormenterò. Entrerai nei miei sogni. Poi, *insieme*, ci occuperemo di Hans il lupo mannaro."

Beh, se il suo obiettivo era quello di distrarmi, ci è riuscito a meraviglia... ma non nel modo che crede. Trovo incredibilmente affascinante l'idea di osservarlo dormire. Troppo affascinante, direi.

E non è tutto.

Ottenere l'accesso ai *suoi* sogni? Me l'aveva negato, al nostro primo incontro, ma morivo dalla curiosità di ficcanasare. Accidenti, sì, ti prego. L'unico punto che mi suscita incertezza è l'entità del suo aiuto nel gestire il licantropo, ma se significa avere quelle cose in cambio, lo asseconderò.

"Certo" rispondo con voce incredibilmente normale. "Che ne dici di andare a dormire adesso?" *Prima che cambi idea.*

"Giusto." Si alza.

"E per favore, usa la tua camera da letto" continuo, ricordando l'offerta precedente... insieme alle circostanze che l'hanno generata.

La cupa morsa del senso di colpa mi opprime di nuovo il petto, ma prima che possa cedere, Valerian esce dalla cucina, dicendo da sopra la spalla: "Va bene. Andiamo in camera mia."

Sono felice che mi dia le spalle, così non può vedere la tonalità rosa corallo di Pom al mio polso. È da qualche tempo che fantastico su una versione di 'andiamo in camera mia'.

Mi affretto a raggiungerlo, e quando varco la soglia della stanza in questione, mi accorgo di averla già vista.

È la lussuosa camera con il letto gigantesco, ricoperto da lenzuola di seta, che mi aveva mostrato in un paio d'illusioni. Mancano solo i petali di rosa.

Si toglie la camicia.

Mi dimentico di parlare per un secondo.

Senza interrompersi, si spoglia del resto dei vestiti. E intendo, *tutti* i vestiti.

Deglutisco rumorosamente.

Mi fa l'occhiolino, poi sale sul letto, tirando con sé una coperta.

Ehi, non è giusto. Non puoi mostrarmi tutte quelle cose, e poi nasconderle. Non sono riuscita ad archiviare correttamente tutti quei muscoli sodi e perfettamente definiti nel mio banco di memoria. Né a toccarli. O leccarli.

Chi sto prendendo in giro? Se mi lasciasse leccare

qualsiasi cosa, probabilmente mi tirerei indietro a causa delle migliaia di specie diverse di batteri che vivono sulla pelle.

Il respiro di Valerian cambia.

Striscio vicino a lui.

Già. Ora è addormentato, ma non ancora nella fase REM. Oh, beh. Presumo di dover fare qualcosa di non così sgradevole: osservare il suo volto durante il sonno. Quei lineamenti scolpiti sono più rilassati di quanto li abbia mai visti, e gli si addicono. Sembra il principe azzurro a riposo.

Quando sento le gambe stanche, mi siedo sul letto, e continuo a guardarlo. E ancora. Per qualche ragione, non mi stanco di farlo. Sarò una di quelle persone che mettono i brividi, a cui piace osservare gli altri dormire.

Sarebbe sbagliato baciarlo sulla fronte? Lo sveglierei?

La tentazione è travolgente.

Di colpo, provo la stessa sensazione di quando mi trovavo vicino alla porta del licantropo, ma più potente.

Può essere?

Mi chino su di lui, e vedo i suoi occhi muoversi rapidamente dietro le palpebre.

Interessante. Sembra che, adesso, io sia in grado di *percepire* quando qualcuno nelle vicinanze sprofonda nella fase REM.

Utile.

Ora una scelta importante: quale parte di Valerian desidero toccare? E con quale parte di me?

Con un sorriso, abbasso delicatamente la coperta di qualche centimetro.

Obiettivo acquisito.

Allungo una mano, e l'appoggio delicatamente sul suo petto.

Bello. I pettorali di Valerian sono perfettamente sodi, e la sua pelle è calda e liscia. Sento il suo cuore battere, e il mio corre più veloce, come ansioso di eguagliarlo.

Aspetta, che cosa sto facendo?

Devo concentrarmi.

Appellandomi a tutta la mia forza di volontà, salto nei sogni di Valerian.

CAPITOLO DICIANNOVE

COMPAIO nell'atrio del mio palazzo dei sogni, dove mi trovo faccia a faccia con un Pom di colore grigio, che solleva uno sguardo cupo su di me.

"Indovina la persona nei cui sogni sto per entrare?" esclamo, immaginando di tirarlo su di morale.

Le punte delle orecchie di Pom passano dal grigio ad una tonalità arancione chiaro. "Oprah?"

Osservo, confusa, quegli occhi schietti. "Intendi quella gentile signora sulla Terra?"

Annuisce.

"Perché diamine dovrei entrare nei suoi sogni?"

L'arancione delle sue orecchie si fa rosso. "Era un'ipotesi. Non c'è bisogno di essere cattiva."

"Scusa." Faccio comparire Oprah accanto a noi, poi la trasformo lentamente in Valerian. "La risposta giusta era Valerian." Resisto alla voglia di aggiungere malignamente: "Sai, l'uomo *con cui* mi trovavo in realtà, mentre eri sveglio."

Pom mi sorvola. "In questo caso, che cosa stiamo aspettando?"

Scuotendo la testa, ci teletrasporto alla torre dei dormienti, dove localizzo Valerian.

Colpito. Eccolo lì. Mi aspettavo quasi di scorgere delle nuvole sopra di lui, legate a circoli di traumi (aveva detto che i suoi genitori erano stati uccisi), ma per fortuna, è tutto sgombro.

"Ti dispiace rimanere fuori, per stavolta?" chiedo a Pom, seguendo l'intuito.

Le sue orecchie guizzano. "Okay. Ma quando sarà a proprio agio nel mondo dei sogni, dovrai presentarmi."

"Affare fatto."

Mi chino su Valerian, e dato che non ci sono germi in questo posto, gli do un bacio non proprio casto sulle labbra, entrando così nei suoi sogni.

———

PER UN ATTIMO, penso di aver fallito e di essere stata buttata fuori dal mondo dei sogni, poiché mi ritrovo nella camera di Valerian.

Poi noto una serie di discrepanze. Innanzitutto, entrambe le finestre che danno sulla camera sono nere, cosa da approfondire in seguito. L'altra discrepanza è molto più vistosa: sul letto, c'è una seconda versione di me stessa.

Una versione che Valerian sta sognando.

Nuda, e sembra essere molto snodata e più esperta di me.

Ringrazio il cielo per aver lasciato fuori Pom; non ha bisogno di traumi psicologici.

Distogliendo lo sguardo dalla mia doppelgänger, osservo i glutei perfetti di Valerian... che si contraggono, in azione. Una parte di me vorrebbe usare i miei poteri per sostituirmi all'altra Bailey; Valerian non noterebbe la differenza.

Ma abbiamo delle cose da fare.

Mi schiarisco la gola.

Valerian si blocca a metà spinta, e si gira verso di me.

"Ah." Fa scomparire la Bailey nuda. "Siamo in un sogno."

Il più rapido adattamento alla realtà del sogno che abbia mai visto.

"Pronto ad affrontare il licantropo?" chiedo.

Annuisce e, senza il mio aiuto, si riveste.

Un secondo esempio della sua maestria con i sogni lucidi. Interessante.

Lo prendo per mano, soprattutto perché lo voglio, e ci teletrasporto alla torre dei dormienti.

"Che cos'è?" Valerian fissa affascinato Pom, che atterra sulla mia spalla con un sogghigno da Stregatto incollato in faccia. "Un'apparizione onirica?"

"Non un'apparizione. È reale. Più o meno. È il mio compagno." Arruffo il pelo del looft. "Pom, ti presento Valerian."

Pom salta giù, atterrando ai piedi di Valerian, e dopo averlo squadrato, commenta: "La versione che hai baciato era proprio uguale a lui."

Arrossisco. "Pom, era una faccenda privata."

Valerian sogghigna. "Piacere di conoscerti, Pom."

"Che tipo di Conoscente sei?" chiede Pom.

Con il proprio potere, Valerian trasforma i dintorni nel suo salotto. O almeno, ci prova. Vedo doppio: una versione spettrale di ciò che sta tentando di mostrarmi, e al di sotto, la torre dei dormienti.

Le punte delle orecchie di Pom diventano viola. "Un altro camminatore dei sogni?"

"Un illusionista." Valerian rimuove la visione. "Ma sono anche un sognatore lucido esperto." Materializza un paio di pacchetti di manna a mezz'aria, prima di consegnarne uno a Pom e un altro a me.

Assaporo quella prelibatezza. Già. È *davvero* bravo con i sogni lucidi. Lo era anche Hekima, l'illusionista responsabile degli omicidi del Consiglio di New York. Aveva scoperto dei sogni lucidi, crescendo fianco a fianco con 'la mia specie' in un luogo misterioso chiamato Soma.

Il mio battito cardiaco accelera.

Anche Valerian potrebbe averli scoperti nello stesso posto? Per questo era diventato così guardingo, di fronte alla mia domanda?

Pom si caccia in bocca il manna senza aprire il pacchetto. Dopo aver masticato attentamente e inghiottito, dice: "Esattamente come quello creato da Bailey per me, quando cercavo di capire perché tutti nel mondo della veglia fossero così ossessionati dal cibo."

Guardo Valerian. "Lui non ha bisogno di mangiare,

perché ottiene sostentamento dal mio sangue." Faccio in modo che il braccialetto di pelo di Pom compaia temporaneamente al mio polso. "Nel mondo della veglia, è un looft."

Valerian studia Pom con una curiosità addirittura maggiore. "Vuoi dire come il para..."

"Un *simbionte* che vive sui mooft" lo interrompo rapidamente. L'ultima cosa di cui ho bisogno, è che Pom vada in paranoia di fronte alla parola con la P.

Valerian afferra il concetto e annuisce saggiamente. "Stavo proprio per dirlo."

Gli rivolgo un sorriso radioso. "Esatto."

"Ed è grazie a Pom, se salti nei sogni così prontamente" afferma Valerian. "Intelligente."

"Già." Mantenendo un tono il più noncurante possibile, chiedo: "Come lo sapevi?"

Valerian corruga la fronte. "Un'ipotesi azzeccata."

Giusto. Certo. Nulla a che vedere con l'argomento proibito di Soma.

"Il lupo mannaro." Valerian si guarda intorno. "Si farà vivo qui, quando entrerà nella fase REM?"

"Sì" rispondo, e aggiungo senza curarmene: "Un'altra ipotesi molto azzeccata?"

"Dove sarebbe?" Valerian esamina i dormienti nelle nicchie intorno noi.

Dando retta ad una vaga sensazione, mi teletrasporto fino al piano le cui nicchie sono vuote da un po' di tempo.

Già. "Lì." Indico quella dove si era mostrato Hans, ancora sotto forma di lupo.

Valerian prende le scale a chiocciola al centro della torre, e probabilmente significa che non può teletrasportarsi come me.

"Sai come funziona questa parte?" chiedo, quando mi ha raggiunta.

Sorride. "Tocchi me e lui contemporaneamente, poi entri."

Anche questo prova che ha conosciuto dei camminatori dei sogni... e stavolta, mi ha inavvertitamente insegnato qualcosa che non ho mai provato. Normalmente, balzerei nel sogno della persona A, tornerei alla torre dei dormienti con quella persona, poi salterei nel sogno della persona B.

Se in questo modo funzionasse, sarebbe più efficiente.

Accorcia la distanza tra noi, ponendosi in modo tale che io possa raggiungere lui e il lupo con facilità.

Il mio battito cardiaco accelera di nuovo. La mia consapevolezza fisica della sua vicinanza è tanto intensa quanto nel mondo della veglia... solo che, qui, non esistono i germi, e ho il pieno controllo della situazione.

Mi passo la lingua sulle labbra. "Quindi, posso toccarti ovunque, giusto?"

I suoi occhi blu come l'oceano si accendono di un calore oscuro, mentre si piega verso di me. "In realtà" la sua voce si fa più profonda, "vorrei che mi toccassi in una maniera specifica."

"Pom, tesoro, puoi lasciarci un po' di privacy?" chiedo, senza staccare gli occhi da quelle labbra sensuali a pochi centimetri di distanza. "La faccenda con il lupo mannaro sarà comunque spaventosa."

"Bene" sbuffa Pom, e scompare.

Valerian mi stringe la mano, e la posa sul licantropo; poi, prima che io possa formulare un pensiero coerente, mi bacia.

Wow. A renderlo più sexy (perché lo è) dev'essere la consapevolezza che può percepire il bacio, stavolta. Più di una volta, sento che cominciamo a fluttuare sopra il pavimento... un pericolo del mondo dei sogni.

Dopo quella che sembra un'ora di beatitudine, si ritrae. "Potrebbe uscire dalla fase REM" mormora, osservandomi dall'alto con le palpebre socchiuse. "È importante entrare."

Giusto. Camminare nei sogni.

Senza mollare la presa sul pelo del lupo, lascio scivolare la mano sotto la camicia di Valerian, e con riluttanza, precipito nei suoi sogni.

PROPRIO COME L'ULTIMO lupo mannaro con cui mi è capitato, lui sta facendo due sogni contemporaneamente, uno per ciascuna delle sue forme. Non sono sicura di ciò che veda Valerian, ma dal mio punto di vista, i due sogni sono accostati, come gli ologrammi di due film.

Un sogno assomiglia ad una violenta scena della natura. Hans è in forma di lupo, e sta facendo a pezzi un mooft.

Che stronzo. I mooft sono una specie protetta, quasi completamente estinta: nessun buon licantropo li caccerebbe, nemmeno nel sonno.

Nell'altro sogno, Hans l'uomo indossa una maschera da mooft, e si trova in una sala riunioni, intento a parlare con altre persone mascherate.

La cosa interessante, qui, è che sembra un ricordo.

Prima le cose importanti. Non posso affrontare due sogni alla volta.

Proprio come avevo fatto durante il combattimento con Hekima, fluttuo fuori dal mio corpo e creo una seconda Bailey, e con i capelli fiammeggianti. Sforzando la versione incorporea di me stessa, mi ordino di entrare in entrambi i corpi.

Wow. Adesso, è più facile. Molto più facile. Presumo che quell'incremento di potere sia un regalo dall'effetto continuativo.

Hans il lupo interrompe il pasto, solleva il muso imbrattato di sangue, e annusa l'aria.

Accidenti. L'ultima volta, un lupo mannaro è riuscito ad individuarmi in questo modo.

Per fortuna, Hans scuote la testa, e riprende a mangiare.

Valerian compare accanto alla versione di Bailey che osserva il licantropo.

"Mi sto assicurando che non si accorga di noi" dice in tono colloquiale.

Giusto. Mi ero quasi scordata di Valerian, che invece non si è dimenticato di rendersi utile.

Indica Hans con un gesto. "Puoi fare in modo che continui con questo sogno ancora per molto tempo?"

Annuisco, e imposto la modalità circolare del sogno.

"Bene" afferma Valerian. "Ora puoi portarmi nel sogno più interessante?"

Quindi, si trova soltanto qui, nella parte del sogno relativa al lupo. Interessante.

La Bailey nella sala conferenze onirica si teletrasporta nel punto in cui si trovano l'altra me e Valerian.

Guardando la mia versione dai capelli fiammeggianti, ammicco, e lei/io fa altrettanto.

La sensazione è strana, perché sono consapevole sia dell'ammiccamento, sia di osservare me stessa durante quel gesto.

Poi, la Bailey già qui presente nota un'espressione famelica sul volto di Valerian, che guarda a sua volta ogni versione di me stessa. I suoi pensieri puramente maschili non sono difficili da interpretare: se una Bailey è fantastica, due sono anche meglio.

Beh, se farà il bravo, un giorno potrei usare il mio potere per fare sesso a tre con lui. Potrebbe essere divertente godermelo da prospettive diverse in questo modo, al punto tale che il pensiero mi suscita un distinto calore.

Scacciando questo concetto sviante, lascio la Bailey dai capelli fiammeggianti a supervisionare il sogno del lupo, e teletrasporto Valerian al sogno della sala riunioni.

Ora che l'accostamento dei due sogni non crea confusione, do una bella occhiata alla stanza.

Hmm. Le maschere sono di quelle a poco prezzo, che si possono trovare in qualsiasi negozio. Sono rappresentate tutte le scelte popolari alle feste in costume, dai mostri reali come i drekavac alle creature immaginarie come Pac-Man.

Una maschera specifica cattura la mia attenzione, quella del volto di un folletto.

Può essere?

È una maschera molto comune.

Ma non è solo la maschera in sé. Quest'uomo è alto e magro, come quello nel sogno di Vas, l'orco della banda degli Sporchi Bastardi.

Ma significherebbe che la scomparsa del nonno di Itzel sia in qualche modo collegata a Icelus.

"Il sommo sacerdote non ce l'ha fatta" dichiara l'uomo con la maschera da folletto, con la stessa voce simile ad un pavimento scricchiolante che avevo già sentito, a confermare che è proprio la stessa persona. "Sarò io a dirigere l'incontro di oggi." Aspetta di vedere se qualcuno solleva obiezioni, poi apre l'ologramma di una mappa di Gomorra, e muove le mani tutt'intorno, finché un'enorme porzione della mappa non si tinge di rosso.

Gli occhi di tutti i presenti brillano di paura e curiosità.

"Come probabilmente avete presupposto, questo rappresenta il raggio dell'esplosione" continua l'uomo con la maschera da folletto. "Nel prossimo futuro, vi conviene stare alla larga da quella zona."

Spalanco gli occhi. "Raggio dell'esplosione?" esclamo, facendomi sentire solo da Valerian. Nell'area evidenziata, abitano milioni di persone, e include tra l'altro il Distretto Sanitario, il luogo in cui si trova l'ospedale della mamma.

Parliamo dopo, risponde Valerian tramite le lettere LEGO.

"La data è stata decisa?" ringhia il licantropo.

L'uomo con la maschera da folletto gli scocca una fredda occhiata. "Solo il Gran Maestro avrà queste informazioni. Ciò che ignoriamo non può esserci estorto con la tortura."

I presenti al tavolo annuiscono tetramente.

"A proposito di cattura e tortura." La maschera da folletto estrae un dispositivo sconosciuto, lo preme contro il dito della mano destra, e fa una smorfia, mentre il dispositivo emette un segnale acustico. "Ho appena impiantato un sistema di erogazione." Protende l'altra mano, e picchiettando con l'indice e il pollice, digita una sorta di codice Morse. "Questo gesto attiverà il sistema. Il medicinale è indolore. Usatelo in caso di cattura."

Io e Valerian ci scambiamo occhiate di preoccupazione.

L'uomo mascherato da folletto cammina per la stanza, impiantando i dispositivi nell'indice dei presenti. In seguito, impiega del tempo per assicurarsi che il gruppo ricordi la sequenza suicida dei colpetti delle dita.

Tornato al proprio posto, fa scorrere lo sguardo tutt'intorno. "So del vostro profondo impegno con la nostra causa, quindi questa affermazione è superflua." I suoi occhi emettono un bagliore oscuro. "Se verrete catturati e non userete la precauzione che avete appena ricevuto, Phobetor si occuperà di voi personalmente."

Tutti appaiono molto più spaventati di quando si era parlato di tortura, o di quando un dispositivo letale era penetrato nelle loro dita.

Valerian aveva ragione. Queste persone credono davvero nel dio degli incubi, al punto che potrebbero seriamente suicidarsi per evitare la sua ira. Infatti, il semplice nome di Phobetor pronunciato ad alta voce sortisce un profondo effetto su Hans. In questo sogno, le sue spalle si curvano, la sua nuca è imperlata di sudore, e si sistema il colletto della camicia.

La versione di Bailey intenta ad osservare il licantropo nota una reazione anche in lui, che smette di mangiare e infila la coda tra le gambe.

Accidenti. Ho l'impressione che tutto questo diventerà un incubo, dal quale si risveglierà. Beh, non quando ci sono io. Modifico il sogno, in modo tale che qualcuno bussi alla porta della sala riunioni.

Hans guarda in quella direzione... e percepisco subito che il sogno non è più un ricordo, cosa che mi aspettavo.

La porta si apre, rivelando la presenza di un mooft.

Mentre Hans osserva a bocca aperta la benevola

creatura simile ad una mucca, comincio a fare sparire i presenti nella stanza. Prima di concludere il giro, fino all'uomo con la maschera da folletto, Hans distoglie lo sguardo dal mooft, probabilmente per chiedere ai suoi amici cospiratori che cosa diavolo stia succedendo.

Vedendo soltanto la maschera da folletto, si acciglia. "Dove sono tutti?"

"Di che cosa stai parlando?" chiede la maschera da folletto.

Valerian mi prende per un braccio. "Usa i tuoi poteri per rendere l'ambiente più generico" sussurra. "Vogliamo che il sogno si fonda con quello in cui loro due parlavano da soli."

Un'ulteriore prova delle sue conoscenze sul meccanismo dei viaggi nei sogni... ma non ho tempo per interrogarlo, né per chiedergli perché non possa ottenere lo stesso risultato con i propri poteri.

In realtà, penso di sapere perché non se ne occupi lui: probabilmente, è troppo impegnato a renderci entrambi invisibili agli occhi di Hans.

Diffondo nebbia nella stanza, e incrocio le dita.

Valerian indica l'uomo con la maschera da folletto con un cenno del capo. "Ora fa' in modo che quel bifolco dica qualcosa su Erato."

Dentro di me, ridacchio. Bifolco è un ottimo soprannome per quel tizio.

Assumendo il controllo, faccio sì che quest'ultimo affermi: "La driade ha depositato dei brevetti, che potrebbero portare tutto allo scoperto."

Trattengo il respiro, e osservo i muscoli della

mandibola del licantropo contrarsi, mentre la stanza intorno a noi si trasforma.

Io e Valerian ci guardiamo intorno.

"È un obitorio?" chiedo a Valerian, con una voce che solo lui può udire.

Annuisce.

Hans impreca sottovoce. "Farò una visita a quella stronza."

"La discrezione è fondamentale" replica il bifolco, attraversando la stanza, per chinarsi su un cadavere. "Phobetor è spietato con chi ci tradisce."

Stavolta, l'ambiente spaventoso e il nome di Phobetor sortiscono un effetto ancora più potente su Hans, che si allontana con i gomiti premuti contro i fianchi, come per rendere il proprio corpo il più piccolo possibile.

La parte del lupo smette di mangiare di nuovo, e uggiola.

Prima di poter tenere a freno il sogno un'altra volta, mi ritrovo nella torre dei dormienti, con Valerian al mio fianco.

Guardiamo il letto vuoto, dove si trovava il lupo mannaro un attimo fa.

Beh, accidenti.

CAPITOLO VENTI

"LA PAURA, nel sentir nominare Enterospasmo per la seconda volta, è stata tale da svegliarsi" commento, anche se la mascella serrata di Valerian mi dimostra che l'ha già intuito.

"Svegliaci" ordina. "Devo dire agli Esecutori di riempirgli di nuovo la cella con il gas soporifero."

Annuendo, lo sveglio con una scossa, e faccio lo stesso con me.

Quando riapro gli occhi in camera, osservo affascinata e stordita, mentre Valerian salta giù dal letto e inizia una chiamata tramite un ologramma con qualcuno.

Il vampiro Esecutore che ho visto prima risponde... e non batte ciglio di fronte alla nudità di Valerian e alla mia presenza.

"Gas soporifero" sbraita Valerian. "Una dose massiccia nella stanza del licantropo. Adesso."

L'Esecutore si avvicina ad uno schermo con una

serie di pulsanti, e corruga la fronte. "Sta già dormendo."

Indica lo schermo in questione, e vediamo che, in effetti, il lupo mannaro giace lì, come se dormisse.

O stesse fingendo.

O...

"Mozzagli l'indice destro" ordina Valerian con urgenza.

Un metodo raccapricciante ma sicuro, per stabilire se quell'uomo stia veramente simulando.

Il vampiro si muove alla velocità tipica della sua specie. In un movimento sfocato, compare sullo stesso schermo di Hans, con una lama ricurva in mano.

Whoosh.

Il dito e il lupo mannaro prendono direzioni separate.

Il tizio non si sveglia, né grida.

Sento il cuore crollare a terra. Sospettavo che sarebbe successo, ma...

Il vampiro tocca la gola del lupo mannaro, e guarda la telecamera. "È morto."

"Guariscilo" afferma Valerian a denti stretti.

Non sono bene se il vampiro l'abbia sentito, o se gli sia venuta in mente la stessa idea, comunque si apre il polso con la lama, e spinge parte del proprio sangue nella bocca del lupo mannaro.

Nessuna reazione.

Valerian impreca, e colpisce una parete vicina con un pugno.

Il vampiro torna indietro, e inizia a premere i

pulsanti accanto al monitor di sicurezza, che mostra l'interno della cella.

Il video della sicurezza si riavvolge, poi parte daccapo.

"Ecco" dico, quando Hans apre gli occhi. "Dev'essersi svegliato in quel momento."

Il gesto successivo di Hans non è una sorpresa. Si guarda intorno nella cella, rendendosi conto di essere stato catturato e sedato. Poi, con il dito indice e il pollice, compone un codice familiare. Non appena termina la sequenza, il suo corpo si affloscia... ma non per il sonno.

Valerian impreca di nuovo. "Entro quanto tempo potete portare lì un guaritore? O un medico?"

"Non abbastanza presto, da fare la differenza" risponde il vampiro.

"Richiamerò." Con un gesto arrabbiato, Valerian termina il collegamento.

Mentre afferra alcuni vestiti, cerco di rimettere ordine tra i miei pensieri. "Che cosa intendeva dire il bifolco con 'raggio dell'esplosione'?" chiedo, sforzandomi di tenere gli occhi lontani dalla nudità di Valerian, che sta rapidamente scomparendo. Mi distrae troppo, e devo concentrarmi. "Hai avuto motivo di credere che Icelus avrebbe fatto esplodere mezza Gomorra?"

Valerian s'infila una camicia da sopra la testa, nascondendo quei deliziosi addominali. "No. Solo che avrebbe fatto *qualcosa*."

"Mia mamma si trova nel raggio dell'esplosione"

affermo. "Devo portarla via."

Fa un gesto nella sua realtà virtuale. "Ho appena dato disposizioni" m'informa dopo un minuto. "Verrà trasferita in uno dei pochi ospedali al di fuori del Distretto Sanitario."

Libero un sospiro di sollievo. "Grazie." Tutto sta succedendo così velocemente, che non ho avuto la possibilità di andare realmente in paranoia, e adesso non succederà. Però... "E tutti gli altri? Ci sarà un'evacuazione?"

"Questo tocca al Senato" replica Valerian. "Ma ne dubito."

"Perché no?"

"Se Icelus venisse a sapere dell'evacuazione, innescherebbero subito la bomba, o qualsiasi altra cosa sia. O la sposterebbero, uccidendo una quantità di persone addirittura maggiore." Torvo, aggiunge: "Per non parlare del fatto che il panico per un'evacuazione simile servirebbe allo scopo di Icelus, tanto quanto un'esplosione, o forse anche di più."

Deglutisco. "Perché la paura provoca gli incubi?"

Annuisce. "Inoltre, se i membri di Icelus fossero intelligenti, modificherebbero il piano, appena saputo della scomparsa di Hans."

"Significa che la mamma non sarà al sicuro nemmeno nel nuovo ospedale?" Mi si serra lo stomaco a causa della paranoia che credevo di aver evitato.

"Nessuno è al sicuro." La mandibola di Valerian si contrae. "A meno che non facciamo qualcosa."

Vergognandomene, considero brevemente l'idea di

mandare la mamma oltre uno dei portali... e di stare lontana dal pianeta con lei. Ma un viaggio di questo tipo sarebbe rischioso, nelle sue condizioni. E poi, non permetterei *davvero* che morissero milioni di persone. Tuttavia... "E un'evacuazione verso le Altreterre?" suggerisco.

"L'hub si trova nel raggio dell'esplosione" afferma Valerian. "Inoltre, non esiste un modo pratico, per far passare milioni di persone attraverso una manciata di portali abbastanza rapidamente."

Libero un sospiro di frustrazione.

"Comunque, non è una pessima idea" commenta. "Puoi andare sulla Terra. Starne fuori."

"No" obietto con una determinazione che non provo. "Io rimango, e impediremo tutto questo."

Mi studia attentamente. "Hai un'idea?"

"Più o meno. Non sono riuscita a dirti una cosa. Il tizio con la maschera da folletto... l'ho già visto prima."

Vado avanti, raccontandogli della ricerca del nonno di Itzel e del coinvolgimento del bifolco.

"Così, sappiamo che aveva incontrato Hans in un obitorio, e che aveva ingaggiato gli Sporchi Bastardi per rapire Cadmael" afferma Valerian, pensieroso. "È un punto di partenza."

"Giusto. E l'ultima volta in cui ho parlato con i miei amici, Felix doveva vedere se poteva collegare l'acquisto di una maschera da folletto a quell'uomo."

Valerian sembra intrigato. "E ci è riuscito?"

"Non lo so, ma c'è un modo per scoprirlo. Dammi un minuto."

Dato che Valerian ora sa di Pom, tocco apertamente la creatura pelosa al mio polso, e cado nel mondo dei sogni.

————

"SEI TORNATA" esordisce Pom. "Com'è andato il viaggio nei sogni di quel licantropo?"

Di solito, non lo agito, ma non riesco a non raccontargli rapidamente la situazione, mentre cerco Felix. In qualità di simbionte che non può più essere rimosso dal mio corpo, Pom è esposto ai miei stessi rischi.

"Scusa per quello" gli dico.

"Non scusarti." Assumendo una coraggiosa tonalità verde petrolio, Pom solleva il mento. "Sono felice di essere il tuo simbionte."

Con un debole sorriso, gli arruffo il pelo, e salto nel sogno di Felix.

————

FELIX STA COMPRANDO un cono gelato a Maya.

La faccio scomparire, e lui si guarda intorno, confuso.

"Siamo in un sogno" dichiaro.

Pom atterra sulla sua spalla. "Ciao, Felix."

Felix guarda Pom, poi me. "Non mi ci abituerò mai, vero?"

"Sono qui per avere informazioni importanti"

spiego. "Hai identificato l'uomo con la maschera da folletto?"

Felix scuote la testa con rammarico. "Troppi negozi. Troppi acquisti."

"E nessun'altra pista?"

"Temo di no." Il suo monosopracciglio si riunisce. "Perché sembri tanto preoccupata di punto in bianco?"

Spingo all'indietro i capelli, che non mi sono curata di rendere fiammeggianti "Dove sei? Nel mondo della veglia, intendo."

Sembra confuso per un attimo, e non c'è da stupirsi. In un sogno, è difficile ricordare dove ci si è addormentati. Con una smorfia, risponde: "Un hotel vicino a casa di Itzel, su Gomorra, credo." Con maggiore sicurezza, aggiunge: "Kit e Ariel si trovano nelle camere accanto alla mia."

"Bene. Vediamoci a casa di Itzel, e vi spiegherò tutto."

Con questo, lo sveglio e termino il sogno.

———

ESCO DALLA TRANCE con una sensazione di movimento.

Che cavolo?

Apro gli occhi.

Trasportandomi sulle proprie spalle, Valerian sta entrando in un ascensore.

"Ehi!" Spingo contro il suo petto. "Che cosa succede?"

"Riunione di emergenza del Senato." Girandosi, preme il pulsante per il tetto con il gomito.

"Riesco a camminare, da qui in poi" dico, pentendomene all'istante: è bello essere sostenuta da lui.

Mi rimette in piedi, mentre l'ascensore si ferma a destinazione, e ci precipitiamo verso la macchina.

"Possiamo fermarci a casa di Itzel lungo la strada per il Senato?" chiedo, mentre saliamo.

"Qual è l'indirizzo?"

Glielo comunico, spiegandogli che voglio passare a prendere i miei amici.

"Va bene" conferma. "Ma di' loro di aspettare sul tetto."

Chiamo Itzel, che risponde in tono assonnato e burbero. Sento anche i rumori di fondo degli altri. Chiedo loro rapidamente di vederci sul tetto, poi riaggancio.

Valerian deve aver installato una modalità turbo illegale sull'auto, perché infrange ogni limite di velocità del pianeta, raggiungendo il tetto di Itzel a tempo di record. Itzel, Ariel, Felix (con la tuta da robot) e Kit sono già lì, in attesa.

In qualche modo, riescono tutti ad infilarsi nell'abitacolo, compresa la tuta, e mentre spiego la minaccia incombente ai miei amici, Valerian ordina alla macchina di dirigersi verso l'edificio del Senato.

La prendono sorprendentemente bene, rimanendo solo un po' turbati all'idea che un'esplosione possa spazzarci via da un momento all'altro.

"Non capisco" replica Felix. "Che cosa c'entra il nonno di Itzel con questo atto terroristico?"

Gli occhi di Itzel sembrano strabici. "Mi ripeti qual era il raggio dell'esplosione?"

Glielo dico.

Fa qualcosa nella realtà virtuale, borbottando sottovoce.

"Si occupa di matematica in mezzo a tutto questo?" sussurra Ariel.

"Forse, sta cercando di triangolare il punto in cui dovrebbe essere collocata la bomba, per creare quel raggio dell'esplosione" afferma Felix. "Questo *ridurrebbe* le opzioni, ma non abbastanza per poter intervenire."

Kit si trasforma in Itzel ma senza la maschera, e con la voce di Itzel, commenta: "Ho sentito dire che gli gnomi trovano la matematica rilassante."

"Mmm" mormora la vera Itzel. "Potrebbe proprio essere così. E se qualcuno fosse..." Con uno strillo, ci rivolge un'occhiata confusa.

Valerian deve averle fatto qualcosa di allarmante con il proprio potere, per ricordarle della nostra esistenza.

"Hai trovato il collegamento?" le chiede con eccessiva tranquillità.

"I reattori Vega" snocciola lei.

"La fonte di alimentazione di Gomorra" sussurra ad alta voce Felix ad Ariel. "Per la fornitura di elettricità e cose simili."

"Lo sanno tutti." Itzel scocca un'occhiata minacciosa a Felix, che chiude il becco. "In linea puramente teorica" prosegue la gnoma, "quella tecnologia potrebbe essere modificata, per creare un dispositivo capace di sprigionare un picco di energia in un colpo solo. L'esplosione che ne deriva potrebbe avere il raggio descritto prima."

Mi do una manata in fronte. "Certo. È stato tuo nonno ad inventare i reattori Vega. Se ci fosse qualcuno in grado di trasformarli in bombe, sarebbe lui."

Le mani del robot di Felix si conficcano sotto le ascelle della tuta. "Ma quei reattori sono sicuramente sorvegliati."

Valerian scuote la testa. "Se i membri di Icelus fossero intelligenti, metterebbero a punto il loro reattore da zero, usandolo poi come base per quella bomba."

Di sicuro, sono lieta che Valerian sia dalla nostra parte; sembra sempre sapere esattamente come agirebbero i cattivi.

"È difficile produrre un reattore Vegas da zero?" chiede Ariel.

"Vega" la corregge Felix.

Itzel gli rivolge un'altra occhiataccia. "Normalmente, ci vorrebbe un team di ingegneri, ma se ci fosse una singola persona capace di farlo, sarebbe il nonno. L'ha già fatto prima."

"Niente di buono." Felix tenta di asciugarsi la fronte imperlata di sudore con la mano guantata, e per poco, non si provoca una commozione cerebrale.

Valerian si porta un dito alle labbra.

Tutti smettono di parlare.

Dopo aver armeggiato qualche secondo con la realtà virtuale, Valerian ci osserva frustrato. "Ho appena avuto notizie dal team di Esecutori mandati a catturare gli Sporchi Bastardi. Si sperava che qualcun altro, in quella banda, sapesse qualcosa." Indica qualcosa nella propria realtà virtuale. "Invece no."

Kit si trasforma in alcuni membri della banda, contro i quali avevamo combattuto. "Che rapidità."

"A volte, anche il Senato riesce a mobilitarsi alla svelta" afferma Valerian. "A proposito... ho appena mandato loro la vostra teoria. Vogliono mettersi in collegamento provvisorio all'interno dell'auto."

"Fallo" rispondo a nome di tutti.

Valerian gesticola, e i finestrini dell'auto diventano opachi, prima di tramutarsi in schermi. Un secondo dopo, le camere del Senato (che riconosco grazie ai media) appaiono sugli schermi intorno a noi.

"Wow" mormora Felix.

Può dirlo forte. Tutti i senatori sono appollaiati su sedili simili a troni, che sfidano la gravità, ad eccezione delle creature acquatiche, che fluttuano all'interno di speciali serbatoi d'acqua.

Viene rappresentata ogni specie di Conoscente che vive ufficialmente su Gomorra, tranne quelle rare, come i centauri e i basilischi. Mancano anche le specie alle quali la residenza non è permessa, come i negromanti e i giganti, ma le altre ci sono, compresi gli orchi, i nani e gli elfi.

"Non c'era motivo, secondo noi, che venissi qui di

persona" esordisce un elfo senatore, che ho visto tramite i media.

Valerian non sembra minimamente impressionato o intimidito. "Avete aggiornamenti per me?" chiede, imperioso.

"Gli Esecutori sono in viaggio" risponde l'elfo. "Osserveranno chiunque entri ed esca da ogni obitorio. Abbiamo anche inviato la maggior parte della Guardia del Senato in loro aiuto."

La mandibola di Valerian si tende. "*Non* lasciateli entrare senza di me." Il suo sguardo si sposta da senatore a senatore. "Con il mio potere delle illusioni, posso nasconderli, altrimenti rischiamo che i terroristi commettano un suicidio."

"E sarebbe un male, in fondo?" chiede un orco senatore.

"C'erano molte persone all'incontro, e hanno menzionato un sommo sacerdote... una specie di capo" afferma Valerian. "Non sappiamo alcunché di questi individui, quindi, a meno che non siano tutti assieme a quello mascherato da folletto, con molta fortuna, l'ottenimento delle informazioni dev'essere la nostra massima priorità."

"D'accordo" replica una driade senatrice, e gesticola a mezz'aria. "Ti sto inviando l'elenco degli obitori. Abbiamo esaminato i proprietari, ma non hanno richiamato alcun ricordo."

Valerian annuisce. "Potete anche farmi sapere in quali obitori ci sono già degli Esecutori di rinforzo ad aspettarmi?"

"Fatto" risponde la driade con altri gesti.

"Aspettarmi?" sussurro a Valerian. "Non volevi dire 'aspettarci'?"

"Dopo" sussurra Valerian. Al Senato, chiede: "State mantenendo le informazioni private?"

"Sono state considerate riservate" tuona un senatore nano. "Solo gli Esecutori, la Guardia e il Senato ne sono al corrente. E come vedi, non abbiamo nemmeno cominciato un'evacuazione."

"Né state aiutando gli Esecutori" preferisco non aggiungere. Sono disposta a scommettere che taglieranno la corda, prima che le persone normali ne abbiano la possibilità. Dopotutto, sono dei politici.

Valerian fissa il nano negli occhi. "Solo per conferma a proposito del mio compenso…"

"Niente tasse per tutta la vita." Il nano si tira la barba. "Per te e per le tue aziende."

"E i miei colleghi." Valerian muove la testa nella mia direzione.

"Okay." Il nano sembra aver ingoiato un ri particolarmente squamoso, degno del frugale stereotipo che la sua specie detesta.

"E anche la cittadinanza di Gomorra" snocciola Felix. "Per chi di noi è nato altrove."

"Fatto" dice l'elfo. "Non sprechiamo tempo prezioso in banalità."

Con un grugnito di approvazione, Valerian termina la chiamata, ed esamina qualcosa nella sua realtà virtuale.

"Che cosa intendevi prima?" gli chiedo. "Quella storia del 'me'."

"Nessuno di voi ha motivo di accompagnarmi" risponde, prestandomi attenzione solo di striscio. "I miei poteri da illusionista, combinati con la presenza degli Esecutori, dovrebbero essere pienamente sufficienti."

Le spalle di Itzel s'irrigidiscono. "Mio nonno è stato rapito. Io verrò."

"E io mi rifiuto di perdermi il divertimento" afferma Kit. "Perciò, ci sarò anch'io."

"Io sto con Itzel" dichiara Ariel.

"E io con Ariel" dice Felix, anche se sembra molto meno entusiasta.

"Beh, *io* potrei tornare utile" affermo. "Se qualcosa andasse storto, lancerei una granata soporifera e invaderei i sogni del folletto, per scoprire ciò di cui abbiamo bisogno."

Valerian interrompe finalmente ciò che stava facendo, e m'inchioda con un'occhiata risoluta. "Non ti caccerai in qualche guaio."

"Affare fatto" dico.

"Okay." Fornisce all'auto un indirizzo, senza dubbio il nostro primo obitorio.

Mentre il nostro veicolo sfreccia in avanti, tiro la manica di Valerian e sussurro: "Hai fatto spostare la mamma?"

Annuisce, gesticola, e compaiono delle lettere LEGO:

Nella posta in arrivo c'è l'indirizzo del nuovo ospedale.

Ho scelto il secondo posto in cui il suo medico gnomo è in servizio.

Wow. Potrei baciarlo su due piedi, microbioma o no. Adesso, dovrebbe essere più facile concentrarsi sul compito imminente... che, apparentemente, consiste solo nel salvare milioni di vite.

Ah. Da quando faccio questo genere di cose? Ho assimilato la propensione all'eroismo di Felix, Kit e Ariel? Dopotutto, una volta hanno partecipato ad un'epica battaglia per salvare diverse Altreterre, compresa la Terra. Mi chiedo... se salvassi davvero la situazione, riuscirei con maggiore facilità a perdonarmi per il fatto che la mamma...

"Perché quel muso lungo?" chiede Ariel, strappandomi alle mie riflessioni.

"Mi sento in colpa" rispondo, prima di poter tenere a freno la lingua.

Il monosopracciglio di Felix balla una complicata giga sulla sua fronte. "Per cosa?"

Dopo un attimo di esitazione, racconto loro tutto: la perenne richiesta della mamma di non entrare mai nei suoi sogni, la nostra discussione e il suo conseguente tentativo di suicidio.

Assimilano le informazioni in silenzio per qualche istante, perfino Kit, che di solito è spensierata.

"Stai guardando tutto dalla prospettiva sbagliata" osserva alla fine Felix.

Sollevo un sopracciglio.

"Ti sei chiesta il perché?" chiede.

Aggrotto la fronte. "Che cosa intendi?"

"Penso si stia chiedendo perché tua madre non volesse *così* imperativamente che entrassi nei suoi sogni" spiega Ariel.

La domanda m'investe come lo zoccolo di un centauro in testa.

Già, perché? In precedenza, avevo pensato che la mamma me l'avesse proibito per motivi di privacy, ma non credo che essa abbia un valore tale da commettere un suicidio, pur di mantenerla.

È qualcosa di più grande. Dev'essere così. Ma cosa? Ci sono dettagli che la mamma non vuole farmi scoprire, nel suo mondo dei sogni? Forse hanno a che fare con quelle finestre nere, che avevo visto lì?

Qualcosa del passato, di cui si è sempre rifiutata di parlare?

D'altro canto, se c'entrassero le finestre nere, lei non se lo ricorderebbe in ogni caso. E, adesso che ci penso, ha sempre sostenuto di non ricordare... mio padre e molte altre cose...Comunque, si può avere paura che una persona scopra qualcosa che si ha dimenticato? Presumo sia fattibile. Se fosse un ricordo abbastanza orribile, la mamma potrebbe sapere di tenermene alla larga, anche senza ricordare il motivo esatto.

Valerian mi mette una mano sulla spalla per rassicurarmi. Alzo lo sguardo su di lui. A proposito di finestre nere, mi ero quasi dimenticata di quella che ho visto nel suo...

"Pronta?" mormora.

Guardo fuori dal finestrino, e mi rendo conto di

essere stata troppo preoccupata per accorgermi dell'atterraggio.

"Pronta come non mai" rispondo, e seguo Felix e Ariel fuori dall'auto.

Un gruppo di Esecutori e un membro della Guardia del Senato ci stanno già aspettando.

Vestiti tutti di nero, gli Esecutori sono armati di pugnali e spade, mentre la Guardia del Senato possiede sia una spada, sia una pistola contro il fianco, simile a quella illegale che tengo ancora dietro la cintura.

Lancio un'occhiata furtiva ad Ariel, per vederne la reazione.

Come a New York, tutti gli Esecutori di Gomorra sono vampiri, poiché i loro poteri si addicono molto alle forze dell'ordine.

Con mio sollievo, Ariel li sta ignorando, indirizzando tutta l'attenzione verso il membro della Guardia del Senato.

Certo. La Guardia del Senato non è composta da vampiri. Per tanti motivi, in gran parte politici, sono degli uber: la stessa specie di Conoscenti di Ariel. Ciò significa che, come Ariel, questa Guardia potrebbe comparire sulla copertina di qualsiasi rivista di moda della Terra senza stonare... soprattutto, se il numero in questione includesse i Navy SEAL.

Questo esemplare impressionante dev'essere molto forte e veloce, per avere ottenuto un posto così ambito.

Valerian, vedendomi guardare l'uber a bocca aperta, si acciglia.

Che cos'ha? È davvero geloso?

"L'obitorio è all'ultimo piano" annuncia l'uber, e perfino la sua voce è piacevole da ascoltare. Guardando Valerian, aggiunge: "Mi è stato detto che avresti assunto tu il comando."

Implicitamente, a quanto pare, la Guardia del Senato pensa che dovrebbe esserci lui, al comando, ma gli stupidi politici hanno rovinato tutto come al solito.

"Statemi vicini" ringhia Valerian, poi si dirige a lunghi passi verso l'ascensore.

Ariel, Kit e anche Itzel rivolgono alla Guardia del Senato occhiate di apprezzamento, mentre lo seguiamo.

Durante la discesa, Valerian condivide le informazioni fornite dal Senato sull'impresario di pompe funebri responsabile del luogo, come il nome e le tasse pagate l'anno scorso.

Mi chiedo perché l'ultima parte debba esserci di qualche utilità.

Quando entriamo, l'obitorio è esattamente identico al modo in cui viene rappresentato dai media su Gomorra... totalmente differente da quelli della Terra. I corpi dei defunti non vengono conservati in cassetti di metallo, ma su file di lastre galleggianti a mezz'aria. Non c'è bisogno di refrigerazione, poiché ciascuno è stato conservato tramite una speciale procedura di plastinazione, che impedisce loro di decomporsi per molti anni.

Le tre opzioni di sepoltura su Gomorra sono, in ordine di popolarità: la cremazione, il suolo dell'enorme cimitero dall'altra parte del pianeta, o farsi divorare da alcune specie di Conoscenti, che si occupano di questo genere di cose... e di solito, ciò comporta una ricompensa economica per la famiglia dei defunti.

Il paffuto impresario di pompe funebri chino su un corpo, non ancora conservato, non si accorge di noi.

Gli Esecutori e la Guardia osservano Valerian.

"Non lui" dice quest'ultimo, e l'impresario di pompe funebri rimane ignaro di tutto.

Controlliamo il resto dell'obitorio, alla ricerca di altro personale da verificare, ma non troviamo nessuno. Tornando sui nostri passi, lasciamo che gli Esecutori e la Guardia del Senato monitorino l'andirivieni nell'obitorio, e voliamo verso la prossima destinazione dell'elenco.

Ancora una volta, incontriamo gli Esecutori e uno degli uber della Guardia del Senato, e anche qui, l'impresario di pompe funebri non può essere il nostro colpevole: è un nano.

Non abbiamo fortuna nemmeno nell'obitorio successivo, né in quello dopo.

Quando atterriamo sul tetto seguente, riconosco uno degli Esecutori: è il tizio che stava tenendo d'occhio Hans, il lupo mannaro, e che gli aveva mozzato il dito.

"Ciao di nuovo" mi saluta il vampiro in questione.

"Virgil, lei è Bailey" dice Valerian, fissando l'Esecutore con disapprovazione.

Gli altri Esecutori, così come il membro della Guardia del Senato, si presentano.

Non essendo brava con i nomi, ricordo solo il nome di Virgil e quello dell'uber, Onassis.

Come prima, Ariel finge che i vampiri non esistano e, mentre puntiamo verso l'ascensore, fissa il sedere da acquolina in bocca di Onassis.

"Il nome di questo impresario di pompe funebri è Wrakar" spiega Valerian, leggendo le informazioni nella sua realtà virtuale. Mentre lo fissiamo tutti, ci rivela quanto denaro Wrakar ha guadagnato l'anno precedente e altri dettagli non molto utili.

Raggiunto il piano dell'obitorio, entriamo con sicurezza.

"Aspettate" sussurra Felix, quando il primo cadavere compare nel nostro campo visivo. "Quei segni sul corpo non c'erano negli altri obitori."

Ha ragione. I segni, in realtà, sono incisioni nella carne, illuminate dall'interno con una strana energia.

È una stravagante procedura di sepoltura di cui non avevo mai sentito parlare? Se l'intento era quello di rendere i defunti più allegri, è un fiasco totale. Le incisioni non fanno altro che rendere il corpo macabro.

Notando i segni, Ariel diventa pallida come un vampiro. "No, di nuovo" sussurra, arretrando.

Sto per chiederle che cosa sta succedendo, quando una saetta di energia colpisce Virgil e gli altri Esecutori.

Per un secondo, i vampiri appaiono storditi, poi, senza preavviso, l'Esecutore più vicino a Valerian affonda un colpo di spada.

Grazie ad un miracolo, Valerian schiva a sinistra...

spostando così il volto proprio lungo la traiettoria del pugno di un altro Esecutore.

Si sente distintamente l'impatto delle nocche contro l'osso.

Valerian vola verso l'alto, e si schianta al suolo in una massa inerte.

CAPITOLO VENTUNO

NO. Non Valerian.

Sento il cuore sul punto di implodere.

Non posso perderlo così. Sta bene. Deve star bene.

Non c'è tempo per dargli un'occhiata, o chiedersi che diavolo sia appena accaduto. Forse il Senato ci ha traditi, o forse gli Esecutori fanno in qualche modo parte di Icelus... non importa. La priorità numero uno è sopravvivere e aiutare Valerian.

Estraggo la pistola, e sparo all'Esecutore che gli ha sferrato il pugno.

Nessuna reazione.

Passo dalla modalità non letale a quella omicida, e ripeto l'azione.

Ancora niente.

Accidenti. Immagino che non si possa uccidere un vampiro con questa tecnologia.

Anche Onassis dev'esserne al corrente, poiché, invece di pensare alla pistola, brandisce la spada e mena un fendente verso l'Esecutore a cui ho appena tentato di sparare.

La testa dell'Esecutore rotola lontano.

Pfiù. Almeno, la Guardia del Senato è dalla nostra parte.

Un altro Esecutore attacca Ariel, che lo infilza con un coltello. Kit si trasforma in un ciclope, e solleva di colpo da terra un altro Esecutore, prima che prenda il sopravvento. Nel frattempo, Itzel genera una palla di fulmini sempre più grande tra le mani, e la scaglia verso il petto dell'Esecutore che aveva tentato di decapitare Valerian, mentre Felix abbassa la piastra facciale della tuta da robot, e sferra un pugno all'Esecutore più vicino.

L'unico Esecutore che non sta attaccando è Virgil, il conoscente di Valerian.

Si limita a rimanere pietrificato, con un'intensa concentrazione dipinta sul volto pallido. Intercettando il mio sguardo, spiega a denti stretti: "Lo sto combattendo nel migliore dei modi. È incredibilmente forte. Stammi lontana."

Chi è forte? A che cosa si riferisce Virgil?

"Così, è questo l'illusionista che sta ficcando il naso in giro" dice una voce familiare, simile ad un pavimento scricchiolante.

Roteo su me stessa, verso la persona che ha parlato.

Dev'essere Wrakar, l'impresario di pompe funebri. E sorpresa, sorpresa: assomiglia proprio al misterioso uomo con la maschera da folletto.

La maschera, ora mancante, rivela un volto sottile e

coriaceo, contorto in una brutta smorfia. Guardando il corpo inerte di Valerian, sghignazza: "Ha cercato di nascondervi tutti, ma io posso vedere attraverso gli occhi dei vampiri." Indica Virgil con un gesto. "Per non parlare dei miei adorati." Solleva le mani, e quella stessa energia multicolore viene sprigionata dalle sue dita, entrando nei corpi sulle lastre.

"Lo sapevo!" grida Ariel. "Un negromante. Di nuovo."

Ha già combattuto contro un negromante?

Aspetta. Un negromante? Questo spiega molte cose.

I negromanti sono in grado di rianimare e controllare i morti, quindi sarebbe naturale frequentare un obitorio per la loro specie. Ho anche sentito dire che non sono autorizzati a vivere su Gomorra, o nella maggior parte dei mondi in cui i vampiri hanno potere, perché possono assumere il controllo dei vampiri.

A quanto pare, in fin dei conti, non erano solo delle voci. Tutti gli Esecutori, tranne Virgil, sono sotto l'incantesimo di Wrakar... e Virgil potrebbe perdere la battaglia per la libertà da un momento all'altro.

Mentre elaboro tutto questo, i corpi sulle lastre saltano giù e ci fissano.

Zombie. Freschi freschi.

La mia frequenza cardiaca sale alle stelle.

Siamo davvero fottuti.

CAPITOLO VENTIDUE

UNO ZOMBIE, che in precedenza era stato un'anziana donna elfo, si precipita verso di me.

Un impeto di rabbia scaccia la mia paura. Gli elfi hanno una vita incredibilmente lunga, quindi la mancanza di rispetto di Wrakar nei confronti del corpo di questa antica donna sembra un crimine contro qualcosa di sacro.

Non c'è da stupirsi, se ai negromanti è stato vietato l'accesso a Gomorra. Sono della peggior specie.

Anche se non mi aspetto che funzioni, miro al seno cascante della donna elfo, e premo il grilletto.

Nessuna reazione. La mia pistola non può uccidere ciò che è già morto.

Non conoscendo l'entità della forza degli zombie, mi giro per correre.

Con la coda dell'occhio, vedo che tutti stanno affrontando la nuova minaccia.

Onassis si libera di un Esecutore con la spada, poi

mozza un braccio ad una driade zombie. Quest'ultima continua a farsi avanti. Le taglia allora la testa, ma il corpo decapitato continua a muoversi.

Fantastico. La situazione è ufficialmente peggiore di quanto pensassi.

Due Esecutori e quattro zombie mettono all'angolo Felix. La sezione toracica del robot si apre. Due gigantesche pistole compaiono, e sparano addosso agli aggressori di Felix.

Bang.

Nello spazio chiuso, l'esplosione è assordante.

Gli aggressori di Felix sono ridotti a pezzi, ma gli altri zombie e gli Esecutori accanto a lui si voltano dalla sua parte.

Accidenti.

Il negromante starà considerando Felix l'obiettivo più pericoloso: non sa che quelle armi sono prive di ricarica.

Nel frattempo, non lontana dalla mia posizione, Ariel sferra un calcio ad un nano zombie, facendolo volare come un enorme pallone da calcio. "Uccidi il negromante!" grida, ansante. "È l'unico modo per fermarli."

Deve parlare con Felix, che ha più o meno mandato a monte la possibilità di farlo, usando già quelle pistole.

Onassis, però, pensa che Ariel stia parlando con *lui*. Tirando fuori la pistola, cerca di puntarla verso Wrakar, ma il negromante, nascosto dietro una barriera di corpi, non permette alla Guardia di prendere bene la mira.

Onassis spara alla cieca. Non succede alcunché. Spara di nuovo. Stesso esito. Prima che possa sparare un altro colpo, un orco zombie lo colpisce in faccia con un pugno.

Mi getto verso destra, dove penso di poter azzardare ancora un colpo. Per quanto il negromante si meriti l'impostazione attuale della mia pistola, passo alla modalità non letale: un negromante morto non può rivelarci dove si trova la bomba. Speriamo che, mettendolo fuori gioco, si fermino anche gli zombie.

Prendo la mira.

Una mano nodosa mi afferra la pistola per la canna. È lo zombie di un vecchio uber, che sembra sexy perfino adesso, con un certo fascino sale e pepe. Con uno strattone, lo zombie mi strappa di mano la pistola.

Mi chiedevo se gli zombie fossero forti tanto quanto le persone dalle quali sono stati creati, e l'azione successiva dell'uber conferma i miei sospetti.

Con uno sforzo appena accennato, schiaccia la pistola, sbriciolandola.

Accidenti.

Dopo averla distrutta, l'uber zombie tenta di colpirmi con un pugno sgraziato.

Lo schivo con facilità. Forte o no, questo zombie non è veloce come da vivo.

Utilizzando la sua carenza di velocità a mio vantaggio, mi allontano con un balzo.

Una gargoyle zombie, magra e anziana, si lancia verso di me.

Schivandola, mi tuffo sotto le mani protese degli zombie ciclopi lungo la stessa traiettoria.

Quando oltrepasso un Esecutore, per poco non mi decapita. Allora, due zombie tentano d'investirmi con il proprio corpo, e li evito a malapena.

A denti stretti, continuo a schivare e a correre per tutto l'obitorio, sentendomi come un elfo anoressico che gioca a football americano con gli orchi.

Al primo istante in cui nessuno cerca di uccidermi, tiro fuori la granata soporifera. La mia mente galoppa freneticamente. Devo farlo? In questo spazio ristretto, ne subiremmo tutti l'effetto, compreso il negromante e Valerian, se fosse vivo. Gli zombie, in quel caso, dovrebbero fermarsi, ma se il negromante si svegliasse per primo, la situazione sarebbe di gran lunga peggiore.

Tranne il fatto che ci sono anche dei vampiri in gioco. E loro non dormono. Diventerebbero Esecutori normali, una volta caduto il negromante?

Questo sì, che sarebbe sensato.

Presa dalle riflessioni, mi dimentico di guardare dove metto i piedi... e a caro prezzo. Un orco zombie mi dà uno spintone, facendomi volare verso Valerian, mentre la granata inutilizzata mi cade di mano e sbatte contro il pavimento.

A causa del duro atterraggio, i miei polmoni si svuotano dell'aria di colpo, e una scossa di dolore si riverbera in tutto il mio corpo.

Stordita, tenendo a bada la nausea, controllo il campo di battaglia.

Sempre più pallida, Itzel sta scagliando palle di fulmini contro gli aggressori. Non è positivo. Può usare quel potere solo per un certo numero di tentativi, prima di perdere i sensi.

Felix non sta andando molto meglio. Un Esecutore e uno zombie gli stanno colpendo la tuta rotta, e lui non reagisce.

L'unica a cavarsela relativamente bene è Kit. Ora, sotto forma di gigante, sta respingendo due orchi zombie e quattro Esecutori.

Un'ombra cala su di me, e alzo lo sguardo.

La spada di un Esecutore sta oscillando verso di me.

Beh, accidenti.

Il negromante avrà presto un nuovo cadavere da risvegliare.

CAPITOLO VENTITRÉ

CON UN'ESPLOSIONE di dolore in corpo, mi getto di lato, rotolando con tutte le mie forze.

Ma non sono abbastanza veloce. La spada mi colpisce la parte superiore del braccio, e la lama, rovente come una supernova, entra nella carne.

Occorre tutta la mia forza di volontà per non svenire, mentre vengo travolta da un'ondata di nausea.

L'Esecutore solleva di nuovo la spada.

Una macchia scura brilla nel mio campo visivo. Prima di riuscire a comprenderla, la spada di Onassis para la lama dell'Esecutore.

Ansimando, cerco di alzarmi a sedere, e mi levo di mezzo alla svelta, mentre le spade si scontrano.

Il mio corpo non collabora. Dev'essere troppo ammaccato.

D'accordo. Lasciandomi dietro pozze di sangue, striscio. E striscio. E striscio ancora un po'. Quando non riesco a muovermi di un altro centimetro, sbircio da sopra la spalla.

L'Esecutore dà una testata all'uber, poi gli squarcia la gola con affilate zanne di vampiro.

Onassis barcolla all'indietro.

"No!" grida Ariel da qualche parte, nelle vicinanze.

Il vampiro colpisce con la spada. Si sente il rumore del petto dell'armatura che si spezza, e Onassis si accascia al suolo.

Accidenti. Poveretto.

L'Esecutore viene verso di me in un movimento sfocato, e solleva di nuovo la spada.

Ma Ariel è già arrivata. Con il bel viso contorto dalla furia, lo decapita con una spada, che deve aver preso da uno degli altri vampiri.

Il sangue sprizza dal corpo senza testa dell'Esecutore, sporcandomi in viso.

Mille volte puah. Di tutti i fluidi corporei, il sangue è quello che preferisco meno. Non riesco a credere di averlo ingoiato, in passato, per rimanere sveglia.

Ariel si china per aiutarmi, ma uno zombie ciclope la afferra per il collo. Lei si gira di scatto e mena un fendente, decapitandolo con una rapida mossa.

Il ciclope senza testa le strattona la spada, riuscendo a separarla dalla sua stretta, mentre continua a soffocarla.

Digrigno i denti. Accidenti. Non permetterò che Ariel, o chiunque altro, muoia.

Trascino il dito sul sangue vampiro che ho in faccia,

poi me lo caccio in bocca e, opponendomi al riflesso del vomito, deglutisco.

Non c'è piacere stavolta, solo la beatitudine del dolore che scompare, mentre le ferite si rimarginano in un batter d'occhio. Dovrò essere ancora più vigile a proposito della dipendenza dal sangue di vampiro, d'ora in avanti, ma per ora, ho le energie per balzare in piedi.

Ariel sembra più pallida del defunto Esecutore ai nostri piedi.

Afferrata una spada dal pavimento, mozzo il braccio destro del ciclope, poi il sinistro.

Una volta libera, Ariel inspira a pieni polmoni, poi agguanta una spada, e trasforma rapidamente il resto del ciclope zombie in carne macinata.

Lasciandola ad occuparsi del prossimo zombie, mi precipito verso la granata soporifera. Un elfo rianimato si muove pesantemente verso di me, così gli taglio la testa. Il prossimo, un nano zombie, riceve lo stesso trattamento, e alla fine, ho la granata in mano.

La situazione è abbastanza disperata per questa precauzione?

Esamino freneticamente il campo di battaglia.

Ariel perde sangue, ma sta ancora combattendo contro gli zombie e gli Esecutori che le piombano addosso. Tuttavia, Itzel è a terra, immobile; è svenuta a causa delle troppe palle di fulmini, oppure è stata messa fuori gioco, o uccisa. La tuta di Felix assomiglia ad una lattina investita da un'auto, e anche Kit sembra stanca nella sua forma gigante.

Non rimane altra scelta.

Devo agire subito.

La schiena di Kit nasconde Virgil ai miei occhi, ma presumo che si trovi ancora nello stesso punto.

"Virgil, svegliami!" grido, sperando che distingua le mie parole nonostante il baccano. "E non uccidere Wrakar!"

Naturalmente, questo presuppone che un negromante addormentato perda il potere sui vampiri... una premessa per cui non ho le prove.

Beh, speriamo in bene.

Trattenendo il respiro, attivo la granata e la lancio verso Wrakar.

Quest'ultimo, evidentemente, ne subisce subito l'effetto, poiché gli zombie e gli Esecutori restano pietrificati in posizioni strane. Staranno aspettando che il loro burattinaio si svegli dal pisolino, credo.

Non va bene. Se Virgil è lì in piedi, paralizzato, il mio piano va in fumo.

Kit è la prossima a soccombere, e la sua forma gigante crolla con un pesante tonfo.

Ora vedo Virgil, e provo un tuffo al cuore.

Non è paralizzato come i compagni Esecutori, ma non importa. Qualcuno l'ha ammanettato ai polsi e alle caviglie, quindi ogni suo movimento qua e là è destinato a saggiare quei vincoli, che sembrano tenerne a bada la forza soprannaturale.

Accidenti. Chi mi sveglierà, allora?

Prima di poter pensare alla risposta, il gas mi raggiunge, e piombo nel sonno.

CAPITOLO VENTIQUATTRO

IO E LA mamma siamo faccia a faccia vicino ad un'autostrada, e ci fissiamo negli occhi come due pistoleri in un film western della Terra.

"Non ti permetterò di entrare nei miei sogni" afferma con determinazione.

Inclino la testa. "Non me lo *permetterai?*"

"Già" risponde, con una sicurezza che tentenna. "Ti fermerò con ogni mezzo necessario."

"È così?"

La mamma serra i pugni. "Morirei prima, piuttosto."

Roteo gli occhi. "Non pensi di essere troppo drammatica?"

"Dico sul serio." Dà un'occhiata alla strada, poi mi fissa di nuovo negli occhi. "Mi butterò sotto la prima macchina che viene nella mia direzione."

Non le credo.

Si butta.

Smetto di respirare.

L'auto la investe. Lei fa una capriola in aria e atterra sulla schiena, piena di fratture oltre ogni possibilità di guarigione.

No! Che cosa ho fatto? L'orrore è soverchiante.

Tremando, indietreggio con una mano premuta sulla bocca. È morta. Oh accidenti, è morta. L'ho uccisa.

No, si è uccisa. A causa mia.

C'è un baccano alle mie spalle.

Mi giro di scatto, e mi sfrego gli occhi.

Proprio lì sul marciapiede, un gruppo di Esecutori sta combattendo contro Ariel, Felix, Kit e Valerian.

Voglio correre ad aiutarli, ma sono bloccata, e sto ancora trattenendo il respiro.

Paralizzata, guardo i vampiri uccidere i miei amici uno per uno. Quando Valerian esala l'ultimo respiro, l'edificio dietro il massacro esplode. Una gigantesca nube a forma di fungo si propaga nel cielo, e l'onda di calore si diffonde, sterminando i vampiri e i corpi dei miei amici.

La mia paralisi scompare, e sollevo le mani a mo' di scudo, come se facesse la differenza, con i milioni di gradi che mi stanno per investire.

Aspetta. Qualcosa manca al mio polso.

Il braccialetto di pelo.

Pom.

Non appena me ne rendo conto, so che cosa sta succedendo.

Sto sognando.

Congelo l'esplosione di botto, e roteo su me stessa.

Il corpo fratturato della mamma è ancora lì, che giace sulla strada, e per qualche ragione, mi sembra sacrilego usare i miei poteri per farlo sparire.

Non è un sogno... almeno, non del tutto. La mamma si è buttata davvero sotto una macchina. L'ho spinta io a farlo.

Ha cercato di uccidersi a causa mia.

Questa consapevolezza è come una martellata, pesante e brutale, e il senso di colpa così opprimente, che anche nel mondo dei sogni crollo in ginocchio. Una parte di me, penso, era ancora nella fase di negazione prima di questo momento, sperava ancora che, in qualche modo, fosse tutta una bugia.

"Mamma" sussurro, tendendo la mano verso il suo cadavere. So che nel mondo della veglia è in coma, e non morta, ma è come se lo fosse.

Non è garantito che io possa salvarla, che sia in grado di salvare qualcuno. Valerian e i miei amici potrebbero già essere morti. Con il mio stupido azzardo della granata soporifera, probabilmente li ho uccisi tutti... insieme a milioni di cittadini di Gomorra.

"Questa è proprio una cosa stupida" commenta Pom. "E te lo dice qualcuno che conosce molto bene il senso di colpa."

Alzo lo sguardo sul mio looft.

Il colore di Pom sta virando dal rosso al carota, mentre mi salta in braccio.

Lo stringo forte, al punto tale che, probabilmente, se fossimo nel mondo reale, gli farei male.

"Scusa" aggiunge, dimenandosi per sottrarsi alla mia presa. "Ho infranto due promesse in un colpo solo."

È vero. Gli avevo chiesto di non comparire mai nei miei sogni naturali, perché di solito mi piace vivermeli come una persona normale, e anche di non leggermi nel pensiero... per ovvi motivi.

Faccio una risata tremante. "Ti perdono. Anzi, la prossima volta in cui avrò un incubo così brutto come questo, voglio che tu ti faccia vivo e mi dica che sto sognando."

"Sì." Mi guarda, meravigliato, con quei grandi occhi color lavanda. "Ora, se solo tu perdonassi te stessa con la stessa facilità con cui hai perdonato me."

Mi siedo. "Non capisci."

"No?" Le punte delle sue orecchie diventano grigie. "Quel sogno era falso. Non parleresti mai a tua mamma in quel modo."

"E allora?" Osservo il corpo pieno di fratture. "Il risultato è stato lo stesso."

Pom sospira. "Tua mamma era messa male. Hai voluto aiutarla. Forse ti sei spinta un po' oltre, ma non sapevi che cosa sarebbe successo. *Lei* ha scelto di buttarsi sotto quella macchina, fine della storia."

Razionalmente, so che ha ragione. In effetti, stavo solo cercando di capire perché la mamma fosse così depressa e isolata, e non avevo detto altro che questo: "Se i tuoi sintomi continuassero ad aggravarsi, potrebbe non restarmi altra scelta."

E non ho mentito. Quando c'era in gioco la sua vita,

ho infranto il mio giuramento... e lo rifarei. Lo *rifarò*, quando sarò pronta.

Inspiro profondamente.

Tutto ciò non mi è granché d'aiuto.

Al di là delle mie conoscenze razionali, la forte pressione esercitata dal senso di colpa si rifiuta di diminuire.

"Beh, dovrebbe farlo" dice Pom, che mi ha ancora letto palesemente nel pensiero. "E comunque, non hai causato di certo tu la morte dei tuoi amici." Pom indica con la testa l'esplosione interrotta. "Ricorda che, se la bomba fosse davvero scoppiata nel mondo della veglia, saremmo entrambi morti adesso, e quindi non parleremmo."

Oh, accidenti. I miei amici. La bomba.

Nella mia auto-flagellazione, mi ero completamente dimenticata del pericolo reale che corriamo.

Pom sbuffa. "Non credi?"

"Hai ragione sotto molti aspetti." Scatto in piedi. "Se sto sognando, significa che mi trovo nella fase REM, quindi sono trascorsi circa novanta minuti dall'esplosione della granata a gas."

Le punte delle orecchie di Pom diventano viola, mentre proseguo. "Se Wrakar si fosse svegliato, sarei già morta. Significa che sta ancora dormendo. Ma come me, potrebbe essere nella fase REM, quindi, un incubo potrebbe svegliarlo... e a quel punto, noi saremo fuori gioco."

"Esatto." Pom saltella da una zampa pelosa all'altra.

"È quasi come se stessi cercando di ucciderti per punizione."

Accidenti. Ha ragione? Mi sono quasi arresa a causa del senso di colpa?

Beh, non più. Basta crogiolarsi. Pur non abbandonando mai completamente il senso di colpa, non posso permettergli di fossilizzarmi nell'inerzia. Se la mamma vorrà rimproverarmi al risveglio, ne avrà tutti i diritti, ma devo smettere di affliggermi. Non posso cambiare il passato. Posso soltanto fermare questa bomba, svegliarla e chiederle di perdonarmi. E con il tempo, forse, imparerò a perdonare anche me stessa.

"Sì, molto meglio." Pom è completamente viola, mentre salta tra le mie braccia. "Questo sì che è parlare."

Scuotendo la testa, esasperata (non stavo parlando, ma pensando), me lo stringo al petto, poi ci porto alla torre dei dormienti. Voglio spendere un secondo prezioso, per controllare se i miei amici stanno bene.

Il mio sollievo svanisce immediatamente. Con una stretta al petto, esamino le nicchie.

Non sono qui.

Il pelo di Pom si scurisce. "*Potrebbe* significare che non sono ancora arrivati alla fase REM."

Lo metto giù. "Giusto. È anche possibile che siano già stati messi fuori gioco durante la diffusione del gas: le persone prive di sensi non sognano."

Di colpo, Kit compare nel suo letto.

Quasi grido per il sollievo. Senza pensare, balzo nella sua stanza e salto nel suo sogno.

Naturalmente, Kit sta sognando un'orgia.

Una volta dileguati tutti i suoi partner, le spiego che sta dormendo.

"Svegliami" replica. "Poi sveglia te stessa, così possiamo chiudere questa storia."

Con un sorriso, faccio come dice.

CAPITOLO VENTICINQUE

MI SVEGLIO CON UN SUSSULTO.

C'è un volto sopra la mia testa. Quello di un gigante, probabilmente il modo peggiore per svegliarsi.

Vedendomi sbiancare, il gigante si trasforma in Kit.

Mi alzo a sedere. "Libera Virgil e metti al sicuro Wrakar" dico con urgenza. "Non svegliarlo, ma se dovesse farlo da solo, mozzagli l'indice destro. Ha ancora le informazioni che ci servono, e non converrebbe che si suicidasse come quel licantropo."

Con un luccichio dettato dalla sete di sangue negli occhi, Kit si affretta ad obbedire, mentre balzo in piedi per studiare i dintorni.

Virgil, finalmente libero, sembra intontito. Gli grido degli ordini, che sembrano strapparlo al suo stato di stordimento. Precipitandosi verso i resti del robot di Felix, inizia a scavare.

Essendo Ariel la più vicina a me, le controllo i parametri vitali, pronta al peggio.

Pfiù. Il cuore batte.

Corro da Itzel, e un altro macigno si solleva dalle mie spalle. Pur essendo messa peggio di Ariel, è chiaro che sopravvivrà.

Mi giro verso Virgil. Torreggia su Felix, che assomiglia ad un gigantesco livido sotto i rottami della tuta.

"Ce la farà" m'informa il vampiro, con mio enorme sollievo.

E ora, il controllo che temo di più.

Correndo nel punto in cui è crollato Valerian, verifico il suo battito.

È debole, ma c'è.

Espiro, con le ginocchia deboli per il sollievo. Vivrà. Non l'ho perso, né lo perderò.

Passandomi il dito sul sangue vampiro, ancora sul mio viso, lo metto in bocca a Valerian. So di averlo messo in guardia in proposito, ma a mali estremi, estremi rimedi. Come me, può smettere di drogarsi a partire da oggi.

Il suo respiro migliora all'istante. Un secondo dopo, i suoi occhi si aprono di botto, e si spalancano nel vedermi coperta di sangue.

"Non è mio" spiego rapidamente, mentre si alza a sedere. "C'è stata una battaglia. Ariel ha decapitato un vampiro. Promettimi che non berrai mai il loro sangue dopo..."

"Va bene" m'interrompe, e dopo essersi strappato una manica, mi asciuga il sangue dal viso.

"Non c'è tempo per questo" mormoro, spingendolo via. "Gli altri..."

"Niente sangue!" sbraita Ariel, ora sveglia, in faccia a Virgil. "Guarirò da sola."

Il vampiro sembra aver ricevuto un insulto. "Non avevo affatto intenzione di dartelo. Gli Esecutori non infrangono la legge."

Buone osservazioni, nel complesso. Lei non dovrebbe rischiare il tipo di guarigione a cui io e Valerian abbiamo fatto ricorso, non dopo tutta la riabilitazione. Anche Virgil ha ragione: dare a qualcuno il suo sangue è decisamente illegale. Se utilizzato in ambito medico, il sangue di vampiro proviene da un donatore anonimo, e i medici sanno come gestirlo per ridurre al minimo la dipendenza.

C'è un motivo, se avevo dovuto procurarmelo grazie ad un personaggio come Napoleon.

Incrocio lo sguardo di Virgil. "Puoi ottenere assistenza medica per loro?"

"Sta arrivando" risponde.

Valerian balza in piedi e si guarda intorno. "Dov'è Wrakar?"

"Dorme" afferma. "Spero."

All'unisono, ci precipitiamo verso il retro dell'obitorio.

Troviamo il negromante sul pavimento, e Kit in piedi su di lui con la spada pronta a colpire.

"Non appena cadrà nella fase REM, entrerò" sussurro a Valerian.

"Sta' attenta" risponde a voce bassa. "Il tuo non è

l'unico modo, per ottenere le informazioni che ci servono."

Annuisco, e guardo gli occhi chiusi di Wrakar alla ricerca di qualsiasi cenno di movimento. Poi, mi arrivano alle orecchie voci rumorose.

Sono i soccorritori, venuti a prendere Ariel, Itzel e Felix.

"Non preoccuparti. Sto bloccando il suo udito." Valerian indica il negromante con la testa.

Interessante. Non sapevo che il suo potere funzionasse perfino sulle persone addormentate.

Valerian va a raccogliere la pistola di Onassis, poi si avvicina ad un paramedico nano, e chiacchiera con lui per qualche istante. Quando torna indietro, vedo che si è anche procurato un dispositivo igea.

"Di che cosa si trattava?" chiedo, dando un'occhiata agli operatori sanitari.

Valerian mi disinfetta da capo a piedi. "Ho fatto sì che portassero Felix e gli altri nello stesso ospedale di tua madre. E ho detto loro di mettere le spese sul mio conto."

Se fossimo soli, probabilmente lo bacerei due volte: una per la disinfezione e un'altra per essersi preso cura dei miei amici.

E poi, forse, anche una terza per il fatto di essere vivi.

E una quarta, solo per me.

"Posso almeno tagliare quel dito, adesso?" interviene Kit.

255

Mi giro verso di lei. "Non farlo, altrimenti si sveglierebbe."

Corruga la fronte. "Ha fatto del male ai miei amici. Deve pagare."

"E pagherà" ribatte tetro Valerian. "Non temere."

A questo, tutti osservano Wrakar addormentato in astioso silenzio, finché non provo di nuovo quella strana sensazione, di una persona nei paraggi che entra nella fase REM.

Controllo gli occhi di Wrakar, per esserne sicura.

Già. Sta sognando.

Prendendo il dispositivo igea di Valerian, pulisco un punto sul polso del negromante, e lo tocco con estrema riluttanza.

Dopo un momento di concentrazione, mi ritrovo nel mondo dei sogni.

CAPITOLO VENTISEI

"BEH?" vuole sapere Pom. "Come..."

"Sto ancora salvando Gomorra" rispondo, e mi affretto a raggiungere la torre dei dormienti.

Localizzato il negromante, emetto un sospiro di sollievo nel notare l'assenza di nuvole sopra la sua testa; l'ultima cosa che voglio è affrontare il circolo di traumi di un negromante.

"Sarà spaventoso?" sussurra Pom.

Mi stringo nelle spalle, senza staccare lo sguardo dall'obiettivo. "Io darei forfait, se fossi in te."

"Okay, allora" risponde Pom, e dà inizio alla sua sparizione a mo' di Stregatto. Quando solo la sua bocca è visibile, butta lì: "Buona fortuna."

Con un respiro profondo, tocco il polso di Wrakar e m'immergo.

I DINTORNI SONO FAMILIARI... e non hanno senso.

Sotto i piedi, ho le acque placide di un nero oceano infinito, e sopra di me ci sono burrascosi cieli fiammeggianti.

Sembra proprio il luogo in cui avvengono tutti i sub-sogni, ma non può essere: ho controllato due volte, per assicurarmi che Wrakar fosse nella fase REM, e soprattutto, quando mi trovo nei sub-sogni, non mi rendo mai conto di ciò che sta accadendo.

Perché e come Wrakar dovrebbe sognare questo? Un camminatore gli ha descritto i sub-sogni? Ciò implicherebbe che altri camminatori vedano l'oceano nero e i cieli fiammeggianti, una volta finiti nei sub-sogni, e io che la credevo solo opera del mio subconscio.

Mi viene in mente un'altra cosa, addirittura più bizzarra.

Non vedo Wrakar da nessuna parte.

Strano. Può un sognatore mancare nel proprio sogno?

Guardandomi intorno, noto che il negromante non è completamente assente. Concentrandomi, percepisco una presenza.

Una presenza che si sta lentamente amalgamando dal nulla, sollevandosi sull'oceano davanti a me.

Quando riesco a distinguerla, mi rendo conto che lui, o essa, non somiglia affatto al negromante, nemmeno distorto dall'immaginazione più terribile.

La creatura è umanoide ma più alta del più grosso dei giganti. Anche senza simili proporzioni, sarebbe la cosa più spaventosa che abbia mai guardato... eppure, paradossalmente, non riesco a spiegarmi perché mi spaventi così. Il suo volto è bello, ma in un modo terribile e travolgente.

Se dovessi individuare ciò che lo rende tale, direi che sono quegli occhi. Mi fanno venire in mente i buchi neri. Guardarli è come vedere ogni incubo che abbia mai vissuto, come guardare sotto un letto al buio, da piccoli, come leccare il pavimento di un bagno pubblico. Come...

"Vattene" tuona la creatura, con una voce melodiosa, che evoca ogni mia paura.

Mi passa per la testa l'immagine dei miei amici, che muoiono prima di arrivare in ospedale. Poi quella della mamma che non si sveglia più. Poi...

"Vattene!" ripete la voce, e così su due piedi, vengo buttata fuori dal sogno.

CAPITOLO VENTISETTE

"DOV'È LA BOMBA?" chiede Valerian, non appena esco dalla trance.

Scuoto la testa con il cuore che mi martella nel petto, mentre mi allontano dal negromante, rischiando quasi di andare a sbattere contro Virgil.

"Che cos'è successo?" ringhia Valerian.

"Non lo so." Inspiro di colpo. "Ha assunto un aspetto spaventoso all'interno dei suoi sogni, e in qualche modo, è riuscito a buttarmi fuori... ma ho intenzione di rientrare."

Valerian mi si piazza davanti, prima che possa toccare di nuovo Wrakar. "Non è più nella fase REM. Non voglio che rischi la sanità mentale... non quando esistono altri sistemi per farlo parlare."

Infatti, quella sensazione di un dormiente nelle vicinanze è sparita, e gli occhi del negromante non si muovono più freneticamente dietro le palpebre.

Inspiro, per normalizzare il battito ancora galoppante. "Allora, come procediamo?"

Valerian estrae la pistola, imposta la modalità non letale, e spara in testa al negromante. "Stacca il dito" dice a Kit. "Poi, ho bisogno di lui nella mia auto volante."

Con un risoluto sorriso, Kit mozza tutta la mano di Wrakar all'altezza del polso.

Virgil crea un laccio emostatico con una manica per arrestare il sangue, e si carica il negromante sulla spalla come un sacco di patate marce. Lo seguiamo, mentre lo trasporta fino alla macchina, e Valerian spara al negromante con la pistola ogni paio di minuti.

Una volta lasciato in macchina Wrakar, Valerian rivolge a Virgil uno sguardo di scuse. "Non puoi venire con noi."

Giusto. In aria, lontano da vampiri e cadaveri, Wrakar sarà praticamente inerme.

Virgil annuisce di malavoglia.

Io e Kit saliamo in macchina dopo Valerian, e ci solleviamo in aria, mentre cerco di capire che cosa sia successo nel sogno del negromante. Non avevo mai assistito a una scena del genere. Deve avere un'immaginazione tremenda, per materializzare una tale creatura.

Proprio mentre ci apriamo un varco tra le nuvole, Wrakar geme, poi apre gli occhi e grida di dolore.

"Ah" commenta Kit in tono sgradevole. "Qualcuno si è svegliato, finalmente."

"State indietro" ci dice Valerian, poi punta le mani verso Wrakar.

Se in precedenza le sue illusioni erano state messe in atto furtivamente (non ha mai dovuto mostrare gli stessi archi di energia di Hekima), stavolta, l'energia è manifesta. O vuole impiegare più potere di illusionista in qualunque cosa stia per fare, o vuole solo pavoneggiarsi.

Il grido di Wrakar si acuisce. Invece del dolore, adesso indica paura, dello stesso tipo che ho percepito nel suo sogno. Il suo corpo viene scosso dagli spasmi. Cerca di graffiarsi con l'unica mano, come per uccidere qualcosa visibile soltanto ai suoi occhi.

Qualunque cosa Valerian gli stia mostrando, dev'essere davvero orribile.

Il grido prosegue, incessante, per quella che sembra un'ora. Alla fine, Valerian interrompe il flusso di energia, e in tono uniforme, quasi colloquiale, chiede: "Dov'è la bomba?"

Wrakar scuote la testa.

Valerian indirizza di nuovo l'energia verso di lui. Le urla e gli spasmi, nel tentativo di graffiarsi, proseguono per un tempo addirittura più lungo.

"Dov'è la bomba?" ripete Valerian. "Dimmelo, e tutto questo cesserà."

"Edificio dell'hub" gracchia Wrakar. "Centesimo piano."

"L'edificio dell'hub è vicino al centro del raggio dell'esplosione" osservo. "È probabile che stia dicendo la verità."

"Una buona posizione" afferma Kit, assumendo le sembianze del negromante, ma con la mano attaccata. "C'è una comoda via di fuga per le Altreterre, basta prendere l'ascensore."

Valerian indirizza un'occhiata minacciosa al nostro prigioniero. "Chi sorveglia la bomba?"

Wrakar non risponde.

Valerian ripete l'illusione della tortura.

"Tutti" esclama Wrakar con voce aspra, smettendo finalmente di gridare. "Stavo per andarci io stesso."

Valerian mette in atto di nuovo l'illusione, attende che il negromante smetta di urlare, e chiede: "Quando è prevista l'esplosione della bomba?"

Wrakar dà un'occhiata all'ora sul cruscotto dell'auto, e fa un sorriso maniacale. "Ventisette minuti."

Sento il cuore crollare a terra.

Non so nemmeno se riusciremo a raggiungere l'edificio dell'hub in tempo, per non parlare d'impedire qualcosa.

"Auto, attiva la modalità turbo" sbraita Valerian.

Modalità turbo? Per questo stavamo procedendo così velocemente, prima?

Valerian impartisce altri ordini all'automobile, compreso l'indirizzo dell'edificio in questione. Con uno scatto, la macchina si tuffa sotto le nuvole, sfrecciando verso l'hub ad una velocità che mi schiaccia contro il sedile.

Accidenti. *La modalità turbo* dovrebbe essere chiamata *modalità razzo*.

Ignorando le lamentele di dolore di Wrakar,

Valerian si mette in contatto con il Senato nella propria realtà virtuale, e spiega loro dove inviare gli uomini. Poi si lancia in una sfilza d'imprecazioni.

"Che cos'è successo?" chiedo.

Gesticola, per terminare la conversazione con il Senato. "Quei maledetti stupidi non pensano di riuscire a mandare qualcuno laggiù entro il tempo concesso."

Kit si sfrega le mani. "A quanto pare, sta a noi tre fermare la bomba. Che divertimento."

Quando tutto questo sarà finito, dovrò dare a Kit le cattive notizie: sembra aver rimpiazzato la dipendenza dal sesso con la brama di violenza. E dato che ci siamo, le farò conoscere la vera definizione del termine 'divertimento'.

Valerian investe di nuovo Wrakar con la propria magia. Quando considera le urla sufficienti, interrompe la tortura e chiede: "Come disattiviamo la bomba?"

"Non lo so" gracchia Wrakar. "Solo il sommo sacerdote lo sa."

Accigliato, Valerian indirizza più volte l'energia dell'illusione verso di lui, ma la risposta resta inalterata.

Valerian guarda Kit. "Hai modo di disattivarlo temporaneamente? Se entrassimo in quell'edificio, scoprendo che ha mentito, lo vorrei vivo per pentirsene."

Kit sembra per un attimo pensierosa, quindi sogghigna. "Se non vi piacciono i ragni, vi conviene guardare da un'altra parte."

Non so Valerian, ma io distolgo lo sguardo, e mi copro le orecchie con le mani per sicurezza.

Perfino attraverso di esse, sento le urla di orrore di Wrakar, che giura su qualunque cosa, dai resti di sua madre alla sua stessa vita, di non aver mentito, e supplica Kit d'interrompere ogni azione.

Alla fine, le corde vocali di Wrakar cedono, e invece di gridare, produce solo un lungo rantolo rauco.

"Ecco" conclude Kit. "Non andrà da nessuna parte."

Quando mi giro, vedo ciò che mi aspettavo, ma è comunque estremamente inquietante. Il volto del negromante, pallido come un fantasma, emerge da un gigantesco bozzolo di seta, come quelli usati dai ragni per intrappolare le prede.

"Allora" dico con voce tremante. "Qual è il piano?"

"Andiamo dentro" risponde Valerian. "Mi assicuro che non ci vedano. Una volta scoperto il sommo sacerdote, lo catturiamo, mentre faccio in modo che gli altri non se ne accorgano. Poi, lo costringo a rivelarci come disattivare la bomba, e lo facciamo. In seguito, posso far sì che i membri di Icelus si uccidano a vicenda, o magari li abbattiamo uno per uno." Mi guarda. "Che cosa preferisci?"

"Abbatterli è più sicuro" affermo. "Non conosciamo i loro poteri. Potrebbero ferirci, mentre si attaccano a vicenda."

Annuendo, Valerian fa atterrare la macchina proprio in mezzo all'hub, e sono abbastanza sicura che sia illegale. Ignorando i portali tutt'intorno a noi, corriamo verso l'ascensore, dove premo il pulsante per il centesimo piano.

Dopo un breve tragitto, le porte dell'ascensore si aprono con un tintinnio, ed usciamo... finendo dritti in un'orda di Icelus.

CAPITOLO VENTOTTO

QUESTO PIANO È CHIARAMENTE DESTINATO ALL'AFFITTO in caso di celebrazioni importanti, come matrimoni e grandi feste, ma al momento, non viene utilizzato a questo scopo. Tutt'altro.

Al posto dei comuni tavoli da pranzo, c'è una fila di letti di ospedale. Sui letti ci sono delle persone in coma, evidentemente addormentate: lo so grazie al mio riscoperto senso del sonno REM, in grado di percepire la fase del sogno di molte di loro.

Accanto ad ogni letto, c'è un membro di Icelus. Tutti indossano le maschere del sogno del licantropo, e stringono dei pugnali dalle intricate decorazioni. La loro attenzione è rivolta al podio, dove normalmente dovrebbe esserci la band del matrimonio.

Seguendo i loro sguardi, espiro rumorosamente.

Una figura vestita di nero ci dà le spalle, e armeggia con un dispositivo sconosciuto.

Il cuore mi martella all'improvviso.

Non è così difficile indovinare cosa stia succedendo. La figura è il sommo sacerdote, e il dispositivo che emette i segnali acustici è il reattore, trasformato in bomba. La cosa più allarmante è che sullo schermo dove la coppia sposata guarderebbe, di solito, un collage di video, c'è un orologio digitale, che scandisce i secondi.

Tutti fissano il tempo rimasto.

Dieci minuti e dieci secondi.

Pensi che sia il tempo dell'esplosione? scrivo a Valerian. *O il momento in cui dovrebbero correre di sopra, per fuggire tramite i portali?*

Supponiamo che sia l'esplosione, risponde. *Non escluderei che questi fanatici possano farsi saltare in aria in nome della loro divinità.*

Oh, già. Dimenticavo la parte della divinità. Questi idioti adorano Phobetor... o Enterospasmo, in quanto a Valerian.

Il conto alla rovescia scende esattamente a dieci minuti.

Dev'essere una pietra miliare fondamentale in qualsiasi cosa stia per accadere, poiché le pareti intorno alla stanza si trasformano in schermi, con una presentazione d'immagini degne di un film dell'orrore.

Aspetta un secondo. Ho già visto prima una cosa simile. Era...

Il sommo sacerdote vestito di nero distoglie lo sguardo dalla bomba, per guardare i membri di Icelus, e annuncia con voce tonante: "Il primo sacrificio."

Un magro elfo con una maschera da drekavac

pugnala il dormiente più vicino.

Resto a bocca aperta... ma non per la violenza a cui ho appena assistito.

Conosco il sommo sacerdote, quella maschera simile a Darth Vader e la voce.

È il dottor Cipactli, lo gnomo che lavora alla clinica del sonno in cui ho quasi spostato la mamma.

Accidenti.

Avrebbe potuto essere lei quel sacrificio.

A proposito di sacrifici, ora assumono un senso macabro. I dormienti devono avere gli incubi, così i fanatici di Icelus pensano, probabilmente, che uccidere qualcuno in quelle condizioni li avvicini alla divinità degli incubi, o un'assurdità simile.

La clinica di Cipactli è anche il luogo in cui ho visto quelle immagini simili ai sub-sogni.

Aspetta.

Esamino i dormienti.

Già. Gertrude, l'artefice di cancrene del Consiglio di New York, è proprio lì. Povera disgraziata. Anche se non siamo esattamente amiche, non voglio che diventi un sacrificio per un dio inventato.

Mi cade l'occhio su un altro dormiente, in un letto vicino a Gertrude.

È Cadmael, il nonno di Itzel.

Se concentro su di lui il potere del mio radar per la fase REM, capisco che sta sognando, quindi, per ora, è vivo.

Vorrei che Itzel fosse qui, per poterla rassicurare.

Apro freneticamente la mia realtà virtuale, dove

scrivo a Valerian le mie scoperte, aggiungendo che il dottor Cipactli studia gli incubi: un naturale oggetto d'interesse per l'adoratore di una divinità come Enterospasmo.

Valerian estrae una pistola, proprio mentre delle lettere LEGO mi compaiono davanti, raggelandomi fino al midollo: *È uno gnomo!?*

Porca miseria. La maggior parte dei poteri non ha effetto sugli gnomi.

Valerian prende la mira, ma esita, e capisco il perché. Abbiamo bisogno di uno gnomo cosciente, per sapere come disattivare la bomba. La modalità stordimento della pistola potrebbe metterlo k.o. per un lasso di tempo più lungo di quello che ci rimane. Una domanda altrettanto valida è *in che modo* costringerlo a parlare, come prima cosa. Valerian non può usare l'illusione della tortura su uno gnomo... e anche se, magicamente, riuscissimo a far addormentare il sommo sacerdote, non sarei in grado di ottenere delle risposte; come ho scoperto di recente, avrei bisogno del consenso dello gnomo.

Lancio un'occhiata al palco.

Merda. Il sommo sacerdote sta fissando proprio noi, e una palla di fulmini è già tra le sue mani.

Valerian sembra finalmente prendere una decisione, ma prima che prema il grilletto, il sommo sacerdote lancia il proiettile.

La palla di energia sfreccia verso di noi alla velocità della luce, e si scontra direttamente con il petto di Valerian.

CAPITOLO VENTINOVE

NO. Non di nuovo.

Giro i tacchi, e mi fiondo verso il suo corpo caduto.

Alle mie spalle, la voce di un gigante tuona: "Li tengo lontani!"

Dev'essere Kit. Si è trasformata senza dubbio, per assumere quella voce.

Un secondo dopo, il rumore del suo enorme pugno che affonda nella carne di qualcuno lo conferma.

Smetto di ascoltare la lotta, concentrandomi invece sulla figura prona davanti a me. Gli abiti di Valerian sono bruciacchiati nel punto in cui è stato colpito dalla palla, ma la pelle sottostante non si è ustionata, appare solo arrossata, come per una brutta scottatura.

Il respiro che avevo trattenuto mi esce dai polmoni. Sapendo di attirare i guai come una calamita, ha indossato dei dispositivi di protezione.

Gli controllo il battito. Debole, ma c'è.

Il mio stesso cuore assume un ritmo più regolare.

Rapidamente, mi esamino, alla ricerca di qualunque traccia precedente di sangue di vampiro. So di aver detto che deve astenersi, ma preferisco che sia vivo con una dipendenza, piuttosto che morto.

Niente residui di sangue. È stato tutto ripulito dallo stesso Valerian.

"Merda." Kit, stavolta, ha una vocina, come se avesse inalato una certa quantità di elio, che mi riporta a ciò che sta succedendo. Per quanto voglia preoccuparmi per Valerian, c'è un compito impossibile davanti a noi: fermare la bomba, prima che il timer si azzeri.

Gli apro a forza le dita, per prendere la pistola, che non funziona. L'elettricità del proiettile del sommo sacerdote deve aver fritto qualcosa. Tenendo in mano l'inutile arma, balzo in piedi e guardo Kit.

È tornata ad essere un gigante, e sta prendendo a calci un gargoyle di Icelus che indossa una maschera da arlecchino.

Il sommo sacerdote scaglia un'altra palla di fulmini verso Kit, che si trasforma in qualcosa di piccolo dotato di ali, una fata o un colibrì.

Il proiettile sibila nell'aria vuota.

L'elfo con una maschera da drekavac, quello che aveva fatto il sacrificio, corre sotto la minuscola Kit e punta dritto verso di me.

Kit si ritrasforma in un gigante, impedendo a qualsiasi altro membro di Icelus di venire da questa parte.

Punto la pistola verso l'elfo. "Fermo lì!" ordino,

facendo del mio meglio per imitare la voce di un poliziotto. "Getta il coltello, altrimenti sparo."

L'elfo continua ad arrivare, con il volto indecifrabile sotto quella maschera.

Accidenti. Vuole smascherare il mio bluff. Con una boccata di panico, attendo che mi sia quasi arrivato addosso, quindi gli lancio in testa la pistola.

L'elfo, che deve avere alle spalle un po' di addestramento, schiva il proiettile con facilità e sogghigna: "Ti sei portata dietro una pistola rotta, per fare a coltellate?"

Accovacciandomi, indirizzo un colpo verso le sue gambe. Scavalca il mio piede, e affonda il pugnale verso di me.

Mi attraversa un dolore lancinante. Il coltello mi è appena penetrato nell'avambraccio.

Digrigno i denti, ignorando sia il dolore, sia il panico che provo, al pensiero del sangue della vittima precedente che si mescola con il mio. Se andassi in paranoia, sarei praticamente morta, ma anche evitandolo, probabilmente, ci restano meno di nove minuti di vita.

Sperando che sia l'ultima cosa che si aspetta, colpisco l'elfo con un montante con il braccio ferito.

Il taglio rende goffo il mio tentativo, e l'elfo tira indietro la testa di scatto, prima di puntare alla mia gola con un pugnale.

Gli afferro il polso prima del contatto con la lama.

Fa per darmi un pugno, ma intercetto anche quel polso.

Grazie al cielo, è particolarmente magro.

Cerca di divincolarsi dalla mia stretta, ma lo tengo con tutte le mie forze, ignorando il sangue che mi sgorga dal braccio.

Con gli occhi che schizzano verso la mia ferita, sibila: "Quanto pensi di poter durare ancora?"

Per tutta risposta, gli do una testata, e la mia fronte cozza contro la maschera da drekavac. La maschera si spacca. Vedo le stelle... ma spero che lui sia messo peggio.

Mi colpisce al ginocchio con un calcio, e la mia rotula urla in agonia. Dopo un altro strattone ai polsi, mi spinge con tutto il corpo.

Perdo l'equilibrio, e lo trascino con me durante la caduta.

Ahia. Atterro sulla schiena, e l'aria mi fuoriesce di colpo dai polmoni. Sgomenta, gli sto ancora stringendo i polsi.

Punta il pugnale verso il mio collo, e preme verso il basso. Mollo il suo polso sinistro, e afferro il destro con entrambe le mani, per impedire al coltello di raggiungermi. Il sangue mi cola in faccia dall'avambraccio, ma lo ignoro, impegnandomi con tutta me stessa.

Afferra il coltello con la mano libera, e spinge ancora.

Faccio del mio meglio per trattenerlo, ma un maschio, perfino un elfo pelle e ossa, è più forte di me.

Un centimetro dopo l'altro, il coltello si abbassa.

CAPITOLO TRENTA

HO UN'IDEA FOLLE, e non c'è tempo per capire se funzionerà o meno.

Stacco la mano sinistra dal suo polso.

Ora che entrambe le sue braccia si ritrovano contro una delle mie, il coltello scende più velocemente.

Lo afferro di nuovo, circondandogli la mano destra con la mia sinistra.

I suoi denti si serrano rumorosamente. "Non riuscirai mai a togliermi il pugnale."

Se mi fosse rimasto fiato per le provocazioni, gli risponderei che non ne ho bisogno. Raggiungo invece il suo dito indice, e digito la sequenza, simile al codice Morse, che ho visto nel sogno del lupo mannaro.

O almeno, spero che sia proprio questa. Lo stress potrebbe avermi confuso la memoria, o in proposito, avrebbero già potuto disattivare il dispositivo per 'non essere catturati vivi'.

Dietro la maschera rotta, gli occhi dell'elfo si spalancano... prima di diventare vacui.

Quando si accascia, lo spingo via da me, ed estraggo il pugnale dalla sua stretta.

Con respiri rapidi, mi alzo a sedere. Mi gira la testa, e vedo macchie nere davanti a me. Con uno sforzo per non svenire, mi rimetto in piedi a fatica. Per poco non grido, a causa del dolore al ginocchio.

Le gambe mi reggono, ma a stento.

Secondo il conto alla rovescia, ci restano cinque minuti. Anche se sapessi come disabilitare l'aggeggio, dubito che oltrepasserei in tempo i membri di Icelus.

D'altra parte, il numero di quelli vivi è inferiore, grazie a Kit. E un'altra buona notizia è che il sommo sacerdote dev'essere stanco di generare tutti quei fulmini. Invece di scagliare un'altra palla, infatti, grida: "Liberate i sacrifici! Alcuni di loro sono sonnambuli. Potrebbero tenere occupato il gigante."

Accidenti a lui. È un buon piano. Se ci fossero altri dormienti simili a Gertrude, non converrebbe affatto che Kit li affronti. Anche se... durante il sonnambulismo, hanno la stessa probabilità di ferire i cattivi tanto quanto noi.

Spero.

Un nano con una maschera da Pac-Man si precipita ad eseguire l'ordine del suo capo. Uno dopo l'altro, slega ogni dormiente, incluso Cadmael. Immediatamente, alcuni di loro, compresa Gertrude, si alzano dai letti e iniziano a camminare senza meta.

Il nonno di Itzel resta fermo. A differenza degli

altri, non soffre di disturbi del sonno ed è solo sotto farmaci. Infatti, lo percepisco ancora nella fase REM.

Zoppicando, mi muovo in avanti, mettendo un passo sofferente dopo l'altro. Ho il vago piano di raggiungere in qualche modo il palco, per costringere il sommo sacerdote a fermare la bomba, puntandogli un coltello alla gola.

Non ho idea di come farlo, senza essere fritta dal suo potere, né di che cosa farei, se fosse disposto a morire per le sue convinzioni... e ci troviamo esattamente in questa situazione.

"Coprimi" chiedo a Kit, mentre accorcio la distanza tra noi.

Per tutta risposta, lei schiaccia chiunque nei paraggi con piedi e pugni, aprendomi un varco.

Zoppico più lontano.

Kit mi riapre la strada.

Siamo ad una corsa di distanza dal palco, solo che non sono in grado di correre, nemmeno per salvare tutti quei milioni di vite.

Il sommo sacerdote non deve ritenermi una vera minaccia, poiché la prossima palla di fulmini viene scagliata addosso a Kit. Quest'ultima, mettendo in atto il trucco del ridimensionamento, ne esce illesa.

A denti stretti, barcollo in avanti... solo per rendermi conto che Gertrude gironzola nella mia direzione e, con le braccia che si dimenano in movimenti casuali, mi sta quasi piombando addosso.

CAPITOLO TRENTUNO

ACCIDENTI. Non deve fare altro che toccarmi, e perderò qualunque parte del corpo entri in contatto con lei.

Però sta sognando, quindi non può vedermi.

Contando su questo, mi giro di lato, pochi istanti prima che possa sfiorarmi il viso con le dita. Mi passa proprio accanto. Ma se continuerà a dirigersi in quella direzione, sarà un problema per Kit.

Ricordo una cosa, grazie a quella volta in cui avevo dovuto entrare nei suoi sogni, durante le mie indagini del Consiglio.

Toccandole i *capelli*, non ci sono problemi.

Senza pensarci troppo, la colpisco dietro la testa con il manico del coltello, ripetendo l'azione per sicurezza.

Mentre cade a piombo, mi accorgo che, per la seconda volta, l'ho messa fuori gioco in circostanze terribili. Un'altra ancora, e l'universo dovrebbe permettermi di stenderla gratuitamente.

Mi giro di nuovo verso il palco... e mi ritrovo faccia a faccia con il sommo sacerdote, che punta subito al mio ginocchio ferito con un calcio.

Esso cede sotto di me, che cado a quattro zampe.

Attraverso l'offuscamento dovuto al dolore, mi rendo conto che ormai è la fine.

Ho mandato a monte la mia unica possibilità di sopraffare lo gnomo.

Ma aspetta. Il sommo sacerdote non è l'unico gnomo, qui, con le informazioni di cui ho bisogno. In qualità di inventore del reattore, è stato Cadmael a trasformarlo in una bomba. Scommetto che può aiutarci anche a disattivarla. Troppo impegnata a lottare per salvarmi la vita, non ho avuto la possibilità di pensarci prima.

Sopra di me, il sommo sacerdote forma un'altra palla di fulmini, e la scaglia verso Kit.

Quest'ultima si trasforma, prima di esserne colpita.

Guardo il letto, molto lontano, dove si trova Cadmael. Se fossi lì, salterei nel suo sogno per svegliarlo: lo percepisco ancora nella fase REM. Ma viste le condizioni della mia gamba, dovrei strisciare, il che significa che non arriverei in tempo.

Forse, Kit potrebbe lanciarmi. Ma no, è troppo occupata con la sua battaglia. Inoltre, chi mi dice che atterrerei nelle condizioni di viaggiare nei sogni? Già così, riesco a malapena a rimanere cosciente.

Poi mi ricordo.

Camminare nei sogni senza contatto.

Non ci ho più provato, dopo l'incremento di potere dovuto ai tester della versione beta. Adesso, c'è la possibilità di farlo funzionare.

Chiudendo gli occhi, protendo la mano verso il letto di Cadmael, e mi sforzo di stabilire il collegamento.

Non funziona.

Mi sforzo ancora di più.

Niente.

Scelgo un'altra via. Immagino di stare lì in piedi, sopra il minuscolo corpo dell'anziano gnomo. Immagino di toccargli la fronte rugosa, immagino il mio desiderio successivo di pulirmi la mano.

L'esercizio è così efficace, che riesco quasi a percepire la pelle piena di germi sotto le dita.

Eppure, non si verificano reazioni.

No, aspetta.

Sta succedendo qualcosa.

Qualcosa di strano e familiare al contempo.

C'è una vocina nella mia testa, una voce che sembra dire: *chi sei, e che cosa vuoi?*

Certo. È uno gnomo, quindi ho bisogno del suo consenso.

Mi chiamo Bailey. Sono un'amica di Itzel, tua nipote. Sto cercando di aiutarti. Lasciami entrare, per favore.

Non arriva alcuna risposta mentale, ma qualcosa cede, ed entro nel mondo dei sogni dello gnomo.

CAPITOLO TRENTADUE

IGNORANDO una serie ininterrotta di domande da parte di Pom, non appena compaio nel mio palazzo, mi teletrasporto alla torre dei dormienti. Rapidamente, trovo Cadmael e balzo nel suo sogno.

Un sogno che si rivela chiaramente un incubo.

I membri di Icelus stanno riducendo Itzel in piccoli pezzi con i loro pugnali da cerimonia, mentre Cadmael, legato e impotente, non può salvare sua nipote.

Senza preoccuparmi delle sottigliezze, rimuovo Icelus, rimetto in sesto Itzel, e faccio sì che dia un bacio al nonno sulla guancia, prima di correre fuori dalla stanza. Infine, libero lo gnomo dalle costrizioni dell'incubo.

Si massaggia i polsi, scavati dalla corda, e mi fissa con assoluta incomprensione. "Come?"

"Stai sognando" spiego con calma. "È stato un

incubo. Sono una camminatrice dei sogni. Mi chiamo Bailey."

"Bailey" ripete, sempre con aria stordita. "Itzel mi ha parlato di te."

"Ottimo" rispondo rapidamente. "Purtroppo, non abbiamo tempo per conoscerci meglio. Icelus ti ha rapito. Ti hanno costretto a costruire una bomba con la tecnologia dei reattori Vega."

Dalla sua espressione, sembra che l'abbia preso a schiaffi.

Bene. Ho bisogno che si riprenda alla svelta dall'offuscamento del sogno, e senta l'odore dell'apocalisse.

"È esplosa?" chiede in tono flebile. "Quanti morti?"

"Non è ancora esplosa, ma potrebbe succedere da un momento all'altro. Ecco perché ho bisogno che ti svegli e la disattivi."

La schiena dello gnomo si raddrizza. "Dove si trova?"

Trasformo la stanza intorno a noi nel centesimo piano dell'edificio dell'hub, con Icelus, la bomba e il resto.

"Sei qui." Indico il suo letto. "La bomba è lì." Indico il podio. "Assicurati di evitare lui." Indico il punto in cui il sommo sacerdote torreggia sul mio corpo.

Adocchiandolo con diffidenza, Cadmael annuisce. "Come faccio a svegliarmi?"

"Devi desiderarlo e basta" rispondo.

Chiude gli occhi.

Lo aiuto con una scossa del mio potere.

Rimane immobile, sempre con gli occhi chiusi.

Qualunque sostanza gli abbiano somministrato per farlo dormire, è potente.

Ma io sono più forte. Quadruplicando la normale scossa, la indirizzo verso Cadmael.

Funziona.

Lui sparisce, e mi ritrovo nella torre dei dormienti, dove Pom mi fissa con sguardo impassibile.

"Potremmo sopravvivere lo stesso" lo informo, prima di concludere il sogno.

CAPITOLO TRENTATRÉ

ESCO DALLA TRANCE al rumore di una palla di fulmini, che si schianta contro una parete lontana.

Kit ha assunto proporzioni minuscole, grazie alle quali ha schivato di nuovo il proiettile.

Sbirciando furtivamente i letti, vedo Cadmael alzarsi.

Sì! Ora, dobbiamo solo evitare che il sommo sacerdote si accorga di questo nuovo sviluppo.

Anche Kit scorge Cadmael, arrivando alla stessa conclusione. Abbandonata la forma minuscola, si trasforma in un drekavac.

Questo sì che è parlare. Non deve fare altro che toccare il sommo sacerdote con uno di quei tentacoli ricoperti di pustole, e il malvagio gnomo si contorcerà sul pavimento per il dolore.

Rendendosene conto, il sommo sacerdote schiva l'appendice di Kit, e s'infila la mano in tasca.

Con tutte le ultime forze, afferro il mio coltello.

Prima di poter radunare abbastanza energia per pugnalarlo, il sommo sacerdote nota il mio intento, ed estrae di scatto la mano dalla tasca.

Stringe un dispositivo vagamente familiare.

Si sente un sibilo.

Batto le palpebre, confusa. Il mio coltello è nelle mani del sommo sacerdote.

Fottuta perdita di sangue. Per colpa sua, mi sono persa il momento in cui me l'ha rubato.

Il drekavac Kit frusta il sommo sacerdote con un altro tentacolo.

Lui affonda il pugnale per mozzarlo, ed esso cade a terra.

Il grido di Kit è orribile tanto quanto il suo aspetto da drekavac.

Cogliendo l'attimo, il sommo sacerdote lancia il coltello verso la testa di Kit, seguito da una palla di fulmini.

La lama penetra nell'occhio del drekavac Kit, che grida ancora più forte... ed è allora che la palla di fulmini la investe in pieno petto.

Il drekavac si ritrasforma in Kit, ma priva di una mano e con il buco di un'ustione al centro del petto; i suoi abiti non erano protettivi come quelli di Valerian.

Il sommo sacerdote la colpisce con un'altra palla di fulmini, e un'altra ancora.

Kit crolla, un cadavere carbonizzato.

No. Non Kit. Non posso perdere...

Il sommo sacerdote si gira verso il palco.

Accidenti. Non avrebbe dovuto notare Cadmael.

Ma lo fa... e indirizza una palla di fulmini verso l'anziano gnomo.

Cadmael cade a terra.

Accidenti, accidenti, accidenti.

Era a pochi metri dalla bomba, e ora, potrebbero essere anche migliaia di chilometri: il conto alla rovescia digitale sullo schermo raggiunge lo zero.

Boccheggio dall'orrore, mentre la bomba esplode. L'ondata di calore si diffonde in un modo vagamente familiare.

Improvvisamente, Pom si materializza tra me e la dipartita imminente.

Ha il pelo nero come la pece e occhi stravolti color lavanda. "Avevi detto di fartelo sapere, se avessi avuto un incubo" ansima. "Te lo sto comunicando."

Un incubo? Cioè, in un sogno?

Blocco l'esplosione. Uscendo dal mio corpo, lo guarisco, poi torno dentro.

Wow. Sto sognando *davvero*. Ma come? O la domanda più adatta è: quando è cominciato?

Per un secondo, mi cullo nella fantasia che tutta questa storia, la bomba e Icelus siano stati un brutto sogno. Ma no. Ora che il dolore non mi offusca la mente, so esattamente che cos'è successo.

Quel dispositivo e quel rumore sibilante... li ricordo entrambi. Quando ho conosciuto il sommo sacerdote in qualità di dottor Cipactli, aveva usato lo stesso oggetto per entrare nella fase REM, e saggiare i miei poteri.

Koshmar, ecco come chiamava il farmaco. Aveva

detto che creava gli incubi, i quali peggioravano progressivamente, e anche che il primo mostrava sempre qualunque cosa avesse sperimentato il dormiente prima di addormentarsi... in questo caso, il proseguimento della nostra battaglia.

Fluttuo verso l'alto, sollevata.

Tutto ciò che ho vissuto dopo quel sibilo, compresa la morte di Kit e l'esplosione, è stato un incubo.

Kit è ancora viva nel mondo della veglia.

La bomba non è esplosa.

Cadmael potrebbe ancora farcela.

Forse. Spero.

In ogni caso, non posso credere che il dottor Capactli avesse proposto di usare questo farmaco per svegliare la mamma. L'ho scampata bella, rifiutando il suo aiuto. Se avessi permesso che la mamma diventasse una sua paziente, si sarebbe ritrovata in questa stanza, come uno dei sacrifici.

Che bastardo. Ha palesemente mentito sull'aspetto più importante del farmaco. Sosteneva che, se un incubo fosse diventato abbastanza brutto, il dormiente si sarebbe svegliato. Ovviamente non è così, altrimenti mi sarei svegliata subito dopo la morte di Kit... così come Cadmael, di fronte alla tortura di Itzel. Sembra che, in realtà, questo Koshmar funzioni in modo tale da mantenere una persona negli incubi a tempo indeterminato, un male su cui fantasticherebbe soltanto un seguace di Phobetor.

Mi chiedo che cosa mi sarebbe successo, se avessi accettato la sua offerta di lavoro.

Niente di buono, ne sono certa.

D'istinto, mi teletrasporto alla torre dei dormienti, in particolare nella nicchia di Kit.

È come pensavo.

È qui, e sta sognando.

"Il dottor Cipactli, cioè il sommo sacerdote, non mi ha appena bombardata" spiego a Pom, che appare accanto a me. "Devo svegliarla per prima."

Afferrando la mano di Kit, mi tuffo nel suo sogno.

———

KIT, non c'è da sorprendersi, si trova nella stessa stanza maledetta al centesimo piano. Sta guardando il sommo sacerdote che mi sbudella. La Bailey nel sogno di Kit, intendo.

L'afflizione sul suo viso è commovente. Non mi ero accorta che tenesse così tanto a me.

Congelo la scena, trasformo il sommo sacerdote in un rospo, e mi fermo, in modo tale che possa vedermi.

"Che cos'è?" chiede con gli occhi spalancati.

"Un incubo, e ti conviene svegliarti." Le spiego rapidamente cosa sta succedendo, e lei si sforza di svegliarsi. La aiuto con una forte scossa, e scompare.

Non appena torno alla torre dei dormienti, mi sveglio.

È giunta l'ora di affrontare il sommo sacerdote nel mondo della veglia.

CAPITOLO TRENTAQUATTRO

ALZO LO SGUARDO con le palpebre socchiuse.

Il sommo sacerdote, evidentemente, non considera me e Kit una minaccia. Con una palla di fulmini che si separa dalle sue mani, è concentrato sul palco, dove Cadmael si sta avvicinando alla bomba.

Accidenti. Il mio incubo minaccia di diventare realtà.

Il nonno di Itzel, che deve ricordare le mie parole sulla minaccia rappresentata dall'altro gnomo, si gira ad una velocità sorprendente per la sua età, e scaglia una palla di fulmini verso quella che punta verso la sua testa.

Bang.

Scontrandosi a pochi metri dal palco, le due palle di fulmini esplodono violentemente. L'onda d'urto solleva Cadmael da terra.

Guardo in tralice il sommo sacerdote.

Fottuto bastardo. Ha rovinato tutto.

Rimangono solo pochi secondi sul timer: l'anziano gnomo non ha il tempo di alzarsi e disattivare la bomba.

Beh, se devo morire, farò prima del male al responsabile. A denti stretti per il dolore, sollevo il coltello e infilzo il piede del sommo sacerdote con tutta la forza che mi resta.

Urlando di dolore, dondola l'altro piede all'indietro per colpirmi... ed è a quel punto, che l'enorme pugno di Kit cozza contro la sua mascella.

Il colpo devastante solleva in volo il sommo sacerdote, e mentre atterra, mi assicuro che il mio coltello sia in attesa del suo cuore.

Il suo corpo sobbalza sopra di me. Un rantolo sibilante gli esplode dalle labbra, poi si affloscia e non si muove più.

Kit si precipita in avanti, poi mi toglie di dosso lo gnomo sanguinante.

Per una volta, non mi sento turbata dalla presenza di fluidi corporei sulla pelle.

A malapena cosciente, osservo il palco.

Cadmael è di nuovo in piedi, ma è troppo tardi.

Il conto alla rovescia si è azzerato.

Con un respiro profondo, mi preparo all'esplosione.

CAPITOLO TRENTACINQUE

LA BOMBA CONTINUA ad emettere un segnale acustico, ma non esplode.

Incrocio lo sguardo di Kit, che sembra tanto confusa quanto me.

Poi ricordo la domanda che avevo posto a Valerian: non ero sicura se il conto alla rovescia riguardasse l'esplosione, o il momento in cui i membri di Icelus avrebbero dovuto fuggire attraverso i portali. Valerian pensava che fosse la prima opzione, ma a quanto pare, quello di Icelus non è un culto suicida.

Il conto alla rovescia serviva loro come segnale per darsela a gambe.

Il che significa che abbiamo tempo.

Un po' di tempo. Non è chiaro quanto.

Per fortuna, secondo Cadmael, a caval donato non si guarda in bocca. Non appena si rende conto che siamo ancora vivi, corre subito ad armeggiare con la bomba.

È il minuto più lungo della mia vita.

Dopo ventimila capelli bianchi e mezzo litro di sangue da parte mia, i segnali acustici del reattore-bomba cessano. Nello stesso momento, le porte dell'ascensore si aprono, e uno squadrone della Guardia del Senato si precipita nella stanza.

Debolmente, alzo lo sguardo su Kit, che ha assunto le proprie sembianze. "Vivremo?"

"Zitta, adesso." Kit si accovaccia accanto a me, e m'incolla un lieve bacio in fronte. "Andrà tutto bene."

Ottimo, perché non credo di resistere ancora a lungo.

Esalando quello che, spero, non sia il mio ultimo respiro, perdo i sensi.

CAPITOLO TRENTASEI

RIPRENDO CONOSCENZA.

Beh, è un sollievo. Mi aspettavo quasi l'aldilà, ma dubito che sia così. Sento voci familiari che discutono a distanza... e non me l'aspetterei, dopo la morte.

Apro gli occhi. La stanza d'ospedale è troppo luminosa, perciò li richiudo.

"Ragazzi" esclama Felix. "Credo che si sia svegliata."

Ritento con il progetto occhi aperti. I volti di Ariel, Kit, Felix, Itzel e Valerian sono tutti a breve distanza dal mio, e parlano contemporaneamente.

"State bene." La mia voce è rauca, mentre cerco di articolare le parole. "Ero pr..."

"Tieni." Valerian prende un bicchier d'acqua da un tavolo vicino al mio letto, e ne posiziona la cannuccia sporgente nella mia bocca.

Bevo un breve sorso.

La mia gola sta migliorando, e mi rendo conto di

avere una flebo nel braccio, tubi in altri punti e apparecchiature di monitoraggio attaccate al petto.

Quanto era grave la mia situazione, per aver bisogno di tutto questo?

"Ti riprenderai" dice Valerian, come leggendomi nel pensiero. "Hai subito un intervento di nanochirurgia al ginocchio, e dovresti essere in grado di camminare, nessun problema. Durante le cure, non hanno usato sangue di vampiro, ma solo iniettato liquidi nel tuo corpo. Con tutto il sangue che hai perso, sarai debole per forza."

"E voi?" gracchio, sentendomi effettivamente così debole, che devo sforzarmi di porre la domanda.

"Tutto bene" risponde, con le labbra sensuali piegate in un caloroso sorriso.

"I medici, qui, contano troppo sul sangue di vampiro" brontola Ariel. "Ho dovuto ripetere loro varie volte di non usarlo su di me."

"Anch'io" afferma Felix.

"Non avevo bisogno di assistenza medica." Kit mi strizza l'occhio. "A differenza di qualcun altro, so arrangiarmi nei combattimenti."

Ariel e Felix obiettano ad alta voce, ma a causa di un attacco di vertigini, non sento le loro parole. Con un respiro più profondo, allungo il collo in avanti, per prendere la cannuccia e bere un altro sorso. L'acqua fredda mi fa sentire un po' meglio, finché non ne verso un po' accidentalmente.

"L'hai fatta bagnare" dice Kit a Valerian con una mossa lasciva delle sopracciglia.

"Sul serio?" chiede Itzel, proprio mentre Ariel alza gli occhi e Felix scuote lentamente la testa.

"Vi ho sentiti discutere, prima?" chiedo, ritrovando finalmente la mia voce. "C'era rumore."

Valerian scocca a tutti un'occhiataccia. "Meglio non farla preoccupare."

Sento tutto il mio viso impallidire. "È per la mamma?"

Itzel scuote la testa. "È nella stanza accanto, vicino a mio nonno."

Suo nonno, certo. Quasi me ne dimenticavo. "Lui sta bene?" chiedo.

"Okay, diteglielo" scatta Valerian. "Tutte queste ipotesi peggiorano solo le cose."

"Non è per il nonno" risponde Itzel. "Verifica qualunque mezzo di comunicazione, e capirai."

Abilito la realtà virtuale, per scorrere i titoli. "Oh. Sanno della bomba."

Il verbo è riduttivo. I canali delle notizie riportano ogni minimo dettaglio, e capisco presto il perché. Wrakar, il negromante, aveva programmato l'invio di un messaggio. In quello che hanno soprannominato il Manifesto del Negromante, lamentava il fatto che la sua specie fosse considerata di serie B su Gomorra, e diventava poetico, sostenendo che la bomba fosse una forma di giustizia per il suo popolo.

"Che montagna di stronzate." Spengo la realtà virtuale. "Icelus non ha creato la bomba per la specie dei negromanti, bensì per infondere gli incubi nelle persone."

"E ci sono riusciti, nonostante i nostri sforzi." Il volto di Valerian diventa talmente minaccioso, da spingere gli altri a indietreggiare.

"Io do la colpa al Senato" dice Itzel. "Quando i media hanno chiesto loro se il Manifesto del Negromante fosse vero, l'hanno confermato, aggiungendo di averne sventato il complotto."

Ariel arriccia il labbro superiore. "I soliti politici. Si prendono il merito del nostro lavoro."

Felix alza la mano, come per toccare la spalla tesa di Valerian, poi decide di non farlo. "Dammi solo il segnale, e hackererò..."

"No" ribatte Valerian con molta più calma. "Icelus ha vinto questo round. Sollevare un polverone con i media, o con il Senato, peggiorerebbe solo la situazione."

Bevo un altro po' di acqua con una sorsata rumorosa. "Non hanno vinto. Milioni di persone non sono morti. Noi non siamo morti. Questa notizia causerà degli incubi, è vero, ma la loro quantità non si avvicinerà nemmeno lontanamente a quella che si sarebbe verificata con l'esplosione della bomba."

"E stavamo discutendo proprio di questo" afferma Kit. "Il tuo fidanzato non è d'accordo. Pensa che la situazione sia peggiorata, adesso. I milioni di persone che abbiamo salvato, sono solo altre persone che avranno gli incubi."

Fidanzato? È questo che pensano tutti?

Okay, lo accetto.

La mandibola di Valerian rimane serrata. Non sembra aver notato l'etichetta affibbiata prematuramente alla nostra relazione da Kit... oppure, non gli interessa. "Sto solo dicendo che Icelus è riuscito nel proprio intento" dichiara, torvo.

"Soltanto se credi che gli incubi alimentino davvero un loro dio" replico. "Ma dato che sono tutte sciocchezze, abbiamo vinto *noi*."

La sua espressione tempestosa si ammorbidisce. "Hai ragione" dice, anche se non credo che lo pensi sul serio. "Cosa ancora più importante, devi riposare."

Ah, quello. Potrebbe avere ragione. Dopo essermi sforzata di parlare, mi sento come se avessi appena concluso un triathlon. Tuttavia, non sono ancora pronta ad andare a letto... non prima di aver cancellato quella preoccupazione dal suo bellissimo volto.

"Possiamo parlare in privato?" sussurro, sostenendo il suo sguardo.

In un batter d'occhio, i dintorni si trasformano in un prato rilassante. I miei amici non ci sono più. Solo Valerian è presente, e mi guarda con quegli occhi ipnotici, profondi come l'oceano.

"Ci sentono?" chiedo.

Si avvicina al letto. "No. E non ci vedono, almeno, non questa nostra versione."

Cerco di alzarmi a sedere, ma un'ondata di vertigini rende vani i miei sforzi, quindi mi limito a guardarlo, accigliata. "Sei quasi morto. Due volte."

"Vale per entrambi." Il suo volto si contorce per il

rammarico, mentre si china su di me. "Mi dispiace. Non avrei mai dovuto coinvolgerti."

"In quel caso, saresti morto." Se avessi l'energia per mettergli un po' di sale in zucca a forza di schiaffi, lo farei, ma sento le braccia troppo pesanti al momento.

"Non capisci" obietta con la fronte corrugata. "Io..."

Mi sollevo sui gomiti e lo bacio dritto sulle labbra. Le sue labbra morbide e deliziose... Il mio respiro accelera, e un'ondata di calore scaccia la maggior parte della debolezza mentre...

Scatta un allarme forsennato, al che Valerian si allontana bruscamente. L'illusione scompare, rivelando i volti preoccupati dei miei amici e la fonte del rumore: il mio monitor cardiaco.

Un'infermiera uber si precipita nella stanza, muovendosi quasi troppo velocemente per poterla seguire con gli occhi. Alla stessa velocità, mi esamina e regola i monitor, prima di dichiarare che sto bene, ma non dovrei ricevere troppi stimoli nelle mie attuali condizioni.

Non so se concordo con la sua valutazione. Non sono un medico, ma ho la sensazione che, con un'adeguata stimolazione da parte di Valerian, tornerei come nuova.

Purtroppo, non succederà. L'infermiera accompagna tutti fuori dalla stanza, e ci va a nozze con la mia flebo, dicendo: "Questa dovrebbe aiutarti a rilassarti."

Se per 'rilassarti' intende 'perdere coscienza', di sicuro.

Mentre le mie palpebre diventano pesanti, mi accorgo di una cosa.

Ho baciato Valerian. Nel mondo reale. Senza preoccuparmi dei microbi.

È un evento. Non vedo l'ora di essermi ripresa, per poter verificare che non fosse solo un caso fortunato. I test saranno massicci. Forse, anche tramite il metodo del doppio cieco... cioè, con entrambi bendati e forse, nel suo caso, anche le manette.

Con un sorriso in faccia, lascio che il farmaco mi trascini nell'incoscienza.

———

MI SVEGLIO, sentendomi meglio. Infinitamente meglio. I dottori devono essere d'accordo, poiché sono collegata solo ad una parte dell'armamentario medico.

Alzandomi a sedere con facilità, mi guardo intorno.

L'unica persona nella stanza è Valerian, e sta dormendo su una sedia.

Ooh. È rimasto con me. Con questo, si è guadagnato un altro bacio. Diversi, magari.

La vescica distoglie la mia attenzione dai pensieri sexy, riportandola alla cruda realtà.

Sposto le gambe verso il basso, per verificare se riesco ad alzarmi.

Sì. Il ginocchio è come nuovo. Staccato il monitor cardiaco e il resto, vado in bagno per le mie faccende personali.

Nell'uscire, mi ritrovo faccia a faccia con il dottor Xipil.

"Ah, bene. È sveglia" afferma.

Indico Valerian addormentato con la testa, poi mi porto un dito alle labbra, e muovo una mano verso la porta. Il medico gnomo annuisce, poi usciamo in punta di piedi, chiudendo la porta alle nostre spalle.

"Volevo scusarmi" spiega a voce bassa. "Non avevo idea che il dottor Cipactli fosse coinvolto in un complotto terroristico. Altrimenti..."

"Non lo dica nemmeno." Gli rivolgo un sorriso radioso e rassicurante. "Come sta mia mamma?"

Adocchia la porta vicina. "L'abbiamo appena riportata indietro dall'altro ospedale. Purtroppo, la sua condizione è rimasta invariata."

Mi avvicino alla porta in questione, e la apro.

Vedere la mamma attaccata a tutte quelle macchine è sempre un pugno al cuore... doppiamente doloroso, ora, sapendo di essere io la causa del suo stato. Cerco però di non soffermarmi su quest'ultima parte. Non quando posso fare qualcosa di molto più concreto.

"Vorrei visitare di nuovo i suoi sogni" informo il dottor Xipil.

"Adesso?" Guarda l'orologio.

È appena passata la mezzanotte.

Annuisco. "Mi sento molto forte. Può procurarsi qualcuno che l'aiuti a tenermi a bada, nel caso in cui morissi durante la fase del sub-sogno?"

Gesticola nella sua realtà virtuale, e un minuto dopo, l'infermiera uber di prima entra nella stanza.

Le spieghiamo la situazione, e mi avvicino alla mamma.

Niente lavoro senza contatto, oggi. Mi protendo per metterle una mano sulla fronte.

"Mi dispiace" sussurro. "Sistemerò tutto."

Chiudo gli occhi e cado dentro.

CAPITOLO TRENTASETTE

C'È un oceano nero sotto i miei piedi, e vedo cieli fiammeggianti sopra la testa. Un'enorme creatura sta volando verso di me. Sembra un bulbo oculare, ma al posto delle ciglia ci sono serpenti grandi come anaconda... con zanne pronte a mordere.

Una forca di pelo mi spunta dal polso.

La pupilla dell'occhio gigante si dilata, e ho la strana sensazione che un'intelligenza malevola mi stia esaminando, studiando e archiviando ogni mia molecola.

Il serpente più vicino mira al mio collo. Le zanne mi affondano nella carne, e sento il veleno cominciare a diffondersi nel flusso sanguigno.

Affondo la forca.

L'arma di pelo penetra nel bulbo oculare, come una forchetta nella gelatina.

I serpenti/ciglia strillano di dolore, prima di

afflosciarsi all'unisono, creando l'illusione di un occhio che si chiude.

———

SONO nel mio palazzo dei sogni. Il sangue sgorga dalla ferita, e la mia coscienza sfarfalla a causa del veleno. Esco dal mio corpo, guarisco la ferita e costringo il veleno ad uscire, inducendolo a rimanere sospeso come una nuvola nera sopra di me. Tornata dentro, disperdo la nuvola, e tiro un sospiro di sollievo.

"Per un pelo, un'altra volta." La faccia pelosa di Pom è torva e il suo colore nero. "Devi smetterla."

"Non appena la mamma uscirà dal coma" dico, e mi teletrasporto fino alla sua nicchia, nella torre dei dormienti.

Rendendomi invisibile, tocco la mamma come nel mondo della veglia.

———

UNA BAILEY adolescente è sul pavimento del bagno, da qualche parte sulla Terra, a giudicare dai bagni primitivi. La sua/mia testa è fracassata, e il cervello sparso sulle piastrelle bianche. Le finestre di questo posto sono nere, quindi l'unica fonte di luce proviene dalle lampade alogene che tremolano, aggiungendo un macabro tocco alla scena del crimine.

La mamma è sopra di me, e tiene in mano un

pesante coperchio di porcellana della cassetta del WC, imbrattato di sangue.

Ah. Non poteva preoccuparsi di uccidermi in un modo più igienico? Penso che preferirei farmi tagliare la gola con un bisturi... purché sia sterile.

Ignorando l'incubo della mamma, raduno tutto il mio potere per una massiccia scossa 'da risveglio'.

Lei non si sveglia.

Chiudo gli occhi, sforzandomi al punto di scavarmi i palmi delle mani con le unghie.

Anche questa scossa non funziona.

Guarendo la mia ferita, ci riprovo. E ancora. E ancora.

Dopo quelli che mi sembrano mille tentativi, non ho altra scelta che rinunciare.

La delusione ha un sapore amaro. Solo la consapevolezza che il progetto di *Lucid Dreamer* non è ancora stato completato m'impedisce di sentirmi completamente scoraggiata. Dovrei ricevere una spinta di gran lunga maggiore dopo l'uscita del gioco, e allora ritenterò.

È destinata a funzionare, quando avrò più potere. Devo crederci.

Per adesso, tanto vale uscire e lasciare in pace la mamma.

Sto per farlo, quando mi cade l'occhio sulle finestre nere.

I segreti al loro interno mi attirano, come sirene con marinai solitari.

Felix aveva ragione? La mamma nasconde qualcosa

di orribile? Potrebbe aver cercato di suicidarsi, affinché non scoprissi qualsiasi cosa ci sia dietro una di queste finestre?

Cosa più importante, potrei usare quel segreto per risvegliarla?

Come il proverbiale gatto che ci lascia lo zampino a causa dell'eccessiva curiosità, fluttuo verso la finestra più vicina.

Sotto di me, la mamma è troppo occupata con il massacro della figlia per accorgersene.

Prima di potermi persuadere a non farlo, volo nel vetro simile a onice.

CAPITOLO TRENTOTTO

PROPRIO COME PRIMA, m'immergo in un lago nero ghiacciato.

In precedenza, i miei poteri non potevano aiutarmi a raggiungere la riva a nuoto, ma dopo l'incremento di potere?

Ordino a me stessa di diventare più leggera dell'acqua, per poter galleggiare.

Ma non aiuta.

Ordino all'acqua di diventare più salata, ma non funziona nemmeno questo.

D'accordo. Nuoterò.

Una bracciata dopo l'altra, punto verso la riva più vicina. Mi concentro solo sul nuoto. E nuoto. E nuoto. Il mio respiro si affatica, ma la riva è ancora lontana.

Dopo quelle che sembrano ore, ogni mio muscolo comincia a dolere.

La spiaggia è ancora ad un chilometro di distanza.

Non posso affogare, altrimenti, sarò cacciata dal

mondo dei sogni, con i poteri esauriti. Almeno, questo era accaduto l'ultima volta in cui ero annegata in circostanze simili.

Boccheggiando disperatamente, roteo le braccia e scalcio, lasciando che i movimenti diventino la mia unica realtà.

Quando mi viene in mente un pensiero casuale, come quello sulle finestre nere che ho visto nei sogni di Valerian, lo scaccio, riconcentrandomi sul nuoto. Quando sto per rinunciare, medito su una semplice verità: i miei muscoli non stanno realmente cadendo a pezzi. Non è l'ossigeno a mancarmi. Si tratta solo di un sogno.

Questo sembra tornarmi utile per un po', e alla fine, scorgo la riva nelle vicinanze.

Chiamando a raccolta tutta la mia forza di volontà, accelero, al punto che Michael Phelps sarebbe invidioso.

Non appena tocco la sabbia della riva con la mano, il lago e gli spasmi muscolari nelle gambe scompaiono senza lasciare traccia.

———

LA MAMMA È in una stanza spaziosa con altre tre persone. Al centro, c'è una vasca da bagno in cristallo, e lei galleggia al suo interno.

Ah, ed è incinta. Anzi, molto di più: sta spingendo fuori il feto.

Wow. Essendo il ricordo di una finestra nera,

significa che la mamma non ricorda di avermi partorita. Dev'essere strano.

Avida d'informazioni, esamino l'uomo che stringe la mano della mamma. Ha la pelle abbronzata, gli occhi ambrati e il mio stesso mento.

Mi si mozza il respiro

Può essere?

"Spingi, tesoro." Bacia il dorso della mano della mamma. "Così. Ti amo."

Dev'essere lui. Mio padre. L'uomo di cui non so nulla.

"Spingi!" ordina la seconda persona nella vasca, l'ostetrica, fissando attentamente la sommità della testa del feto.

Aspetta un secondo. La lingua che parlano... non ricordo di averla mai ascoltata, eppure la capisco perfettamente.

"Te la stai cavando bene" commenta una donna più vecchia, che stringe l'altra mano della mamma. "Ci sei quasi."

Assomiglia decisamente alla mamma. Una nonna o una sorella maggiore, forse... per esempio, mia zia?

Il neonato urla.

L'ostetrica consegna la creatura appiccicosa a mio padre con un ampio sorriso.

"È una femmina" dice, con gli occhi che brillano di gioia. "Una bambina."

Con mia sorpresa, l'ostetrica ordina alla mamma: "Continua a spingere."

Spingere dopo il parto? Serve per la placenta o altro?

Spunta un secondo neonato.

Aspetta, cosa? Resto a fissare, senza comprendere, mentre l'ostetrica pratica tutti i movimenti.

Il secondo neonato urla.

L'ostetrica lo porge a mia mamma.

Che. Cosa. Sta succedendo?

"Sapete come chiamarle?" chiede a mio padre la zia/nonna, prendendo la prima bambina dalle sue mani.

La guarda con un sorriso radioso. "Asha, come la mia defunta madre." Osserva la bambina tra le braccia della mamma. "E Bailey, come sua nonna." Strizza l'occhio alla donna più vecchia, che dev'essere la nonna in questione, e solleva la piccola di nome Bailey, come lo sciamano scimmia che presenta il nuovo re leone.

Mia nonna sogghigna, deliziata, e dice qualcosa alle neonate in tono amorevole, ma non comprendo le parole.

La mia mente vortica, la mia bocca invisibile è spalancata.

Una sorella.

Una gemella.

Dov'è? Come mai non ho alcun ricordo di lei? E a proposito, dov'è mio padre? O questa nonna omonima? Perché non so nulla nemmeno di loro?

"Lasciamene tenere una in braccio" dice la mamma con voce rauca, allungandosi verso la mia versione da bambina... quando il ricordo si trasforma in un altro.

LA MAMMA e una Bailey molto più grande, di circa sette anni, stanno varcando l'hub di Gomorra.

Dato che esso si trova in cima al grattacielo, si gode di un'ottima vista dall'alto, e sia la mamma, sia la mia versione da piccola la fissano, come se non l'avessero mai vista prima.

In realtà, sembrano non aver mai visto un grattacielo prima d'ora.

"Questa sarà la nostra nuova casa" dice la mamma alla piccola Bailey, indicando il pittoresco panorama.

"Il nostro esilarante?" chiede la piccola, con gli occhi incollati allo skyline.

"La parola è *esilio*. E non dobbiamo mai parlare di ciò che è accaduto prima del nostro arrivo qui."

La piccola Bailey rivolge alla mamma uno sguardo triste. "No?"

La mamma si accovaccia, portando i nostri occhi allo stesso livello. "Abbiamo sempre vissuto qui. La nostra vita prima di oggi era solo un sogno, che abbiamo creato tramite i nostri poteri."

La piccola Bailey annuisce con mento tremante.

Le fisso, sbalordita.

Le parole della mamma potrebbero essere veritiere?

La nascita di due bambine era il ricordo di un sogno?

No. I miei poteri sapevano che era un ricordo vero. Proprio come questo.

"Andiamo." La mamma prende la bambina per mano, e il sogno passa ad un altro ricordo.

———————

CI TROVIAMO in una stanza piena di attrezzature per la ceramica dal pavimento al soffitto, qualunque cosa dal tornio al forno. Bailey, mia nonna, sta modellando un vaso sul tornio. Intenta ad osservare con un'espressione serena, c'è la mamma, che tiene per mano due bambine.

Mi assomigliano entrambe, e noto che la mia gemella è identica... ed eravamo ancora insieme, a questa età, cioè quattro o cinque anni.

Sicuramente sufficiente per la formazione dei ricordi, eppure non ricordo affatto questa scena.

Ah, ed è chiaro che questi ricordi si stanno manifestando in disordine: nascita, sette anni, ora quattro anni.

"Venite, tesori" dice la nonna.

Le due bambine si avvicinano, strascicando i piedi.

"Potete toccare" le informa.

Con un sorriso birichino, le gemelle lasciano le impronte delle mani sui lati del vaso.

La nonna fa un sorriso di approvazione, e posiziona il vaso nel forno.

Aspetta un secondo.

Conosco quel vaso.

L'ho rotto anni dopo, su Gomorra.

La mamma era triste, quand'è successo, come se

avesse un valore affettivo. Eppure, non avrebbe potuto ricordare il momento della rottura del vaso, non quando il ricordo era bloccato nella finestra nera.

Questi ricordi, forse, non sono così sottochiave come pensavo... oppure, il vaso era prezioso semplicemente come ricordo di un passato dimenticato.

Quando la nonna dà il vaso alla mamma come regalo, il ricordo si conclude.

———

QUESTA STANZA È quella in cui io ed Asha siamo nate.

La mamma stringe la mano di mio padre. Intorno a loro, ci sono alcuni adulti che non ho mai visto prima, anche se un uomo ha un'aria vagamente familiare. Ai loro piedi, io e la mia gemella abbiamo circa sei anni e giochiamo con due bambini, più o meno della stessa età. Anche uno di loro mi ricorda qualcuno, in maniera indefinibile proprio come l'uomo.

"Mi dispiace, Davu. Non credo che resti altra scelta" dice mio padre all'uomo dall'aria familiare. "La profezia..."

"Era vaga" ribatte Davu con noncuranza. "Se..."

Uno dei bambini lo tira per la manica. "Papà, io e Bailey possiamo andare in giardino?"

Davu annuisce, e il bambino corre fuori dalla stanza con la Bailey da piccola.

"Mamma, possiamo andare anche io e Kojo?" chiede Asha.

La mamma sorride. "Certo."

Ridacchiando in modo maniacale, la mia gemella insegue il bambino, Kojo, come una lupa mannara con una succulenta lepre.

Appena escono dalla stanza, il ricordo si conclude.

———————

"DOV'È BAILEY?" chiede Asha alla mamma, mentre camminano in una vegetazione dall'aspetto alieno. Alcuni degli enormi alberi blu-verdi mi ricordano i baobab della Terra, altri i coralli marini.

"Ha lo stomaco sottosopra" risponde la mamma. "C'è papà con lei."

Con questo, il ricordo termina, ma ne inizia subito un altro, una festa di compleanno dove io e la mia gemella stiamo giocando con i bambini di prima, oltre a una decina di altri ancora.

Il ricordo seguente mostra la mamma, che mette a letto le due gemelle. Ci parla in tono cantilenante, con espressione tenera.

Mentre assisto alla scena, non riesco a capire perché lei voglia dimenticare tutto questo. A meno che… questa finestra nera non sia qualcosa che qualcuno le ha fatto? Ma in tal caso, chi? E perché?

Il denominatore comune di tutti questi ricordi sembra essere Asha, la mia gemella.

Il ricordo seguente contiene la mamma, il papà, mia sorella e me durante un'escursione in una foresta con la stessa vegetazione aliena. Stavolta, intravedo il cielo… e

313

libero un sospiro di meraviglia. In alto, oltre alle nuvole, ci sono foreste ed edifici. Il terreno sembra deformarsi su se stesso, come se il pianeta su cui ci troviamo non fosse una sfera, ma uno strano pretzel.

Il ricordo successivo inizia prima che possa decifrare la strana geometria dell'ambiente circostante. Noi quattro stiamo giocando a carte, fatte di un materiale esotico che mi ricorda l'avorio.

Segue un altro ricordo, dove la mamma e le gemelle stanno osservando lo stesso strano cielo, di notte. Cosa non sorprendente, le costellazioni sono completamente sconosciute.

La pacifica osservazione delle stelle si trasforma nell'ennesimo ricordo... e quando mi rendo conto di ciò che sto vedendo, il gelo mi paralizza lo stomaco.

CAPITOLO TRENTANOVE

IO E MIA sorella abbiamo circa sette anni. Stiamo correndo in una radura nei boschi, popolati dalle piante dei ricordi precedenti.

Entrambe le bambine urlano di terrore, e c'è una valida ragione.

I nostri genitori le inseguono con dei machete, fatti di un bizzarro materiale non lucente, simile alla ceramica.

No. Non può essere ciò che sembra. Sicuramente, i machete servono solo ad aprire un sentiero nella vegetazione, e deve trattarsi di un gioco strano. Ma il terrore delle bambine sembra fin troppo reale, e a parte le armi, c'è qualcosa che non va nei nostri genitori.

Sono i loro volti. Nei loro occhi, arde un fuoco simile a magma, e i loro lineamenti esprimono una totale mancanza di emozioni.

Eppure, potrebbe comunque essere un gioco?

Qualcosa che ha a che fare con una festività, come Halloween?

Un'intera folla di persone sta inseguendo i miei genitori. Davanti, scorgo mia nonna, Davu con la moglie e il figlio, e Kojo e i suoi genitori.

"Fermatevi!" grida Davu ai miei genitori.

Invece di rispondere, continuano ad inseguire le bambine.

Una delle gemelle inciampa in una radice.

L'altra continua a correre per qualche istante, poi guarda indietro, ansante. "Asha, no!" boccheggia la Bailey più piccola, e si precipita verso di lei.

Asha sta piangendo.

La piccola Bailey cerca di sollevarla.

I genitori si avvicinano.

Nostro padre affronta la folla, mentre la mamma solleva il machete.

"Mamma, no!" urla la piccola Bailey.

Il machete sibila vicino alla guancia di Bailey, e affonda nel collo di Asha.

Il sangue zampilla dalla ferita, imbrattando completamente la piccola Bailey.

La testa mozzata di Asha rotola via.

La piccola Bailey grida.

Non voglio credere ai miei occhi... ma essi non c'entrano con la scena a cui ho appena assistito, solo i miei poteri. E pur volendo negarlo, i miei poteri non lasciano spazio a dubbi.

È un ricordo.

Un ricordo che spiega perché non conosco mia sorella.

Inebetita, osservo gli strani occhi della mamma fissare la piccola Bailey, intenta a piangere in maniera incontrollabile. Poi, tutto il corpo della mamma s'irrigidisce. Il suo viso si contrae in espressioni alternate di vacuità e orrore. I suoi occhi passano, tremolanti, dal fuoco simile a magma al normale colore marrone, e la sua mano sinistra afferra la destra, come nel tentativo di rubarle il machete. Alla fine, i suoi occhi rimangono marroni, e l'orrore eclissa tutto il resto sul suo viso.

Guarda il machete sporco di sangue che tiene in mano, poi Asha decapitata.

Con un gemito primitivo e gutturale, si gira di scatto... proprio mentre mio padre la colpisce alla tempia con un pugno.

Il ricordo si conclude.

———

QUELLO SEGUENTE RIGUARDA LA MAMMA, intenta a leggere una favola della buonanotte alle gemelle di tre anni.

Il successivo ritrae un'altra escursione, ma presto a malapena attenzione.

Sono sotto shock, incapace di elaborare l'impossibile.

Avevo una sorella, una gemella, e la mamma l'ha uccisa.

DIMA ZALES

Dev'essere questo il motivo per cui ha voluto dimenticare qualsiasi dettaglio su Asha, e del suo estremo terrore all'idea che entrassi nei suoi sogni. Una parte di lei deve sapere di aver dimenticato qualcosa di orribile... e ciò potrebbe anche spiegare i sogni in cui mi uccideva. Il mio aspetto è esattamente identico a quello di Asha, se fosse viva.

Quegli incubi ripetevano una terribile verità.

La mamma ha ucciso mia sorella.

Non mi stupisco che sia stata sempre depressa, fin da quando l'ho conosciuta. Anche senza ricordare i dettagli, deve aver provato un costante dolore psichico.

Ed è per questo che nemmeno io ricordo Asha? Perché ho assistito al suo omicidio per mano di nostra madre? Non sarò una strizzacervelli, ma è noto che i bambini siano capaci di bloccare traumi molto meno significativi.

Perché la mamma l'ha fatto? E che cos'avevano i suoi occhi, al momento dell'omicidio? Quel magma che ho visto nel suo sguardo era stranamente familiare. È quasi come...

I ricordi si bloccano, e mi ritrovo in un ambiente simile a quegli occhi.

Un oceano nero si estende sotto i miei piedi, e i cieli sovrastanti sembrano infuocati.

È il luogo in cui si verificano gli attacchi dei mostri dei sub-sogni, solo che non mi trovo all'interno di uno di essi.

In realtà, ho visto questa ambientazione solo una

volta, al di fuori dei sub-sogni: quando ho camminato nei sogni di quel negromante.

Accidenti. Me n'ero completamente dimenticata fino ad ora.

Una presenza si solidifica dal nulla, innalzandosi sull'oceano davanti a me, una creatura umanoide dalle proporzioni enormi.

È una vista spaventosa, pur essendo difficile capirne il motivo. Il volto che mi guarda è bello come l'ultima volta, e i lineamenti possiedono una simmetria soprannaturale.

È esattamente lo stesso volto del sogno del negromante, anche se, a rigor di logica, lui e mia mamma non dovrebbero fare un sogno identico.

A meno che, in qualche modo, non l'abbiano visto entrambi.

I buchi neri su quel volto terribilmente bello mi esaminano più attentamente stavolta, e non riesco a fare altro che fissarlo dal basso, paralizzata.

"Sei tu. E viva." Come nel sogno del negromante, la sua voce tonante fa leva su ogni mia paura.

Deglutisco a fatica. "Tu chi sei? Che cosa sei?"

"Io sono Phobetor." Le vibrazioni della risposta della creatura mi congelano il sangue nelle vene, addirittura prima di afferrare il significato di quel nome. "La tua esistenza è una rovina."

La mia mente stordita afferra quella strana frase. Una rovina... così mi avevano già detto i mostri dei sub-sogni. Dev'essere lui il maestro di cui parlavano, non la mamma.

I pozzi neri degli occhi di Phobetor si restringono, e il suo braccio, delle dimensioni di un camion, si protende verso di me.

Con uno sforzo di volontà impossibile, mi riprendo di colpo dalla paralisi, e grazie ad una scossa, mi sveglio.

———

TORNATA NEL MONDO REALE, mantengo la calma abbastanza a lungo, da assicurare all'infermiera uber e al dottor Xipil che non sono diventata una pazza omicida. Poi mi precipito in bagno, dove svuoto lo stomaco.

Quando riprendo a respirare, mi permetto di elaborare l'ultima immagine che ho visto.

La terribile e bellissima creatura si era proclamata Phobetor... proprio come la divinità adorata da Icelus. Un dio degli incubi che, si dice, tragga benefici da ogni sventura del Cogniverso.

È impossibile.

Impensabile.

Assolutamente ridicolo.

Non riesco a credere di prendere addirittura in considerazione un'idea del genere, ma... hanno ragione i membri di Icelus?

Phobetor esiste davvero?

Se sì, che cosa c'entra con me e mia mamma?

Fisso il mio viso cinereo nello specchio, e lo schiacciante ricordo-sogno a cui ho appena assistito si ripete davanti ai miei occhi. Io ed Asha, i nostri genitori con i machete... la strana sfumatura dei loro occhi...

E Phobetor, proprio lì, nei sogni della mamma.

Un milione di domande mi passa freneticamente per la testa, ma riesco ad aggrapparmi ad una sola di esse.

Se Phobetor è reale, è lui il motivo dell'orrore a cui ho assistito?

È a causa sua, se la mamma ha ucciso la mia gemella?

ANTEPRIME

Grazie per aver seguito il avventure di Bailey! La sua storia continua in *Inseguimento nel sogno*.

Vorresti leggere altri miei libri? Puoi dare un'occhiata a:

- *La Serie di Sasha Urban* – l'emozionante storia di Sasha Urban, un'illusionista di scena che scopre di possedere dei poteri segreti inaspettati
- *Le Dimensioni della Mente* – le avventure urban fantasy ricche di azione di Darren, che può fermare il tempo e leggere la mente

Vi piacciono le commedie romantiche che fanno ridere a crepapelle? Io e mio moglie scriviamo insieme romcom piccanti e argute sotto lo pseudonimo di Misha Bell. Acquistate una copia di *Hard Ware* -

Arnese Duro, la storia di un'irriverente designer di giocattoli sessuali, di un misterioso potenziale investitore e dei loro due cani innamorati.

Ora, per favore, voltate pagina per leggere estratti da *Inseguimento nel sogno* e *Hard Ware - Arnese Duro* di Misha Bell.

ESTRATTO DA INSEGUIMENTO NEL SOGNO DI DIMA ZALES

Esco, barcollando, dal bagno della stanza d'ospedale della mamma, quasi scontrandomi con il dottor Xipil.

"Sta bene?" chiede il medico gnomo.

Mi sento tutt'altro che bene, ma se gliene rivelassi il motivo, potrebbe chiedermi di andare da uno strizzacervelli. Nonostante le ferite subite durante la battaglia con Icelus siano guarite, mentalmente ed emotivamente, sono a pezzi.

Esempio calzante: sto seriamente prendendo in considerazione l'esistenza di Phobetor, il dio degli incubi venerato da Icelus. Peggio ancora, mi chiedo se questa divinità abbia spinto la mamma ad uccidere mia sorella.

Quel tenue colorito, che mi era riaffiorato sul viso, svanisce di nuovo.

Avevo una sorella. Una gemella.

È difficile digerire questo fatto, tanto quanto immaginare mia mamma mentre la uccide.

Si chiamava Asha, e l'ho vista morire, prima ancora di aver accettato l'idea della sua esistenza.

Cosa darei per avere la possibilità d'incontrarla, o almeno di ricordarla.

"Vuole sdraiarsi?" chiede il dottor Xipil in tono più preoccupato. "Sembra sul punto di svenire."

Gli rivolgo un sorriso forzato. "Sto bene. Provo solo delusione, per non essere riuscita a risvegliare la mamma."

Il dottor Xipil adocchia il letto dove giace la mamma, e sospira. "Ritenterà. Alla fine, dovrà farcela per forza."

Non essendo pronta a discutere della divinità malvagia che potrebbe attendermi nei sogni della mamma, mi limito ad annuire.

La mamma ha un'aria serena, nel suo stato comatoso. Calma, placida. Ma dev'essere una bugia. I suoi sogni riguardano l'uccisione di una figlia... perché è ciò che aveva fatto nel mondo della veglia.

In un modo molto reale, non conosco la mia stessa madre. Mi chiedo, allora, se sia possibile conoscere una persona, o fidarsi di lei.

Il medico si schiarisce la gola. "Ha degli amici leali."

Accidenti. Devo riprendermi, altrimenti questo bravo medico insisterà, per rimettermi nel mio letto d'ospedale.

Mi dirigo verso la porta e, con la massima noncuranza, chiedo: "Come mai lo dice?"

"Si sono ripresi tutti molto più velocemente di lei,

eppure non volevano abbandonarla, finché suo marito non li ha cacciati via." Mi apre la porta.

"Mio marito?" Sono troppo scioccata per varcare la soglia.

Il dottor Xipil indica la mia stanza, dall'altra parte del corridoio. "Fidanzato?"

"Ah, intende Valerian." Esco nel corridoio. "Non è né mio marito, né il mio fidanzato."

Non ancora... ma incrociamo le dita.

Agli angoli degli occhi del dottor Xipil, si formano delle rughe. "Sicura che lo sappia? Perché si è sicuramente comportato come un partner, mentre era priva di sensi. Io e le infermiere camminavamo sulle uova."

Sul serio? Ooh. "A quanto pare, devo vederlo."

"Buona idea. Se non la vedesse al risveglio, perderebbe la testa."

"Oh, suvvia, non sarebbe da lui."

"Non ha visto quello che ho visto io" replica il medico. "Se ha bisogno di altro, mi faccia sapere domani pomeriggio. Il mio turno termina ufficialmente adesso."

Lo ringrazio, e lui si allontana alla svelta, mentre mi dirigo verso la mia stanza.

Quando infilo dentro la testa, vedo Valerian afflosciato su una sedia, con i folti capelli scompigliati intorno al viso splendidamente simmetrico. I suoi intensi occhi blu come l'oceano sono chiusi, e le sue labbra da baciare leggermente socchiuse.

In silenzio, entro in punta di piedi. È nella fase

REM, in base alla mia nuova capacità di rilevamento del sonno e ai movimenti dei suoi occhi dietro le palpebre.

Hmm. Forse, non c'è bisogno di svegliarlo. Il fatto che stia sognando è un'opportunità. Potrei, per esempio, parlargli nel sonno... o sbirciare in quelle sue finestre nere.

Sì. Ho deciso.

Resistendo alla tentazione di avvicinarmi per sfiorargli il volto scolpito, do inizio al viaggio nei sogni a distanza. Tanto vale mettere in pratica il nuovo potere.

Proprio come ho fatto con il nonno di Itzel, immagino di stare accanto a Valerian, abbastanza vicina, da inalare il suo puro profumo di pino. Immagino di toccargli la mandibola ben delineata, e la sensazione di quella barba corta e ispida sotto le dita. Immagino il mio cuore battere più velocemente e il calore diffondersi...

Con mia delusione, non ho bisogno d'immaginare oltre perché, accompagnata dalla nota zaffata di ozono e dalla sensazione di cadere, finisco nel suo sogno.

———

ESTRATTO DA HARD WARE – ARNESE DURO DI MISHA BELL

Dunque, il mio chihuahua ha ingroppato un'orsa. Scusatemi: una cagna gigante, simile a un'orsa.

Ora, il bellissimo proprietario dell'orsa mi sta alle costole: pretende che io faccia un test per le malattie veneree... al mio animale!

Un altro problemino di questa molestia tra cani? Il misterioso proprietario dell'orsa potrebbe essere la chiave per finanziare la mia nuova impresa e portare al successo la mia azienda di giocattoli. E per "giocattoli", intendo quelli divertenti: quelli di cui tutte le donne (e gli uomini) hanno bisogno.

Se solo riuscissi a capire che cosa nasconde... o a tenere sotto controllo la mia libido! Perché mescolare affari e piacere è una pessima idea, e Dragomir Lamian potrebbe non essere quello che sembra.

È un'*orsa* quella?

Ho come la sensazione che le palline di Kegel siano sul punto di uscirmi dalla vagina. Stringo i muscoli ben allenati per tenere il giocattolo all'interno. Le due sfere sono di mia invenzione, quindi so che, se le stringo ancora una volta, si attiverà la vibrazione (e non è un buon momento).

Il guinzaglio nella mia mano viene strattonato.

"Bonaparte, comportati bene!" La severità nella mia voce è inutile. Il mio chihuahua continua a strattonare, con lo sguardo incollato all'orsa, scodinzolando così rapidamente, che mi aspetto quasi di vederlo sollevarsi in aria come un drone.

Con mio sollievo, l'orsa si limita ad annusare l'idrante, ignara del delizioso antipasto di due chili scarsi a un solo balzo di distanza.

Piantando i talloni, tiro indietro il guinzaglio. "Sul serio, Boner. *Vuoi* farti mangiare?"

La strattonata si ferma e il mio cane mi rivolge uno sguardo colmo di un misto di tristezza e indignazione negli occhi verdi. Come al solito, posso immaginare che cosa mi direbbe, se fossi una sussurratrice di cani:

"*Ma chérie*, quella cagna mi sta ignorando. *Moi!* Impensabile!"

Gli lancio un croccantino. "Quell'orsa chiaramente non conosce le buone maniere. In sua difesa, però, *tu* sapresti resistere alla tentazione di annusare quell'idrante? Siamo vicino a Central Park. Milioni di cani avranno fatto pipì lì. L'odore dev'essere paradisiaco."

Con un balzo, Boner afferra il croccantino, lo inghiotte senza masticare e torna a concentrarsi sulla sua gigantesca preda.

Il mio sguardo si sposta sull'uomo che tiene il guinzaglio della bestia, e resto a bocca aperta, mentre i miei muscoli intimi stringono involontariamente le palline di Kegel.

La vibrazione si attiva, ma io la ignoro, divorando con gli occhi l'esemplare maschile alto e dal fisico atletico di fronte a me.

Il proprietario dell'orsa è sexy.

Super sexy, bollente, da farmi sciogliere le mutandine ed esplodere l'utero!

Così sexy, che finirò per masturbarmi pensando a lui.

Aspettate. In senso stretto, mi *sto* masturbando pensando a lui: la vibrazione all'interno della mia vagina mi sta portando sempre più vicino al climax, ad ogni secondo che passa. Per fortuna, lui non mi sta guardando, quindi posso divorarlo con gli occhi senza vergogna.

Quest'uomo soddisfa tutti i miei requisiti, anche quelli che non sapevo di avere.

Capelli folti e setosi del colore della pelliccia di visone. Barba scura corta e ben curata, che enfatizza il naso regale e i lineamenti scolpiti. Spalle larghe, imbottite con la giusta quantità di muscoli, e un petto da far svenire, che si assottiglia fino a una vita magra con i fianchi stretti. Indossa persino un dolcevita, per la miseria... e tutti sanno che è l'equivalente maschile di un abitino nero sexy.

Oh, e le sue labbra... Vorrei fare uno stampo di quelle labbra e trasformarlo in un sex toy.

A proposito di sex toys, le palline mi stanno portando sempre più vicino all'apice. Pur essendo stata accusata di essere blasé riguardo a queste cose, persino io riconosco che venire qui e ora, davanti a un estraneo, non sia la mossa più socialmente accettabile da parte mia.

Devo disattivare le sfere, cosa che può accadere solo se le stringo altre tre volte. Il problema è che ogni stretta cambia anche la velocità di vibrazione; quindi, la mia situazione peggiorerà, prima di migliorare.

Non c'è modo di evitarlo, suppongo.

Stringo.

La vibrazione s'intensifica.

Ancora due volte e...

Boner abbaia.

Il muso massiccio dell'orsa si stacca dall'idrante, e due giganteschi occhi marroni si concentrano sull'antipasto a forma di cane ai miei piedi.

Ottenendo finalmente l'attenzione che desiderava, Boner scodinzola rapidamente e cerca di correre incontro al suo destino.

Stringo di nuovo le palline, involontariamente. Un'altra volta ancora, e si spegneranno. Solo che la vibrazione è alla massima velocità, adesso, e la sensazione è incredibile. Talmente, talmente incredibile...

Merda! Che cosa sto facendo?

Devo stringere un'ultima volta.

Solo che i muscoli necessari si sono trasformati in gelatina, e faccio fatica a contrarli.

Ci siamo?

Avrò un orgasmo proprio mentre il mio cane viene divorato, il tutto davanti a uno sconosciuto follemente sexy?

———

Volete continuare a leggerlo? Visitate www.mishabell.com/it/ per ordinare subito la vostra copia!

BIOGRAFIA DELL'AUTRICE

Dima Zales è autore bestseller del *New York Times* e di *USA Today* con romanzi fantasy e di fantascienza. Prima di diventare scrittore, ha lavorato nel settore dello sviluppo software a New York, sia come programmatore che come dirigente. Dima ha fatto di tutto, dai software di trading ad alta frequenza per importanti banche alle mobile app per le riviste più famose. Nel 2013 ha lasciato l'industria del software per dedicarsi alla sua carriera di scrittore e si è trasferito a Palm Coast, in Florida, dove vive attualmente.

Per saperne di più visita www.dimazales.com/book-series/italiano/.

www.ingramcontent.com/pod-product-compliance
Lightning Source LLC
Chambersburg PA
CBHW010529100726
47903CB00011B/2947